本书为"清代汉语颜色词研究"（项目编号:NWNU-SKQN2019-33）的阶段性研究成果，感谢西北师范大学科学研究院对此研究项目的资助。

本书也得到西北师范大学国际文化交流学院学科建设经费支持，特致谢忱。

山西出版传媒集团 三晋出版社

清诗颜色词研究

杨福亮 /著

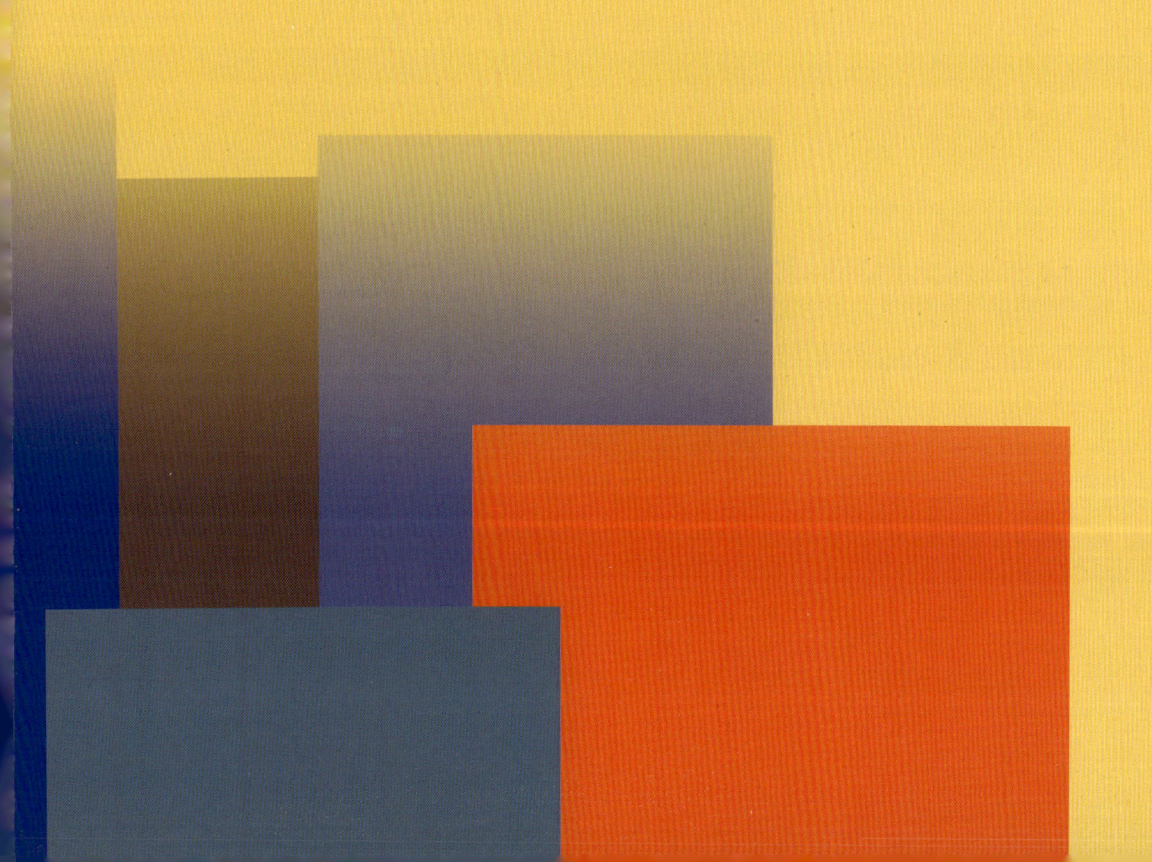

图书在版编目（CIP）数据

清诗颜色词研究 / 杨福亮著. —太原：三晋出版社，2023.12

ISBN 978-7-5457-2771-5

Ⅰ.①清… Ⅱ.①杨… Ⅲ.①古典诗歌—诗歌研究—中国—清代 Ⅳ.① I207.22

中国国家版本馆 CIP 数据核字（2024）第 010260 号

清诗颜色词研究

著　　者：杨福亮
责任编辑：落馥香
出 版 者：山西出版传媒集团·三晋出版社
地　　址：太原市建设南路 21 号
电　　话：0351-4956036（总编室）
　　　　　0351-4922203（印制部）
网　　址：http://www.sjcbs.cn
经 销 者：新华书店
承 印 者：山西万佳印业有限公司
开　　本：720mm×1020mm　1/16
印　　张：15.25
字　　数：250 千字
版　　次：2023 年 12 月　第 1 版
印　　次：2024 年 1 月　第 1 次印刷
书　　号：ISBN 978-7-5457-2771-5
定　　价：80.00 元

如有印装质量问题，请与本社发行部联系。　电话：0351-4922268

目 录

第1章 绪论 … 001
1.1 研究缘起 … 001
1.2 研究意义 … 003
1.2.1 有助于推进汉语韵文颜色词研究,探索韵文颜色词使用特征 …… 003
1.2.2 有助于促进清代词汇研究,丰富近代汉语史研究成果 … 003
1.2.3 有助于加深清诗语言研究,提高清诗赏析能力 … 004
1.3 语料来源与整理 … 005
1.3.1 清诗简介 … 006
1.3.2 语料来源 … 007
1.3.3 语料整理 … 008
1.4 相关术语界定 … 010
1.4.1 颜色词 … 010
1.4.2 颜色词的语义 … 011
1.4.3 原型语义和非原型语义 … 012
1.4.4 语义颜色词和语用颜色词 … 012
1.4.5 语义显著度和语义广义度 … 014
1.4.6 含彩词语 … 015
1.5 研究内容与方法 … 016
1.5.1 研究内容 … 016

1.5.2 研究方法 ………………………………………………… 017

第 2 章　文献综述与相关理论阐释 ………………………………… 018
　2.1 文献综述 ……………………………………………………… 018
　　2.1.1 汉语基本颜色词研究 ……………………………………… 019
　　2.1.2 汉语颜色词词汇语义研究 ………………………………… 021
　　2.1.3 汉语颜色词运用研究 ……………………………………… 027
　　2.1.4 古典韵文中的颜色词研究 ………………………………… 028
　　2.1.5 文献综述小结 ……………………………………………… 030
　2.2 相关理论阐释 ………………………………………………… 031
　　2.2.1 范畴化与原型理论 ………………………………………… 031
　　2.2.2 隐喻与转喻理论 …………………………………………… 033
　　2.2.3 汉语词汇语义学相关理论 ………………………………… 034

第 3 章　清诗颜色词概述 …………………………………………… 037
　3.1 清诗颜色范畴及各范畴原型 ………………………………… 037
　　3.1.1 颜色范畴的确立 …………………………………………… 037
　　3.1.2 范畴原型的确立 …………………………………………… 038
　3.2 清诗颜色词数量概况 ………………………………………… 040
　3.3 清诗颜色词(语)结构形式概况 ……………………………… 043
　3.4 部分颜色词类型归属问题说明 ……………………………… 045
　　3.4.1 归入语义颜色词的实例 …………………………………… 046
　　3.4.2 归入语用颜色词的实例 …………………………………… 048
　3.5 本章小结 ……………………………………………………… 049

第 4 章　红色范畴颜色词语义描写分析 …… 051
4.1 红色范畴语义颜色词描写分析 …… 052
4.2 红色范畴语用颜色词描写分析 …… 063
4.3 红色范畴复音节颜色词描写分析 …… 065
4.3.1 由"红"构成的复音节颜色词 …… 065
4.3.2 由"殷"构成的复音节颜色词 …… 066
4.3.3 由"朱"构成的复音节颜色词 …… 067
4.4 红色范畴含彩词语描写分析 …… 067
4.4.1 由"红"构成的含彩词语 …… 067
4.4.2 由"丹"构成的含彩词语 …… 069
4.4.3 由"朱"构成的含彩词语 …… 070
4.4.4 由"赤"构成的含彩词语 …… 070
4.4.5 由"绛"构成的含彩词语 …… 071
4.5 红色范畴颜色词对比分析 …… 071
4.5.1 红色范畴颜色词语义显著度分析 …… 071
4.5.2 红色范畴颜色词语义广义度分析 …… 073
4.5.3 红色范畴颜色词色彩属性分析 …… 076

第 5 章　黄色范畴颜色词语义描写分析 …… 078
5.1 黄色范畴语义颜色词描写分析 …… 079
5.2 黄色范畴语用颜色词描写分析 …… 083
5.3 黄色范畴复音节颜色词描写分析 …… 086
5.4 黄色范畴含彩词语描写分析 …… 087
5.5 黄色范畴颜色词对比分析 …… 088
5.5.1 黄色范畴颜色词语义显著度分析 …… 088

5.5.2 黄色范畴颜色词语义广义度分析 …………………………………… 089
　　5.5.3 黄色范畴颜色词色彩属性分析 …………………………………… 091

第6章　绿色范畴颜色词语义描写分析 ……………………………………… 092
6.1 绿色范畴语义颜色词描写分析 ………………………………………… 092
6.2 绿色范畴语用颜色词描写分析 ………………………………………… 099
6.3 绿色范畴复音节颜色词描写分析 ……………………………………… 100
　　6.3.1 由"青$_{(绿)}$"构成的复音节颜色词 ……………………………… 100
　　6.3.2 由"绿$_{(绿)}$"构成的复音节颜色词 ……………………………… 101
　　6.3.3 由"翠$_{(绿)}$"构成的复音节颜色词 ……………………………… 101
　　6.3.4 由"碧$_{(绿)}$"构成的复音节颜色词 ……………………………… 102
6.4 绿色范畴含彩词语描写分析 …………………………………………… 102
　　6.4.1 由"青$_{(绿)}$"构成的含彩词语 …………………………………… 102
　　6.4.2 由"绿$_{(绿)}$"构成的含彩词语 …………………………………… 103
6.5 绿色范畴颜色词对比分析 ……………………………………………… 104
　　6.5.1 绿色范畴颜色词语义显著度分析 …………………………………… 104
　　6.5.2 绿色范畴颜色词语义广义度分析 …………………………………… 105
　　6.5.3 绿色范畴颜色词色彩属性分析 …………………………………… 106

第7章　青—蓝色范畴颜色词语义描写分析 ………………………………… 107
7.1 青—蓝色范畴语义颜色词描写分析 …………………………………… 107
7.2 青—蓝色范畴语用颜色词描写分析 …………………………………… 110
7.3 青—蓝色范畴复音节颜色词描写分析 ………………………………… 111
　　7.3.1 由"青$_{(蓝)}$"构成的复音节颜色词 ……………………………… 111
　　7.3.2 由"碧$_{(蓝)}$"构成的复音节颜色词 ……………………………… 111
　　7.3.3 由"蓝"构成的复音节颜色词 ……………………………………… 111

7.4 青—蓝色范畴含彩词语描写分析 ……………………………… 112
7.4.1 由"青(蓝)"构成的含彩词语 ………………………… 112
7.4.2 由"碧(蓝)"构成的含彩词语 ………………………… 112
7.5 青—蓝色范畴颜色词对比分析 ……………………………… 113
7.5.1 青—蓝色范畴颜色词语义显著度分析 ………………… 113
7.5.2 青—蓝色范畴颜色词语义广义度分析 ………………… 114
7.5.3 青—蓝色范畴颜色词语义广义度分析 ………………… 115

第 8 章 紫色范畴颜色词语义描写分析 ……………………………… 116
8.1 紫色范畴语义颜色词描写分析 ……………………………… 116
8.2 紫色范畴语用颜色词描写分析 ……………………………… 119
8.3 紫色范畴复音节颜色词描写分析 …………………………… 119
8.4 紫色范畴含彩词语描写分析 ………………………………… 120
8.5 紫色范畴颜色词对比分析 …………………………………… 121
8.5.1 紫色范畴颜色词语义显著度分析 ……………………… 121
8.5.2 紫色范畴颜色词语义广义度分析 ……………………… 121
8.5.3 紫色范畴颜色词色彩属性分析 ………………………… 122

第 9 章 黑色范畴颜色词语义描写分析 ……………………………… 123
9.1 黑色范畴语义颜色词描写分析 ……………………………… 123
9.2 黑色范畴语用颜色词描写分析 ……………………………… 134
9.3 黑色范畴复音节颜色词描写分析 …………………………… 136
9.3.1 由"黑"构成的复音节颜色词 ………………………… 136
9.3.2 由"黛"构成的复音节颜色词 ………………………… 136
9.3.3 由"墨"构成的复音节颜色词 ………………………… 136
9.3.4 由"乌"构成的复音节颜色词 ………………………… 137
9.4 黑色范畴含彩词语描写分析 ………………………………… 137

9.5 黑色范畴颜色词对比分析 ………………………………… 137
9.5.1 黑色范畴颜色词语义显著度分析 ………………………… 137
9.5.2 黑色范畴颜色词语义广义度分析 ………………………… 139
9.5.3 黑色范畴颜色词色彩属性分析 …………………………… 141

第 10 章 白色范畴颜色词语义描写分析 ……………………………… 143
10.1 白色范畴语义颜色词描写分析 …………………………… 143
10.2 白色范畴语用颜色词描写分析 …………………………… 151
10.3 白色范畴复音节颜色词描写分析 ………………………… 154
10.3.1 由"白"构成的复音节颜色词 …………………………… 154
10.3.2 由"苍(白)"构成的复音节颜色词 ……………………… 155
10.3.3 由"素"构成的复音节颜色词 …………………………… 155
10.3.4 由"粉"构成的复音节颜色词 …………………………… 155
10.4 白色范畴含彩词语描写分析 ……………………………… 155
10.5 白色范畴颜色词对比分析 ………………………………… 156
10.5.1 白色范畴颜色词语义显著度分析 ……………………… 156
10.5.2 白色范畴颜色词语义广义度分析 ……………………… 158
10.5.3 白色范畴颜色词色彩属性分析 ………………………… 160
10.6 清诗颜色词语义分析小结 ………………………………… 161
10.6.1 颜色词语义描写分析 …………………………………… 162
10.6.2 颜色词语义对比分析 …………………………………… 163
10.6.3 范畴原型确立问题再思考 ……………………………… 164

第 11 章 清诗颜色词非原型义产生机制分析 ………………………… 165
11.1 隐喻机制 …………………………………………………… 165
11.1.1 从语义颜色词来看 ……………………………………… 165
11.1.2 从含彩词语来看 ………………………………………… 168

11.2 转喻机制 ……………………………………………………… 169
11.2.1 从语义颜色词来看 ………………………………………… 169
11.2.2 从语用颜色词来看 ………………………………………… 171
11.2.3 从含彩词语来看 …………………………………………… 172
11.3 社会文化赋予机制 …………………………………………… 172

第 12 章 清诗颜色词语用分析 …………………………………… 175
12.1 颜色词在清诗中的语用价值 ………………………………… 176
12.1.1 语义颜色词的语用价值 …………………………………… 176
12.1.2 语用颜色词的语用价值 …………………………………… 183
12.2 颜色词在诗句不同位置上的语用效应 ……………………… 188
12.2.1 句首颜色词的语用效应 …………………………………… 188
12.2.2 句尾颜色词的语用效应 …………………………………… 190
12.2.3 句中颜色词的语用效应 …………………………………… 192
12.3 颜色词在诗歌对仗中的语用考察 …………………………… 195
12.3.1 色彩对 ………………………………………………………… 196
12.3.2 字面对 ………………………………………………………… 197
12.3.3 借音对 ………………………………………………………… 198
12.3.4 借物对 ………………………………………………………… 199
12.4 汉族与满族诗人颜色词使用对比分析 ……………………… 200
12.4.1 总体概况对比分析 ………………………………………… 201
12.4.2 使用形式对比分析 ………………………………………… 204
12.5 清代诗歌与小说中的颜色词使用对比分析 ………………… 208
12.5.1 总体概况对比分析 ………………………………………… 209
12.5.2 使用形式对比分析 ………………………………………… 213
12.6 本章小结 ………………………………………………………… 215

第 13 章　结论及其他 217
13.1 论著主要结论 217
　　13.1.1 清诗颜色词总体概况 217
　　13.1.2 清诗颜色词语义分析 218
　　13.1.3 清诗颜色词语用探讨 219
13.2 进一步研究的思考 220

参考文献 221
附　　录 231
后　　记 233

第1章 绪 论

1.1 研究缘起

颜色是物质属性的一种表现形式,对颜色的感知是人类的一种基本认知能力。从认知语言学角度来看,颜色词是色彩概念的语言表达形式,是人类对客观世界中的色彩进行感知、范畴化并用自然语言编码的结果,其形成和发展与人类色彩认知能力的发展密切相关。在世界各民族语言的词汇系统中,颜色词都是非常重要的组成部分。

颜色词研究也是语言学的经典课题之一,近几十年来,中外学者们借鉴色彩学、人类学、心理学、社会学和文化学等学科的研究成果,从多个角度对颜色词进行了广泛探讨。相关研究表明,无论使用何种语言,人类对于颜色的感知能力是相同的。但是不同的文化背景和民族心理等会影响某种具体语言中颜色词的使用。因此,我们应当对本民族语中颜色词的使用特点进行深入研究。

汉语颜色词是使用汉语的人们用来表达色彩概念的语词符号,具有鲜明的民族性、历史传承性和相对稳定性。作为汉民族共同语,汉语经历了几千年的发展演变,每个时期的颜色词在使用上都留下鲜明的时代烙印,汉语颜色词研究是考察民族文化特征的一个良好切入点。

本书的研究对象为清代古典诗歌中的颜色词,主要基于以下两点考虑:

一是探索和开拓汉语颜色词研究的新领域。

汉语颜色词研究是汉语词汇史研究的一项重要内容。郭在贻(1986)指出:"在整个汉语史的研究中,关于词汇史的研究是最为薄弱的环节。"①这主要由汉语词汇的特点决定的,汉语词汇不仅数量众多,难以把握,而且发展变化的速度快于语音和语法。因此,我们的首要任务就是选取该时代具有代表性的语料进行封闭研究,掌握该时代词汇使用的一般规律,然后再从历时的角度进行总结研究,汉语颜色词研究也应遵循这一原则。

从目前研究来看,针对清代颜色词研究的成果非常有限,仅有少数几篇文章探讨了《红楼梦》等小说中的颜色词,尚未发现反映清代诗歌颜色词总体使用面貌的研究成果。清代是汉语古典诗歌的全面总结期,清诗则是汉语古典诗歌的最后一座丰碑,"其最重要的特点是题材意旨的丰富与艺术的多元生新,皆非唐宋元明诗可比拟,可以说达到中国古典诗歌的极致"。②以清诗中的颜色词作为研究对象,不仅能反映出颜色词在诗歌语言中的运用特点,还能在一定程度上反映出清代颜色词的总体类型特征。

二是丰富和完善汉语古典韵文体文学语言颜色词系列研究成果。

清诗是汉语古典韵文文学作品的一种,清诗语言属于汉语古典韵文体文学语言。马燕华(2013)指出:"汉语古典文学以韵文体裁为主要形式","汉语古典文学语言是在符合汉语口语规律基础上经过加工提炼具有美学价值的语言"。③它是汉语中最纯粹的文学语言,具有灵活、形象、典雅和含蓄等方面的特点。汉语古典韵文文学贯穿了整个中国古代文学史,每一时代都有其代表性的韵文文体,清诗则是清代汉语古典韵文文学的代表。

近年来,我们组建科研团队,对历代汉语古典韵文体中的颜色词进行系统研究,并于2015年成功申请到国家社会科学基金项目的资助(项目名称:汉语古典韵文体文学语言颜色词历时演变研究,负责人为马艳华),该项目已于2022年顺利结项。团队成员们探讨了《诗经》《楚辞》、汉赋、魏晋骈赋、唐诗、宋词、元散曲、明代戏

---

① 郭在贻.训诂学[M].长沙:湖南人民出版社,1986:144.
② 王英志.《清诗三百首今注新译》导言[J].苏州大学学报(哲学社会科学版),2010,(1):34-38.
③ 马燕华.论骈赋句法语义特征[J].民俗典籍文字研究,2013,(2):161-169.

剧唱词、清诗等韵文体文学语言中的颜色词,这些共时的研究成果为历时角度的颜色词梳理打下扎实基础,清诗颜色词研究正是汉语古典韵文体文学语言颜色词系列研究中不可或缺的一环。

1.2 研究意义

清代诗歌作品中含有丰富的颜色词,这些颜色词不仅有助于我们鉴赏清诗的语言艺术,还能帮助我们了解清代颜色词使用的基本面貌。对清诗颜色词进行系统研究,具有以下几个方面的积极意义。

1.2.1 有助于推进汉语韵文颜色词研究,探索韵文颜色词使用特征

颜色词研究一直以来就是词汇语义学的经典课题,汉语颜色词同样也是当前汉语学界长期关注的内容之一,它不仅数量众多,类型多样,构词方式灵活,并且还包含了丰富的中华文化底蕴。近年来国内学者从多种角度对汉语颜色词进行了研究,相关专著和文章数不胜数。但从已有文献来看,对现代汉语颜色词的关注整体上多于对古代汉语的,在探讨古代汉语颜色词的论文中,也很少有全面系统的对某一时期韵文体语料中的颜色词研究的成果。

文学语言是人们在遵循语言普遍规律基础上的创造性使用,汉语古典韵文体语言是汉语最纯粹的文学语言,颜色词在其中具有独特的使用特点,能够很好地发挥古典韵文抒情写意的文学功能,充分体现其含蓄典雅的文学风格。对历代汉语古典韵文中的颜色词进行系统研究,不仅能全面认识颜色词意义的非单一性和依附性,掌握其运用和发展演变方面的规律,而且还在一定程度上有助于推进汉语古典韵文体文学语言研究。

1.2.2 有助于促进清代词汇研究,丰富近代汉语史研究成果

汉语词汇研究是汉语研究的重要组成部分,清代处于近代汉语和现代汉语的过渡地带,其承上启下的重要作用更是不言而喻。在近代汉语的下限问题上,学者

们的意见并不一致。王力(1980)将汉语史分为上古、中古、近代和现代四个时期,其中公元13世纪到19世纪(鸦片战争爆发)为近代(自1840年鸦片战争到1919年五四运动为过渡阶段)。①郭锡良(2000)也指出,一般来说,"五四"以后,当然是现代汉语;鸦片战争至"五四"是一个过渡阶段,可以称为早期现代汉语。宋元以后至鸦片战争,可以称为近古汉语。②蒋绍愚(2004)则认为:"我们可以把近代汉语的下限定为18世纪中期,或者粗略一点说,定在清初"。③由此可见,清代是汉语史发展的一个重要时期,它处于近代汉语的尾声,近代汉语的各种语言特征在清代汉语中都有充分而集中的体现,同时它又处于现代汉语的前期,所以也能够体现出近代汉语向现代汉语转变的过渡特点。本书基本上以1840年以前的清代古典诗歌为封闭语料,对其中的颜色词进行系统研究,因而属于近代汉语研究的一部分。

在清代词汇研究方面,已有的研究成果多以清代白话小说为研究材料,清诗因具有仿古性,所以不太被学界重视。但是不可否认,清诗作为清代韵文文学的代表,能够在一定程度上反映出清代语言使用情况。蒋绍愚(1990)将近代汉语研究的语言材料总结为八类,其中之一便是"诗词曲中有关的部分"。④因此,本书以清诗颜色词为研究对象,不仅能反映出清诗颜色词的使用面貌,还能为清代词汇研究增添新的研究资料,丰富近代汉语史研究成果。

1.2.3 有助于加深清诗语言研究,提高清诗赏析能力

唐诗作为汉语古典诗歌的最高峰,一直以来就受到学界广泛关注,相比较而言,清代诗歌研究则存在一定的滞后性,这在一定程度上是受"一代有一代之文学"等成见影响。此外,以往学者们对清诗多持贬低态度,钱仲联(2004)则对其地位给予了公允评价,他指出:"清诗当然不能说是超越唐宋以上,然而总可以说是开出了

---

① 王力.汉语史稿[M].北京:中华书局,1980:35.
② 郭锡良,李玲璞.古代汉语[M].北京:语文出版社,2000:1.
③ 蒋绍愚.近代汉语研究概要[M].北京:北京大学出版社,2004:6.
④ 蒋绍愚.近代汉语研究概述[J].古汉语研究,1990,(2):1-11.

超越元明,抗衡唐宋的新局面"。①

近年来,学界逐渐意识到,对清诗的研究有助于全面认识汉语古典诗歌发展的延续性、创新性和集大成性,除了加大对清代诗人及其作品的研究之外,还对清代诗学进行了大量研究。但是这些研究成果大多是从文学赏析的角度出发的,专门探讨清诗语言的研究成果非常罕见。蒋绍愚(2008)指出:"诗歌是语言的艺术,要研究中国古典诗词的艺术性,离不开语言的研究"。②袁行霈(1996)也主张诗歌艺术分析的依据首先就是诗歌语言,"诗歌艺术分析的第一步就是进行语言分析"。③本书以清诗颜色词为切入点,从语言学角度对其进行细致分析,有助于在理论和方法上推进清代诗歌古典韵文语言的研究。颜色词在清代诗歌中的出现频率很高,它在构成诗歌意象、描摹事物特征、渲染烘托气氛和传达情感意志等方面都发挥着重要的作用,对清诗颜色词的语义系统及其在诗歌中的语用现象进行研究,还能在一定程度上提高清诗鉴赏能力。

此外,词汇是语言的重要组成要素,其对客观世界和社会发展的反映最广泛,也最灵敏。汉语颜色词的发展、传承和变异,蕴含着中华民族丰富的文化底蕴,颜色词在诗歌中的运用也携带着丰富的文化内涵。对清诗颜色词进行研究,还能揭示出其蕴含的民族心理、传统习俗和审美情趣等清代文化方面的内容。

1.3 语料来源与整理

本书以大量清代古典诗歌为语料来源,以诗歌中词汇意义表示颜色的词语(即颜色词)为研究对象。

清代(1636—1912)是中国封建社会的晚期,也是中国历史上第二个由少数民族统治中国全境的时期。满族统治者为巩固政权,采取了一系列缓和民族矛盾、促进社会安定的措施。在保留本族文化的前提下,满族统治者尽可能地推行有利于自

---

① 钱仲联. 清代诗词二十名家评述[J]. 苏州大学学报,2004,(1):64-68.
② 蒋绍愚. 唐诗语言研究[M]. 北京:语文出版社,2008:322.
③ 袁行霈. 中国诗歌艺术研究(增订本)[M]. 北京:北京大学出版社,1996:2.

己统治的汉化措施。对待汉族识分子，他们则采取既笼络又压制的手段。在此影响下，清代各种传统文学样式包括清诗都出现了全面的复兴。

钱仲联1991年在为朱则杰的专著《清诗史》所作的序言中指出："文学史上的清代，一般指它的前二百年左右，即鸦片战争爆发前的时期"。[①]1840年以后，清朝社会逐渐由原来的封建社会沦为半殖民地半封建社会，在历史上通常被称为"近代"，因此本书所涉及到的清代诗歌严格意义上来说是清代初期至中叶的诗歌。为方便起见，本书依然将这一时期称为"清代"。

1.3.1 清诗简介

古典诗歌是汉语古典韵文的主要样式，源于《诗经》，盛于唐代，清代则是汉语古典诗歌的全面总结期，是继唐宋后又一个古典诗歌创作的高峰。作为古典诗歌传承史上的集大成者，清诗无论在诗歌体式演变上还是在艺术审美功用上，都具有非常重要的价值。

清诗的突出成就首先可以从诗人及其作品的庞大数量上得到体现。清代诗歌总集《清诗汇》（原名《晚晴簃诗汇》）中选取了六千一百多家诗人的两万七千余首诗作，[②]这仅仅是清代诗歌盛况的一个缩影。袁行云（1994）指出："清人诗集约七千种。连同诸总集、选集及郡邑、氏族、怀旧、唱和等辑集，计当三万家以上"。[③]而根据《全清诗》编纂委员会的初步推算，清代有作品传世的诗人超过十万家。[④]罗时进（2013）指出，清代诗歌传世作品估计有八百万至一千万首，是"明诗的十多倍，是清代以前历代诗歌总数的八倍多"。[⑤]由此可见，清代诗歌创作群体蔚为壮观，作品卷帙浩繁。

清诗的创作主体主要是汉族诗人，但是少数民族诗人，尤其是满族诗人也大量

[①] 钱仲联序，朱则杰著.清诗史[M].南京：江苏古籍出版社，1992：序.按：钱先生的序写于1991年。

[②] （清）徐世昌辑.清诗汇[M].北京：北京出版社，1996：出版说明.

[③] 袁行云.清人诗集叙录[M].北京：文化艺术出版社，1994：自序.

[④] 朱则杰.论机读《全清诗》的编纂——兼谈编纂古典诗歌电子读物的有关问题[J].艺术科技，1996，(3)：29-31.

[⑤] 罗时进.清诗整理研究工作亟待推进[N].中国社会科学报.2013-8-16(B01).

涌现,比较著名的有纳兰性德、岳端、顾太清等。他们与汉族诗人一样,都将诗歌创作和个体生存以及时代变化紧密结合,创作出一大批极具思想性和艺术性的诗歌作品。

诗歌流派纷呈和诗学理论众多也是清代诗歌的一个主要特征。唐宋以来,古典诗歌的各种诗体形式已基本定型,前代丰富的诗歌遗产为清人诗歌创作提供了有益借鉴。在对待唐宋诗歌遗产的态度上,清人反对明人偏于独尊的狭隘做法,主张转益多师,熔铸唐宋。在此影响下,清代产生了众多的诗歌流派,"神韵说""格调说""性灵说""肌理说"等流派接踵而至,呈现出百家争鸣的局面,各种诗话、论诗绝句的数量和质量也都超过前代。清代诗歌创作和诗学理论所呈现出的双峰并峙姿态正是其集大成性的具体体现。

1.3.2 语料来源

清代诗人及其作品数量极为庞大,诗歌艺术水准亦参差不齐,受研究条件和精力等所限,我们只能选取代表性的诗人和作品进行定量研究。此外为了解清代诗歌语言中颜色词的真实面貌,我们既选取了汉族诗人的作品,同时也选取了满族诗人的作品。

在汉族诗人选取方面,我们以章培恒和骆玉明主编的《中国文学史新著》(下册)为依据,对清代前中期诗歌部分中介绍篇幅在1页以上(含1页)的诗人进行了全面统计,共统计出诗人15位,[①]其中介绍篇幅最长的3位诗人分别是袁枚(14页)、吴伟业(12页)和龚自珍(9页),他们无疑是清代汉族诗人的典型代表。

在满族诗人选取方面,我们以邓伟作为总主编的《满族文学史》(第二、三卷)为依据,对其重点介绍的满族诗人进行统计,分别是:岳端、文昭、纳兰性德、纳兰常安、尹继善、敦诚、英和、多隆阿、弈绘和顾太清。[②]这10位诗人在书中都以专章的形式予以介绍,介绍篇幅也都在10页以上。

[①] 这15位诗人按照书中介绍顺序排列分别是:吴伟业、钱谦益、屈大均、王士禛、赵执信、沈德潜、厉鹗、郑燮、袁枚、蒋士铨、赵翼、翁方纲、黄景仁、张问陶和龚自珍。

[②] 本书未选取御制诗,一方面是因为部分御制诗为馆阁词臣代写,另一方面则是因为御制诗的数量太大,如仅乾隆皇帝的御制诗就有四万余首。

我们以上述 13 位汉族和满族诗人的全部诗歌作品为语料来源，①其中部分诗人，如袁枚、吴伟业、龚自珍、纳兰性德、岳端、顾太清、英和有后人为其整理点校的诗集，而大部分满族诗人的作品没有经过整理，我们平常所见的大多属于清代刻本的影印版。针对前者，我们选取目前比较权威和全面的诗集作为语料来源；后者主要集中收录于《清代诗文集汇编》中，②我们以《清代诗文集汇编》中该诗人的全部诗歌作品作为语料来源，具体情况详见书后附录：清诗颜色词语料来源。

根据统计，本书所选取的 13 位汉族和满族诗人的诗歌总数量约为 14700 余首，诗歌总字数约为 115 万字。这些诗人的诗歌艺术成就较高，所生活的时代也跨越了清代前中期，因此能够大致反映出清代古典诗歌的基本风貌。

1.3.3 语料整理

本书对清诗颜色词语料的整理主要分为三个步骤：

首先，从附录所列的纸质文本中穷尽性地搜集颜色词语料，将其录入电脑，初步建立起清诗颜色词语料库。

其次，在录入颜色词语料的同时，我们参考工具书、权威注本以及颜色方面的专书等，对颜色词进行注释和分类。

最后，根据论文大纲和写作需要，对语料进行详细分类和标注，增加遗漏的语料，删除无效的语料，最终建立一个比较成熟的清诗颜色词语料库，为本书的顺利写作打下良好基础。

---

① 在这 13 位诗人中，吴伟业的生卒年代属于明末清初，但是其诗歌艺术成就主要是在清初获得的，因此在绝大部分文学史专著中（例如《中国文学史新著》），吴伟业的作品都在清代初期文学部分予以介绍。此外，满族诗人多隆阿和顾太清生活的时代也跨越了鸦片战争，大部分文学史专著（例如《满族文学史》）也都将二者归为清代中期的诗人。本书在选取清诗人时，参考了上述文学史专著的研究成果。同时为考察这些诗人的颜色词使用总体概况，本书以其全部诗歌作品作为语料来源。

②《清代诗文集汇编》为国家清史工程大型文献项目整理成果，由中国人民大学和北京大学联合主持编纂，上海古籍出版社独家影印出版。全书收入有清一代三千余重要人物的诗文集约四千种，共 800 册，篇幅约计 4 亿字，堪称迄今规模最大的清代诗文著述的合集，填补了学术界此前尚无清代断代诗文总集整理出版的空白。

以下几种情况的颜色词我们在清诗颜色词语料库中没有收录：

（1）表示杂色的颜色词，如描写黑白杂色的颜色词"斑（班）"、"厖眉"中的"厖"等。此外也不收录表示多种颜色的"锦""彩""文""霞"和"五色""十色"等。

（2）表示抽象色彩的颜色词，如"深色""浅色""正色""秋色""怒色""喜色""惭色""羞色"等。

（3）人名中颜色理据模糊的颜色词，如"红娘"的"红"，"赤松子"的"赤"等。此外，单纯表示姓的，如"黄""白""朱"等我们未收录。

（4）地名中颜色理据模糊的颜色词，如"青城"的"青"、"白下"的"白"以及"黑山"的"黑"等。

（5）因通假现象而产生的"颜色词"，如"青商"实际是"清商"，"黄天"实际是"皇天"，"仓黄"实际是"仓皇"等。

（6）因音译现象而产生的"颜色词"，如与佛教有关的词语"精蓝""伽蓝"中的"蓝"是梵语"Aranya"（阿兰若）的音译，并不是真正的颜色词。

（7）在清代之前曾表示颜色，但是在本书清诗语料中完全没有出现颜色义的词，如"赫""幽"等。此外，"灰"虽早在南北朝时期就已成为基本颜色词，[1]但是在我们搜集到的近百条含有"灰"的诗句中，其表示"物体燃烧后剩下的东西"（瓶里花难谢，灰中火易储）或"志气消沉"（却瞻横门道，心与浮云灰），因此我们也并未收录。

经过整理，我们共获得清诗颜色词语料12368条。在对语料的分析方面，我们设置了26个参数，包括基本信息、语义描写、组合形式和语用分析四个部分，每个部分下都包含若干项目，清诗颜色词语料库的基本参数设置如图1所示：

---

[1] 姚小平.基本颜色词理论述评——兼论汉语基本颜色词的演变史[J].外语教学与研究，1988，（2）.

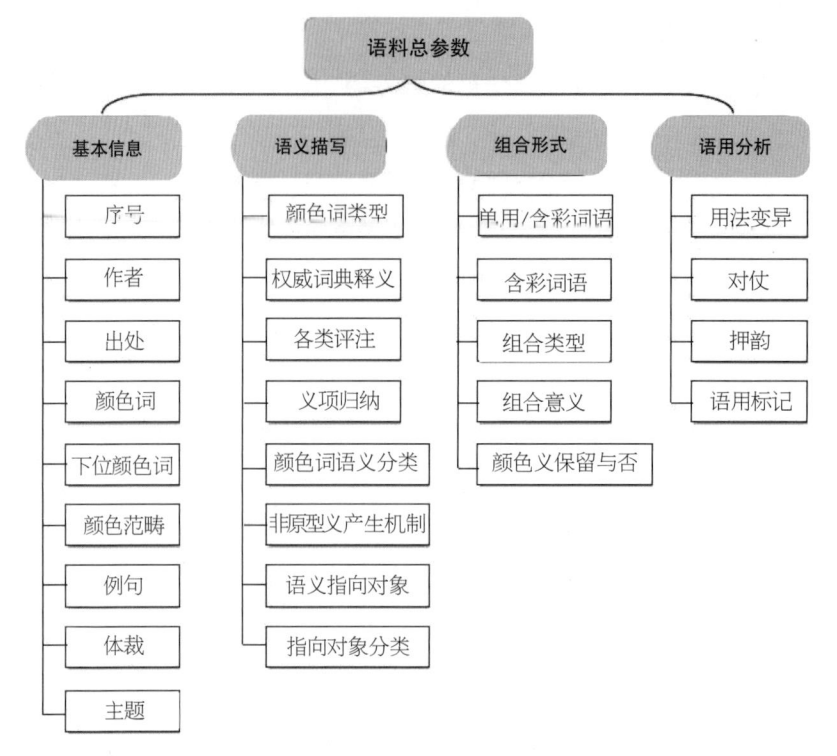

```
                        语料总参数
         ┌─────────────┬──────────┬─────────────┐
      基本信息        语义描写    组合形式       语用分析
         │             │          │             │
       序号         颜色词类型   单用/含彩词语   用法变异
       作者        权威词典释义    含彩词语      对仗
       出处          各类评注     组合类型       押韵
      颜色词         义项归纳     组合意义     语用标记
     下位颜色词    颜色词语义分类  颜色义保留与否
     颜色范畴    非原型义产生机制
       例句        语义指向对象
       体裁        指向对象分类
       主题
```

图 1 清诗颜色词语料库基本参数设置

1.4 相关术语界定

1.4.1 颜色词

　　颜色词[①]是语言中用来标记色彩的语词符号,本书中的颜色词收录标准较为宽泛,既包括单纯表示颜色的词(语素),同时也包括在特定语境下临时用于表示颜色的词语,并不是狭义角度的"语言中独立运用的最小单位"。颜色词是人类对客观世

---

① 有人称为颜色字、颜色语素、颜色词语、色彩词等,但是大部分学者倾向于使用"颜色词"这一术语,中国知网上篇名为"颜色词"的论文数量也远远高于篇名为"色彩词"等的论文数量,因此本书同样坚持使用"颜色词"。

界中的色彩进行感知、范畴化并用自然语言编码的结果,其形成和发展与人类色彩认知能力的发展密切相关。

从古至今,汉语颜色词的数量是比较庞大的,例如侯立睿在《古汉语黑系颜色词疏解》审定出 151 个黑系颜色词,其中很多成员如"黖""黲""黵""黷""幽""黯然""黢黤""黑没促"等在现代汉语中要么很少出现,要么基本失去了颜色义。现代汉语中的颜色词数量更多,1957 年出版的《色谱》一书中包含了 625 种颜色的名称,1997 年出版的《中国颜色名称》则搜集了 1867 种中国色名,其中绝大部分为双音节和多音节颜色词。由此可见,随着社会发展,人们对色彩的感知和辨认越来越精细,颜色词的"编码度"也越来越高。①

1.4.2 颜色词的语义

语义指"语言的意义。通过语言的各级单位——语素、词、短语、句子、语段,以及这些单位的组合表达出来"。②意义"又称'语义',一般指语言形式所要传达的信息或说话者的意图"。③可见,从广义角度来看,语言学中的"语义"在使用上大致相当于"意义",本书同样对二者不作详细区分。王寅(2014)也指出,语义是"语言符号的意义的简称,它是概念在语言中的体现"。④因此在本书中,颜色词的语义即指颜色词在清代诗句中所具有的意义,这也是本书的主要研究内容之一。

很多学者将词汇意义的最小单位称为义项,实际上义项的划分和提取难度颇大,且常常具有很多争议。符淮青(1981)指出,"义项是语义的最小单位","准确地说,语素义义项是语义的最小单位……语素义义项和词义义项的差别可忽略不计"。⑤可见,颜色词语义的最小单位是义项,需要说明的是,本书所研究的颜色词的

---

① 编码度本来是为证明语言相对论而概括不同语言间词汇差异的术语,解海江于 2004 年将其发展成跨语言词义对比研究的理论模式——编码度理论。编码度即是语言中用词汇表达某方面经验的精细程度。(解海江,章黎平.汉英语颜色词对比研究[M].上海:上海辞书出版社,2004:20.)

② 语言学名词审定委员会.语言学名词[Z].北京:商务印书馆,2011:85.

③ 语言学名词审定委员会.语言学名词[Z].北京:商务印书馆,2011:11.

④ 王寅.语义理论与语言教学(第二版)[M].上海:上海外语教育出版社,2014:303.

⑤ 符淮青.义项的性质与分合[J].辞书研究,1981,(3):86—94.

语义不仅包括其表示颜色的义项,也包括由颜色义项通过隐喻、转喻和社会文化赋予机制而产生的其他义项。所以从某种角度来说,本书中颜色词的语义更像是一种语境意义。在典籍语境中分析语义是汉语传统训诂学的研究优势,英国语言学家克鲁斯(D.A.Cruse)在《词汇语义学》(Lexical Semantics)第一章中也提出了语境研究法(a contextual approach to lexical semantics),认为一个词汇项的意义会全面反映在与实际的或潜在的语境的对比关系中。要想了解词的意义,就必须把词放在它可以出现的语境中来观察。①

1.4.3 原型语义和非原型语义

原型语义和非原型语义的概念来自原型语义学(prototype semantics),它也是一种词义研究方法,将"词语的意义分为原型意义和非原型意义,前者为中心,后者形成向外辐射的网络系统"。②束定芳(2008)认为:"原型性可以被看作是词汇意义具有局部稳定性的基础,它代表了意义的习惯性或规则性的一面","词语有原型的意义,是词语活用的基础"。③

本书同样将颜色词的语义分为原型语义和非原型语义(以下简称原型义和非原型义)两种。颜色词的原型义是指该颜色词的所有义项中使用频率最高、最具有典型性的意义,一般指颜色词表示颜色的意义;颜色词的非原型义则是在原型义的基础上,通过隐喻、转喻和社会文化赋予等机制引申发展出来的意义。原型义和非原型义以家族相似性为原则,共同构成了一个颜色词的语义系统。

1.4.4 语义颜色词和语用颜色词

根据原型语义是否表示颜色,本书将清诗中的颜色词分为语义颜色词和语用颜色词两大类。语义颜色词是传统意义上表示颜色的词,其原型义表示颜色,并且通常可以由原型义引申出非原型义。它既包括单音节颜色词,如"黑""白""红""绿""黄"等,还包括单音节颜色词的下位颜色词,如"红"的下位颜色词"嫣红""鲜红"

---

① D.A.Cruse. Lexical Semantics[M]. 北京:世界图书出版公司,2009.
② 语言学名词审定委员会. 语言学名词[Z]. 北京:商务印书馆,2011:10.
③ 束定芳. 认知语义学[M]. 上海:上海外语教育出版社,2008:73.

"夭红"和"琥珀红"等。语义颜色词具有一般形容词的语法性质,主要功能是对事物进行修饰和描写。

语用颜色词(也有学者称为"名物颜色词""实物颜色词"等)多为名物词,原型义表示名物,但是在语料中用于表示颜色,或者凸显了其表颜色的属性,这些事物名词所表示的颜色基本上是约定俗成的。例如"白"范畴颜色词中的"银""玉""霜""雪""秋"等。语用颜色词有的可以像语义颜色词一样,直接修饰事物,如"撕开紫绵袄,褪出雪肌肤"等;有的需要通过"被修饰事物(颜色)+似/如/若/比…+语用颜色词"的形式来突出事物色彩属性,如"软如鹅毛色如银,非纩非丝亦非帛",语用颜色词"银"在例句中凸显了其表颜色的属性;①有的则需要通过与"色"结合来修饰事物,如"石边树老欲参天,黛色霜皮几千尺"。

马燕华(2012)指出,判别语义颜色词和语用颜色词主要有三条标准:(1)语义原型标准,语义颜色词的原型义是颜色,语用颜色词的原型义是事物;(2)非原型义标准,语义颜色词一般有着丰富的非原型义,语用颜色词一般没有非原型义;(3)形式标准,语义颜色词典型搭配形式为"语义颜色词+名词"(如红颜、青丝),语用颜色词典型搭配形式为"语用颜色词+语义颜色词"(如金黄、银白)。②我们认为,二者最本质的区别标准是语义原型。在实际操作中,某一时代中语义颜色词和语用颜色词的界限并不是很清楚,这时我们就主要根据该词在语料中的使用频率来判断。例如根据统计,在吴伟业诗歌语料中"金"表颜色(如"香流金杏酢,脆入玉梅腌")的语料数共有10条,仅占"金"总使用次数(66次)的15%,可见"金"在清诗语料库中还是一个语用颜色词。我们在区分二者时还要参考该词表颜色的义项在人们心理中的显著程度,例如"丹"在清诗语料中虽然保留了很多表名物义的用法(如丹台、炼丹),但是其表颜色义的用法已经深入人心,所以本书将其归为语义颜色词。由此可见,在区分语义颜色词和语用颜色词时,我们需要将上述标准结合起来进行使用。

---

① 需要说明的是,并不是进入这种格式的名物词都是语用颜色词,例如上面例句中的"鹅毛"虽然也是白色的,但是在例句中突出了其柔软的特性。又如"杏花庭院月如弓,又见江梅一瓣红"中的"弓",只是在外形上与月亮相似,"红尘一骑飞如矢,老夫开函笑不止"中的"矢"则是在速度方面与"骑"相似,在确定语用颜色词时需要具体问题具体分析。

② 马燕华. 论颜色词的分类及其特征[Z]. 昆明:中国语言学第16届年会论文,2012.

1.4.5 语义显著度和语义广义度

本书中颜色词的语义显著度是指，被编入人类心理词典的颜色词义项所享有的认知处理优先程度。在语料中，某个颜色词的义项比其他义项的使用频率更高，更具典型性，在认知上被优先处理，我们就认为这一义项的显著度高，反之，则显著度低。

语义显著度的概念借用于认知语言学中关于显著性（salience）的相关论述。Rachel Giora 曾在多篇文章中探讨了显著性的问题，并且提出了著名的显著度等级假说（The Graded Salience Hypothesis），认为"意义的显著性是一个程度问题。在一个具体的语境中，一个具体词语或句子的最常规的、普及的、常见的、熟悉的、或可预测的……最可能的释义就是显著程度最高的意义"，"显著的意义会优先得到处理"。[1]此外，Giora 认为"显著度高的意义被认为在遇到语言刺激后通过直接心理词典检索就能被立即获取，显著度稍低的意义会滞后。不显著的意义需要额外的推导过程，大部分需要很强的语境支持"。[2]Istvan Kecskes(2006)也认为"词汇单位显著度高的意义会自动得到优先处理"。[3]语义的显著性并不是一成不变的，而是"随着使用、社会、环境和说话者的变化而变化"。[4]

语义广义度的概念借用于王宁关于词及语言意义广义性的探讨。王宁（1987）指出，词通常以贮存和使用两种状态存在，词在贮存状态中表现为"多义的、广义的和概括的"，"所谓词的广义，是从两方面来说的：一方面，词的某一义项所能适用的物类和事类往往不止一种……另一方面，某一义项能适用的是这一物类和事类的全体，而不单指其中的某一个。任何词在贮存状态时都具有这样两种广度"。[5]王宁

---

[1] Giora, R. Understanding figurative and literal language: The graded salience hypothesis [J]. Cognitive Linguistics, 1997, 8/3: 183-206.

[2] Giora, R. Literal vs. figurative language: Different or equal [J]. Journal of Pragmatics, 2002, (34): 487-506.

[3] Istvan Kecskes. Contextual Meaning and Word Meaning[J]. 外国语, 2006, (5): 18-32.

[4] 束定芳. 认知语义学[M]. 上海：上海外语教育出版社, 2008: 236.

[5] 王宁. 文言字词知识[M]. 北京：北京教育出版社, 1987: 67-69.

(2011)进一步指出:"语言意义的广义性表现在词所指对象有限的广泛性","词的广义性更准确地说,应当是社会的词在它所适应的全部语境中指向的广泛性","词的广义度只能搜集、描写,不能全然采用逻辑推论去确定"。[①]

在本书中,颜色词的语义广义度是通过考察颜色词表颜色的义项在实际使用中的语义指向所获得的,该义项所指向事物种类和数量的丰富程度就是该颜色词的语义广义度。指向的种类越多,广义度也就越高。语义广义度是检验某一颜色词成员是否是所属颜色范畴原型的有效手段。

1.4.6 含彩词语

含彩词语是指由颜色词(语素)与其他成分相组合而成、结构形式相对固定的词语,其意义不是来自于语素义的简单相加。叶军(1999)指出:"含彩词语是指具有某种色彩的事物,反映到语言中就是那些含有色彩词素却不表示色彩概念的词语",该文将《现代汉语词典》中的含彩词语分为两类:一类是"色彩词素直接参与含彩词语的意义构成,揭示含彩词语所指事物的色彩特征",例如"白头""黄牛"等;一类是"色彩词素间接参与含彩词语的意义构成,即其在含彩词语的意义构成中起比喻、象征或借代作用",例如"白旗""红颜""踏青"等。[②]在清诗颜色词语料库中,含彩词语一般由两个成分构成,前者为修饰成分,多由颜色词(语素)充当,后者为被修饰成分,多为名物词(语素)。根据颜色词的颜色义是否直接参与含彩词语整体语义建构,我们将含彩词语分为保留颜色义的含彩词语与颜色义模糊的含彩词语两类。前者基本可以理解为"某色之某物",例如"青山""白云""红叶""黄沙"等,其中的颜色词反映了事物的色彩特征,这类词不是本书研究的重点。后者中颜色词的颜色义一般不直接参与含彩词语整体语义建构,即不能简单地将其理解为"某色之某物",例如"红尘""紫塞""素心"等,这是本书重点考察的对象。[③]含彩词语在清诗中数量众多,包含了丰富的文化内涵,具有重要研究价值。

[①] 王宁.论词的语言意义的特性[J].北京师范大学学报(社会科学版),2011,(2):35-42.
[②] 叶军.含彩词语与色彩词[J].山东大学学报(哲学社会科学版),1999,(3):90-93.
[③] 受篇幅所限,本书仅对在语料库中出现10次(含)以上的该类含彩词语进行分析。

1.5 研究内容与方法

1.5.1 研究内容

本书的研究内容主要有以下几个方面：

1. 描写清诗颜色词总体概况，确定各颜色范畴的原型颜色词

论文通过描写清诗颜色词的整体数量、组合方式、满汉族诗人颜色词使用概况等方面内容，从宏观上把握清诗颜色词的使用概况。此外，本书根据前人对清代颜色词使用情况的研究成果，将清诗颜色范畴分为七大范畴，并对范畴中所有颜色词成员的使用频率进行统计，从中选取使用频率最高、搭配范围最广、语义内涵最丰富的颜色词，作为本范畴的原型颜色词。

2. 重点分析原型颜色词的语义系统，归纳其非原型义产生机制

本书在详细描写分析七大颜色范畴中 108 个颜色词语义的同时，重点对原型颜色词的语义系统进行分析。颜色词的语义系统由一群相互依赖的义项聚合而成，这些义项是从清诗颜色词语料库的例句中归纳而来的。我们根据颜色词义项的地位，将其分为原型义和非原型义，非原型义是在原型义的基础上产生和发展起来的，本书将非原型义的产生机制归纳为三种主要类型，分别是隐喻机制、转喻机制和社会文化赋予机制。

3. 综合运用多种方法，对同一颜色范畴中的颜色词成员进行比较

清诗七大颜色范畴都包含若干颜色词成员，它们之间既有相同点也有不同点。本书重点对其差异性进行比较研究，主要从颜色词语义的显著度、颜色词语义的广义度以及色彩属性上进行分析。

4. 结合文体性和时代性，对清诗颜色词的语用问题进行分析

本书将颜色词分为语义颜色词和语用颜色词，对二者在古典诗歌中的语用价值分别进行研究。诗歌特殊的文体性对颜色词的使用具有重要影响，本书结合诗歌

文体性，对颜色词在诗句不同位置上的特殊语用效应以及颜色词在诗句对仗中的语用情况进行了探讨。此外，清代汉族与满族诗人在颜色词的具体使用方面也有所差异，对此语用现象我们也进行了详细分析。

1.5.2 研究方法

本书的研究方法主要包括以下几种：

1. 聚类考察与个案分析相结合的方法

论文以清诗颜色词为研究对象，按其颜色属性将其划分为七大范畴，分别是黑色范畴、白色范畴、红色范畴、黄色范畴、绿色范畴、青—蓝色范畴和紫色范畴，按照颜色词原型义的不同，又将每个范畴中的颜色词归为语义颜色词和语用颜色词两类。在对每一范畴颜色词进行整体考察的同时，也对其中典型性的颜色词进行重点分析，以便使研究结论既有广度，也有一定的深度。

2. 描写与解释相结合的方法

本书结合具体语料，对诗歌语境中的颜色词意义和用法进行细致描写，从纷繁复杂的语言现象中找出带有规律性的例子。在描写的基础上，我们借鉴认知语言学与汉语词汇语义学相关理论，对语言现象反映出的规律进行解释，探求其产生机制。

3. 比较研究的方法

在对所有颜色词语义描写分析的基础上，我们对同一范畴中的颜色词成员进行了对比研究。此外，汉族与满族诗人是清代诗坛的创作主体，本书同样采用比较研究的方法，对二者在颜色词使用上的不同进行了研究。

清诗属于仿古性文学作品，包含了许多用典和生僻词语，因此本书在分析语料的过程中，还参考了许多学者对清诗的注释，阅读了大量关于古典诗歌的专著、诗话，借鉴了今人关于色彩方面的研究成果等，以便更好地理解清诗作品，在具体诗歌语境中提取出颜色词的语义。

第 2 章　文献综述与相关理论阐释

2.1 文献综述

人类自诞生以来就能识别各种颜色,但是对颜色本质的认识却一直是模糊的。最早揭示颜色秘密的是英国科学家牛顿,他 1666 年完成的实验和 1704 年发表的著作《光学》为色彩科学奠定了基础。色彩"事实上是以光为媒体的一种感觉","是人眼在接受光的刺激后,视网膜的兴奋传送到大脑中枢而产生的感觉"。因为每个人的视觉并不完全一样,所以"色彩(颜色)是主观量而非客观量"。[1]

如今,色彩学早已成为一门独立的学科,许多基础理论早已成为人们的常识,如颜色分为无彩色(黑色、白色、灰色)和彩色(红色、绿色等)两大类,彩色普遍用色调、明度和彩度(也有学者称为色相、明度和纯度以及色调、光亮度和饱和度等)来表示,无彩色只有明度和彩度。色彩学对冷色和暖色的划分,对互补色、对比色等的界定也对颜色词研究具有重要指导意义。色度学主要研究颜色的测量,其任务便是用数量化来表征色觉特性,标准色度系统主要有两种,一种是孟塞尔显色系统,一种是 CIE 混色系统。[2]然而日常生活中"我们不可能随时用仪器去测量……只有依靠自己在实践中积累的大量感性认识去对物质的颜色进行观测与判别,也只有依

---

[1] 何国兴. 颜色科学[M]. 上海:东华大学出版社. 2004:2.
[2] 林茂海等. 颜色科学与技术[M]. 北京:中国轻工业出版社. 2019:29.

靠从生活中得到的有关描述颜色的特殊语言去对颜色进行表述"。①本书的研究对象为清诗颜色词,属于语言学中的汉语词汇语义学研究范畴,因此我们主要从汉语颜色词研究方面对前人的研究进行评述。

人类对颜色的认识和使用经历了一个漫长的历史过程,但是正式提出颜色词并对其进行专门研究的历史却很短。一般认为,国外最先提出并讨论颜色词问题的是英国学者格莱斯顿(W.Gladstone),他在1858年出版的《荷马及荷马时代研究》一书中对《伊里亚特》和《奥德赛》中一些描写颜色的语句作了对比。②在国内颜色词研究方面,古人对颜色词的研究历史可谓源远流长,这主要反映在他们对古籍的随文注释和编纂的各种词典里,涉及颜色词的词义训释、颜色词与相关文化现象的阐释以及颜色词的同源关系等方面,这些研究虽然还不是自觉和系统的研究,但是仍然为今人探讨汉语颜色词问题提供了大量宝贵材料。

2.1.1 汉语基本颜色词研究

基本颜色词(basic color term)的概念来自于柏林(Berlin)和凯(Kay)(1969),他们认为,基本颜色词没有一个独特的操作性强的定义,但是它们在理想情况下应当具备四个特征:①单一词汇;②其意义不被其他颜色词所包括;③其应用不能被限制在一种狭窄的事物类别上;④其对信息提供者来说具有心理上的显著性。③

符淮青(1981)对上述研究成果进行了简要译述,姚小平(1988)也对西方关于基本颜色词及其演变的多项研究作了介绍和评述,该文还从历时角度调查了汉语颜色词的使用情况,总结出殷商至现代汉语基本颜色词的演变史。

此后,国内许多学者对古代汉语和现代汉语中的基本颜色词进行了研究,取得了较为丰富的成果,其中在古今汉语基本颜色词研究方面的成果还有解海江(2008)和吴建设(2012)等。前者调查比较了上古汉语、普通话和41种方言里的基

---

① 任引哲,王玉湘.物质的颜色与结构[M].北京:北京师范大学出版社.1991:162.

② 姚小平.基本颜色词理论述评——兼论汉语基本颜色词的演变史[J].外语教学与研究,1988,(1):19-28.

③ Berlin B,Kay P. Basic color terms:Their universality and evolution [M]. Berkeley:Univ.of California Press,1969:5-6.

本颜色词,并用编码度理论对三者之间的差异作出解释;后者从词频统计角度出发,通过对汉语历代文献的分代研究,分析推断汉语基本颜色词的演变过程,构建出汉语基本颜色词的演变框架,将殷商至现代汉语的颜色词分为八个历史阶段来考察。赵晓驰近年来的两部著作也对古今汉语基本颜色词也做了深入研究,上述学者的研究结论如表1所示:

表1 古今汉语基本颜色词演变研究结论汇总

学者	时期	基本颜色词	文献来源
姚小平	殷商	幽、白、赤、黄、青	姚小平.基本颜色词理论述评——兼论汉语基本颜色词的演变史[J].外语教学与研究,1988,(1).
	周秦	玄/黑、白、赤、黄、青、绿、紫、红	
	汉晋南北朝	黑、白、赤/红、黄、青、绿、紫、红、灰	
	唐宋至近代	黑、白、红、黄、青、绿、蓝、紫、灰、褐	
	现代	黑、白、红、黄、绿、蓝、紫、灰、棕/褐、橙	
解海江	上古	白、黑、赤、黄、青、(紫)	解海江.汉语基本颜色词比较研究[J].鲁东大学学报(哲学社会科学版),2008,(3).
	现代	白、灰、黑、红、黄、绿、蓝、紫、褐	
吴建设	殷商	白、黄、幽、赤	吴建设.汉语基本颜色词的进化阶段与颜色范畴[J].古汉语研究,2012,(1).
	西周	白、赤、黄、玄	
	春秋战国	赤、黄、黑、白、青/苍	
	秦汉	白、黄、黑、赤、青	
	三国——南北朝	白、黄、黑、赤、青、紫	
	隋唐——两宋	白、黄、黑、赤/红、青、紫、绿	
	元明清	白、黄、黑、红、青、紫、绿	
	现代	白、红、黑、黄、绿、蓝、紫、灰	
赵晓驰	上古	赤、玄/黑、白、青、黄、紫	赵晓驰.上古——中古汉语颜色词研究[M].北京:中国社会科学出版社.2016.
	中古	赤、黑、白、青、黄、紫、灰	
	近代	红、黑、白、绿、蓝、黄、紫、灰、褐、棕	赵晓驰.近代汉语颜色词研究[M].北京:中国社会科学出版社.2019.

注:解海江(2008)中的(紫)为准基本颜色词。

从上表可以看出,学者们在古代汉语时期的划分、古今汉语各时期基本颜色词的成员和数量等问题上还存在一定争议。但是不可否认,上述研究为我们勾勒出了古今汉语基本颜色词发展的总体面貌,从中我们可以看到,随着时间的发展,汉语基本颜色词的数量越来越多,这反映出人们对色彩的认知越来越深入。这些成果也为清诗颜色范畴划分提供了参考,本书借鉴吴建设(2012)对元明清基本颜色词的研究成果,将清诗颜色词划分为黑、白、红、黄、绿、青—蓝、紫七个颜色范畴。[①]

2.1.2 汉语颜色词词汇语义研究

汉语颜色词是从意义的角度划分出的词汇类别,在整个汉语颜色词研究中,颜色词词汇语义方面的研究内容最为丰富,取得的成就也最高。汉语颜色词词汇语义方面的研究主要有以下几个方面。

(1)颜色词意义探源研究

胡朴安(1941)主要从文字学的角度考察了上古"五色"字——白、赤(丹、朱)、黄、黑、青的产生顺序以及各自的起源和命名理据,认为"五色之名"的产生都与古人的辨色能力和生活经验有密切关系,遵循着"近取诸身,远取诸物"的普遍规律。

张清常(1991)也考察了卜辞金文和《说文解字》中颜色词的使用情况,认为卜辞金文里表示颜色的词比较有限,由此可以推测"给颜色造字很不容易"。上古时代的颜色词基本上都是借物造词,例如"'白'借'日'光,'赤'借'火'光,'黑'是'火'熏烟囱,'朱'借赤心'木','丹'为巴越之赤石。'青'可能与矿石有关。丝绸染色,造了大批形声字如'红'、'绿'、'紫'、'绛'等,比较方便"[②]。张文虽与胡文在某些具体颜色词起源方面的意见并不一致,但是二者都认为早期的汉语颜色词主要采用借物造词的方式,这些研究为后人考察颜色词起源问题提供了丰富的材料。

潘峰(2004,2005,2006)分别对颜色词"白""黄""青"的起源作了专门研究,文

[①] "蓝"作为颜色词在清诗中使用频率不高,"青"仍然被大量用来表示蓝色,所以该范畴名称为"青—蓝"。

[②] 张清常.汉语的颜色词(大纲).语言教学与研究[J].1991,(3):63-80.

章结合三者的古文字形考察了它们造字之初的本义,分析了颜色义的发展过程。"白"的本义是"日光",先民从中抽象概括出色彩"白";"黄"是个象形字,造字义是"孕妇";"青"的造字义为树干重新长出的粗壮而又茂盛的大树。三篇论文根据古文字形和相关典籍材料,详细分析了"白""黄""青"的颜色意义产生途径。

李尧(2007)从色彩词的词形来推测其起源,认为色彩词的产生经历了两个阶段,第一阶段:色彩词依附于具有色彩的事物名词。第二阶段:从事物名词中脱离出来聚合成类。这个过程是汉族先民对色彩的认知由自然到自觉的过程,也是人类思维发展抽象化的必然结果。

从这些文章可以看出,上古汉语颜色词主要起源于某种具有颜色的事物名词,具有"借物呈色"的特点,符合古汉语造词"近取诸身,远取诸物"的规律。

(2)颜色词分类研究

古代汉语和现代汉语中含有大量颜色词,为了更好地进行研究,我们需要对颜色词进行分类,相关的研究成果如下。

刘钧杰(1985)认为:"所谓'颜色词',是根据概念分出来的,不是语法上的分类"。①该文将颜色词根据构成特点分为四类:纯颜色词(黄、青紫等)、物体颜色词(金、银、米色等)、物体颜色词跟纯颜色词的组合(物·纯)(鹅黄、银红等)、纯颜色词的生动形式(通红、油绿、白皑皑、黑不溜秋等),并对这四类颜色词的意义作了详细介绍。

符淮青(1988)受词汇场、语义场等理论启发,对古代汉语(主要是汉以前)中表"红"的颜色词群作了考察,将古代汉语中反映事物"红"属性的词叫作表"红"的颜色词群,并将其分为四种类型。符淮青(1989)专门探讨了现代汉语中表"红"的颜色词群,将其按照构词分为五类。该文还按照语法性质,将现代汉语中表"红"的颜色词群分为四组,分别是"红"组、"大红"组、"红艳艳"组和"红色"组,它们在使用中所作的句法成分不同。

李红印(2003)指出,"从汉语颜色词的历史发展过程看,汉民族色彩认知能力

---

① 刘钧杰.颜色词的构成[J].语言教学与研究,1985,(2):

的发展经历了'辨色''指色''描色'三个阶段。"①相应地,该文将现代汉语颜色词分为辨色词、指色词和描色词三类并详加分析,这在李红印(2004,2007)中也有所反映。以李红印(2007)为例,三类颜色词的划分情况如表2所示:

表2 李红印(2007)现代汉语颜色词分类

颜色词类别	成员举例	简要说明
辨色词	红、黄、白、黑、绿、蓝、紫、灰	辨色词是汉民族对自然色彩进行分辨(或切分)的结果,是稳定而能产的基本颜色词。
指色词	红色、大红、枣红、白色、乳白、绿色、草绿、豆绿、鹦哥绿等	指色词是指其语义表达主要是用来指称色彩类别的颜色词,是由辨色词发展出来并由辨色词作为词根构成的,语义表达上有很强的"指称性"。
描色词	通红、红润、红彤彤、红不棱登、雪白、白花花、白不呲咧、漆黑、黑不溜秋等	描色词是指其语义表达主要是用来描绘色彩性状的颜色词,也是由辨色词作为词根构成或派生出来的,语义表达上有很强的"描绘性"。

这种分类方式在学界产生了很大的影响,很多学者借鉴了此研究成果,也有学者从别的角度对颜色词进行分类,例如从色彩词的语素构成情况将其分为单纯词(赤、橙、黄、绿等)和合成词两类,合成词分为复合词(粉红、淡黄、黢黑、金黄等)和派生词两类,派生词又分为构形(红红、红艳艳、黑黢黢等)和构词(红乎乎、白茫茫等)两种。②

叶军(1999)将表示色彩概念的词称作色彩词,认为其不仅包括反映具体色

---

① 李红印.颜色词的收词、释义和词性标注[J].语言文字应用,2003,(2):90-97.
② 加晓昕.现代汉语色彩词立体研究[M].成都:四川科学技术出版社.2014:30.

彩的词,如"红色""绿色"等,还包括了反映抽象色彩的词,如"喜色""怒色"等。该文还提出了"含彩词语"的概念,认为"含彩词语是指具有某种色彩的事物,反映到语言中就是那些含有色彩词素却不表示色彩概念的词语"。①含彩词语与色彩词有各自不同的"所指",是汉语词汇系统中两个不同的子系统。

由上可见,国内学者对颜色词分类研究非常深入,这反映出学者们对颜色词特性的准确把握,这些成果不仅包括了古今汉语颜色词内部分类的细致划分,也包括了与此相关的含彩词语研究,这极大地拓展了我们的研究视野,加深了我们对颜色词的认识。

(3)颜色词语义分析研究

符淮青(1988)受到英国语言学家莱昂斯(Lyons)词汇中的词群存在层级结构观点的启发,在将古代汉语中表"红"的词群进行分类的基础上,根据辞书等经典释义,设置了浓度、亮度、纯色、多色、适用对象和其他内容等参数,分析了各类词的意义内容和意义关系,梳理了"红"词群的层次结构。符淮青(1989)用同样方法对现代汉语"红"词群进行了语义分析和成员层次结构分析,参数方面增加了色调和感情色彩两项内容。

贾彦德 1992 年在其专著《汉语语义学》中也借鉴了义素分析法,将颜色词的通俗解释分解为下面的义位结构式子:②

红:<xi>{x(像)k[(鲜血)V(石榴花)]}的(颜色)

白花花:<xi>[白]△<视>[(白)(耀眼)]

李红印(2007)在将现代汉语颜色词分为辨色词、指色词和描色词的基础上,又设置了浓度值、亮度值、色调、其他感、词性等参数,采用形式化方法分别对三类颜色词作出详细的语义分析。语义组合分析则主要是从构词、词汇搭配和句法三个层面进行的。

潘峰(2008)对"白""黄""红"等 9 个基本的颜色词语义进行了深入分析,并且

---

① 叶军.含彩词语与色彩词[J].山东大学学报(哲学社会科学版),1999,(3):90-101.

② 贾彦德.汉语语义学[M].北京:北京大学出版社.1992:82-85.

运用语义场、义素分析等方法,也设置了浓度、亮度、纯色、多色、色调、适用对象、感情色彩、其他内容等参数,全方位考察了颜色词内部的聚合关系。

赵晓驰(2010)对隋前汉语颜色词进行了研究,将其分为赤、黑、白、青、黄五个范畴。该文在对每个范畴颜色词成员进行语义分析时,也设置构词类别、浓度、亮度、辅色、适用对象、其他内容等参数,用一个表格将该范畴所有成员予以囊括,从而进行语义描写和对比。赵晓驰(2016)也设置了一系列类似参数,对同一范畴的颜色词成员进行比较研究。

侯立睿(2016)在附表三(古汉语黑系颜色词语义场)中设置了有彩色、色相、纯度、明度、亮度、孟塞尔表示法、成词年代、来源、附加义、适用对象、引申义等参数,将所有的颜色词成员放入一个表中进行了比较。

由上可见,前人主要借鉴了结构主义语言学中的语义场理论、词汇场理论以及义素分析法,对古代汉语和现代汉语中的颜色词群进行语义分析。在语义分析过程中,尽量采取形式化手段,这样有助于大批量地对某种颜色范畴的所有成员进行语义比较研究。这些研究成果对本书颜色词语义分析以及同一范畴颜色词成员的比较具有重要的指导作用。

(4)颜色词语义模糊性研究

美国控制论专家查德(L.A.Zadeh)于1965年提出了模糊集合(fuzzy set)论,在此基础上,逐渐发展成模糊理论(Fuzzy Theory),该理论在语言学界也产生了很大的影响。伍铁平(1979)最早将模糊语言理论介绍到中国。

在颜色词语义研究方面,伍铁平(1986)最早讨论了颜色词的模糊性,认为颜色词是典型的模糊词。颜色词模糊性有四个方面的表现,其模糊性产生的原因是"颜色本身原来没有截然分明的界限""颜色色彩的数量极大,颜色词的数目有限"以及"人的心理感受"。[①]该文还指出,我们在词典中很难给颜色词下定义的原因也与颜色词的模糊性有关。

吴玉璋(1988)也从共时和历时角度探讨了颜色词的模糊性,并分析了这种现

---

① 伍铁平.论颜色词及其模糊性质[J].语言教学与研究,1986,(2):88-105.

象产生的原因。该文特别指出:"颜色词的模糊性同各民族的社会生活有关,因而带有强烈的民族性""各民族的生活习惯和社会风俗是产生颜色词模糊性的原因之一"。①

吴世雄等(2002)将原型范畴理论和模糊集合论运用于描述颜色范畴的相互依赖和融合状况,揭示了合成颜色词的隶属度是基本颜色范畴的模糊"并"运算,衍生颜色词的隶属度是基本颜色范畴的模糊"交"运算,最终论证了把语义范畴看成是模糊集合的可行性。

芮晓玮(2007)、黎玙(2011)、桂永霞(2012)等也都从各个方面探讨了现代汉语颜色词的模糊性。

(5)其他方面的研究

在颜色词与古代社会生产方式的关系研究方面,胡朴安(1941)考察了古人的辨色本能与古代染色技术发展之间的关系,刘云泉(1988)探讨了颜色词的发展与纺织和陶瓷生产之间的关系,许嘉璐(1994)考察了《说文解字》中的颜色词,认为其中某些部类和说解中用的颜色词显然较多,这与当时的游牧生活、丝织技术的发展有直接关系。

在颜色词与古代意识观念关系的研究方面,学者们常常从五色与五行、五方等的对应入手,考察各朝代崇尚之色、颜色与尊卑地位以及民俗文化心理的关系等,这方面的文章如姚小平(1985)、程裕祯(1992)、杨端志(2003)、林秀君(2006)等。

陈建初(1998)认为传统的系联方法"只能局部地分别系联出若干组同源词",因此我们应当尝试采用认知语言学的观点和方法,将古汉语中60个表示红色的颜色词归入同一孳生系统,并看成是由赤义类颜色词孳生出来的一个同源词族。该文还用隐喻理论对颜色词语义进行了简要分析。此外陈家旭、秦蕾(2003)、李燕(2004)等也都以认知语言学的理论为指导,分析颜色词语义。

综上所述,学界主要以训诂学理论和词汇场理论等为指导,结合语言与文化的关系,对汉语颜色词的词汇语义进行全面系统的研究,取得的成果也比较突出。近

---

① 吴玉璋.从历时和共时对比的角度看颜色词的模糊性[J].外国语,1988,(5):39-43.

年来借鉴认知语言学中的原型范畴理论、隐喻和转喻理论等来探讨颜色词的成果也逐渐增多。

2.1.3 汉语颜色词运用研究

汉语颜色词运用方面的研究最早是从修辞学的角度进行的,朱泳燚(1959)即从此角度对鲁迅作品中色彩词的运用情况进行了研究。该文将鲁迅作品中颜色词的修辞功能概括为加强作品的鲜明性和形象性、突出人物的形象、表现作家的爱憎态度等三个方面。[①]张宁志(1986)探讨了鲁迅小说中的颜色词的运用情况,指出:"运用颜色词是增加文学语言形象性和表现力的修辞手段之一,在塑造人物、绘景摹状和渲染氛围上都具有很重要的作用"。[②]在对现代文学作品中颜色词运用方面进行研究方面的论文还有姜向东(2003)、陈晓云(2008)、骆洋(2016)、马红雪(2018)、孟慧君(2021)等。

刘云泉的专著《语言的色彩美》是第一本对色彩词进行系统研究的学术著作,该书立足于语言学科,从修辞学角度对语言与色彩、修辞与色彩、近体诗与色彩、文学与色彩等都做了深入细致的描写。例如在近体诗与色彩部分,该书详细探讨了对仗的配色、色彩对仗的表达方式、色彩的位置及功能等问题,这都对本书的写作具有很好的借鉴作用。

吴进(1999)也从修辞学的角度探讨了文学语言中的颜色词,认为:"要在文学中利用颜色要素就必须借助于语言中的颜色词,而颜色词也只有在文学创造性使用语言的过程中,其潜能才能得到最充分的发展和延伸"。[③]

叶军(2001)探讨了色彩词的三种特殊功能:敷彩功能、表情功能和代码功能,文中结合实例对这三种功能作了详细说明,并且指出:"色彩词的敷彩功能、表情功能及代码功能使色彩词成为现代汉语词汇系统中表达能力极强的词群,有着特殊的语用价值"。[④]

---

① 金福年.现代汉语颜色词运用研究[D].复旦大学,2003:7.
② 张宁志.鲁迅小说中颜色词的运用[J].语文教学通讯,1986,(9):32-34.
③ 吴进.文学语言中的颜色词[J].修辞学习,1999,(3):29-31.
④ 叶军.现代汉语色彩词研究[M].呼和浩特:内蒙古人民出版社,2001:121-137.

学位论文方面,金福年2003年的博士论文对现代汉语颜色词在运用中所表现出来的各种特殊修辞现象、修辞手法及其规律进行了专门研究;俞红秀(2008)以"黑、白、红、黄、绿、紫、蓝、灰"八个基本颜色词为研究对象,对其修辞义作了较全面的考察分析,将基本颜色词修辞义的特点总结为多义性、两柄性、时代性和民族性四个方面。

颜色词的译介、颜色词的教学、辞书中颜色词的收词与释义等方面也可以看作是颜色词运用研究的一部分,因与本书研究内容关系不大,所以在此不作详细介绍。

对汉语颜色词运用方面的研究可以从多种角度进行,研究成果也比较丰富,总体而言,从修辞角度对颜色词语用效应探讨的文章更多一些,与本书的研究内容更为密切。要探讨文学作品中颜色词的运用情况,需要将语言学和文学结合起来,这方面的成果不是很多,存在较大的研究空间。

2.1.4 古典韵文中的颜色词研究

袁行霈(1996)多次提到诗歌语言对于诗歌艺术分析的作用,指出"诗歌的艺术分析依据是什么呢?我想首先就是诗歌语言……所以诗歌的艺术分析第一步就是语言分析"。认为"诗歌是语言的变形,它离开了口语和一般的书面语言,成为一种特异的语言形式"。此外,他还探讨了汉语古典诗歌的多义性,将意义分为宣示义和启示义。"宣示义是诗歌借助语言明确传达给读者的意义;启示义是诗歌以它的语言和意象给读者的意义。"启示义大致分为五类:双关义、情韵义、象征义、深层义和言外义。例如在情韵义部分,他指出"白日,除了指太阳之外还带着一种特殊的情韵……这个词有一种光芒万丈的气象,用白形容太阳的光亮,给人以灿烂辉煌的感觉";"绿窗,意思是绿色的纱窗。但是它在诗词中另有一种温暖的家庭气氛,闺阁气氛。"[1]此研究对我们理解诗歌颜色词运用特点具有十分重要的参考意义。

蒋伯潜、蒋祖怡(2012)在谈论诗的"感染性"时指出,"诗的感染性,完全是文字

---

[1] 袁行霈.中国诗歌艺术研究(增订本)[M].北京:北京大学出版社,1996:

的特性"。他用颜色词来详细说明,"'红'本来是一个悦目的名词,但加上了'猩红'、'血红'、'啼红'便有些触目了;又如'绿'也是一个悦目的字,但是写成'惨绿'与'碧绿'便给人们以不同的印象"①。

将语言学和文学结合,对颜色词作出探索性研究的主要是古典韵文中的颜色词研究。对每个时期古典韵文中的颜色词进行考察,不但能够在一定程度上反映出所在时代的颜色词系统,同时也能通过总结颜色词的使用规律来更好地理解汉语古典韵文文学语言特征。

古典韵文中颜色词研究方面的专门成果非常有限,从中国知网(CNKI)来看主要是本课题组成员的学位论文以及从中析出的学术论文。程江霞(2008)分析了李贺诗词中的颜色词使用情况,孙钰(2009)分析了苏轼词中的颜色词,董佳(2010)以《全宋词》为研究语料,夏秀文(2010)以李白诗歌为语料来源,潘晨婧(2011)以《全汉赋》为语料,郑乔(2012)以袁宏道的诗歌为语料来源,汪琦(2014)以《全元散曲》为语料,吴剑(2014)以明代74部传奇、杂剧作品为语料来源,郝静芳(2015)以魏晋南北朝时期的骈赋为语料来源,程江霞(2015)以《全唐诗》所收诗歌为语料范围,杨福亮(2016)以清代古典诗歌为语料来源,戴新月(2017)以清末民初古典诗歌为语料来源,对其中的颜色词进行系统研究,研究内容和方法具有相似性,但是语料范围逐渐扩大,研究内容也从常用颜色词到所有颜色词的语义,增加了颜色词内部成员的对比,对原型—范畴理论的运用更加深入,从用于颜色范畴划分到颜色词语义分析。每篇论文的研究内容都各有侧重,对颜色范畴的划分数量也有所不同,涉及到的颜色词数量也不尽相同,每篇论文也都结合韵文文体和所处时代文化,对颜色词的语用效应作出了分析。②

此外,阚洁和丁婷(2009)对《红楼梦》中表绿色调的颜色词进行了研究,总结出绿、葱绿、豆绿、浅碧、苍翠、水田青、碧荧荧、翠翠青青等颜色词共33个。莫艳

---

① 蒋伯潜,蒋祖怡.论诗[M].北京:首都经济贸易大学出版社,2012:25.
② 上述博士学位论文也大多出版成书,例如潘晨婧的《〈全汉赋〉颜色词研究》(北京语言大学出版社2017年出版)、吴剑的《明代戏剧唱词常用颜色词研究》(中国社会科学出版社2020年出版)、董佳的《宋词颜色词研究》(中国社会科学出版社2022年出版)。

(2009)从清代中后期通俗小说中总结出一百一十余种服饰颜色词。马苏彦(2020)对《醒世姻缘传》中颜色词进行研究,共总结出 146 个颜色词,分为红、黄、黑、白、绿、蓝、紫、褐、灰九大色系。李亚彤(2022)对《红楼梦》前八十回颜色词使用情况进行系统分析,共总结出 125 条颜色词,涉及红、黄、白、黑、绿、蓝、紫、灰八个颜色范畴。这些研究成果虽然不是以清代韵文为语料来源,但是对于我们了解清代颜色词使用情况,将其与清诗中的颜色词使用进行对比都很有帮助。

清代是传统染色工艺发展最为成熟的时期,也是纺织服饰颜色最为丰富的时期,很多文献和实物保留了下来,这使我们得以更直观地感受当时的颜色。杨健吾(2006)研究了清代色彩民俗的流变及特点,杨素瑞(2014)对清代宫廷服饰色彩进行了考析,周瑞丹等(2022)对清代满汉服饰设色规律知识进行了整理分析与可视化呈现。此外王业宏等(2011)、王业宏等(2018)以及刘剑和王业宏 2020 年出版的专著《乾隆色谱——17-19 世纪纺织品染料研究与颜色复原》中都对清代色彩使用、色彩文化及染色工艺进行了科学研究,并且多配以实物和颜色的彩色图片,这都对本书写作具有重要的指导意义。

2.1.5 文献综述小结

通过上文对汉语颜色词研究成果的梳理和介绍,我们得到以下几点认识:

第一,需要加强对近代汉语,尤其是清代汉语颜色词的系统研究。汉语颜色词研究存在"重两头轻中间"的问题,"上古和现代汉语颜色词研究比较充分,中古和近代汉语颜色词研究薄弱",[1]清代汉语颜色词研究的成果同样非常有限和分散,需要进一步进行系统研究。

第二,汉语颜色词研究需要新的理论指导。国内汉语颜色词方面的成果浩如烟海,但是比较代表性的成果基本上都是借鉴结构主义语言学的相关理论和方法,如词汇场、语义场理论和义素分析法。我们在借鉴结构主义语言学相关理论和方法的

---

[1] 赵晓驰. 汉语颜色词研究源流[A]. 龙庄伟等主编. 汉语的历史探讨——庆祝杨耐思先生八十寿诞学术论文集[C]. 北京:中华书局,2011:325-335.

同时,也需要借鉴认知语言学的范畴与原型理论、隐喻与转喻理论等,从而加深我们对颜色词语义的理解。

第三,需要重视汉语古典韵文体文学语言中的颜色词研究。汉语古典韵文体文学语言是最纯粹的文学语言形式,具有灵活、形象、典雅和含蓄等方面的特点。对其中的颜色词进行探讨,有助于促进文学语言研究。从清代词汇研究来看,现有的成果也多以清代小说为语料来源,清诗因其具有仿古性,所以不为学界所重视。我们认为,清诗中的颜色词同样与其所处时代具有密切的联系,对此进行系统研究也有助于了解清代词语的使用情况。

第四,需要加强对颜色词的跨学科结合研究。对汉语颜色词进行研究,不仅要借鉴语言学中的各种理论,同时还要吸收其他学科关于颜色词的研究成果,包括文化学、文学、人类学、社会学、物理学、色彩学、心理学等。这就要求研究者具有广阔的研究视野,不能只局限于语言学的研究领域。

第五,需要加强对汉语颜色词的历时考察。汉语颜色词研究不仅需要共时层面的考察,还需要历时角度的研究。共时研究是历时研究的前提和基础,只有在对每一时期颜色词使用情况详细研究之后,才能对颜色词进行历时角度的对比研究,从而理清颜色词的发展脉络,总结其发展演变规律。

2.2 相关理论阐释

2.2.1 范畴化与原型理论

客观世界本无范畴,范畴(category)是人类对客观事物所做的分类。人类根据事物的固有属性来认识事物,这种认识不是杂乱进行的,而是采取分析、判断、归类的认知加工方法,是一种主客观相互作用的过程。这种主客观相互作用对事物进行分类的过程就叫范畴化(categorization),其结果就是认知范畴(cognitive category)。范畴化是人类对世界万物进行分类的一种高级认知活动,在此基础上,人类才具有了形成概念的能力,才有了语言符号的意义。

亚里士多德(Aristotle)最早从哲学角度对范畴进行系统阐述,其观点构成经典范畴理论,该理论认为范畴的边界是明确的、范畴内的成员地位相等、范畴的特征具有二分性等。20世纪50年代,语言哲学家维特根斯坦(Wittgenstein)通过对game进行研究,论述了范畴边界的不确定性以及范畴成员的差异性等问题,提出了著名的家族相似性理论(Family Resembalance)。在对颜色词进行范畴划分方面取得突出成绩的是柏林(Berlin)和凯(Kay),他们在1969年的著作《Basic Color Terms》(《基本颜色词》)中指出,尽管不同语言中颜色范畴的边界是有差别的,但是其焦点色(focal colors)却具有一致性。研究还发现,被调查的98种语言只从11种焦点色中选择基本颜色词。

上世纪70年代,美国认知心理学家罗施(Eleanor Rosch)拓展了对焦点色的研究,针对其心理因素开展了新的探索,并且借用心理学术语"prototype"(原型)来替代"focal"(焦点)这个词,意思是"某一范畴的范例",在此基础上提出了原型范畴(prototype category)这一概念,认为其具有原型效应(prototype effects),更适用于描述自然界中的许多范畴。此外,罗施还提出了基本层次范畴(basic level category)的概念,认为其最能充分利用(事物)属性在现实世界中的对应性特征。基本层次范畴要同时满足以下两个条件:(1)尽可能多地享有范畴成员的属性;(2)尽可能少地享有其他范畴成员的属性。[①]这样,罗施在前人的研究基础上提出了基于原型的现代范畴理论,即原型及基本层次范畴理论,简称原型范畴理论或原型理论。认知语言学家约翰·泰勒(John R.Taylor)是范畴与原型理论的集大成者,他在2003年出版的专著《Linguistic Categorization》中详细回顾了范畴理论的研究历史,并用范畴与原型理论对各种语言现象进行了深入探讨。

总的来说,原型是"范畴内的典型代表","是人们对世界进行范畴化的认知参照点"。[②]原型理论是范畴理论的重要组成部分,范畴化认知过程涉及原型的概念及其理论,原型理论的基本观点主要有:

[①] John R. Taylor. Linguistic Categorization[M]. Oxford: Oxford University Press. 2003:52.
[②] 语言学名词审定委员会.语言学名词[Z].北京:商务印书馆,2011:54.

1. 范畴不是对事物的任意切分,而是基于大脑范畴化的基本认知能力。

2. 范畴的边界是模糊的(fussy),相邻的范畴之间互相重叠和渗透。

3. 范畴成员之间具有家族相似性,它们的地位并不平等,有典型和非典型成员之分,典型成员是该范畴的原型。

本书对该理论应用首先体现在确定七大颜色范畴以及范畴的原型和成员等方面,在颜色词语义分析方面,本书也运用该理论,将颜色词的语义分为原型义和非原型义。

2.2.2 隐喻与转喻理论

认知语言学认为,隐喻(metaphor)和转喻(metonymy)不只是修辞手段,而是人类认识世界的两种重要的认知工具。美国认知语言学家乔治·莱考夫(George Lakoff)是隐喻和转喻理论研究的集大成者,他于1980年在其专著《Metaphors We Live By》(《我们赖以生存的隐喻》)中从映射(mapping)论的角度对隐喻进行系统研究,此外,该书也最早从认知的角度对转喻进行了专门研究。他于1987年出版的专著《Women, Fire, and Dangerous Things: What Categories Reveal About the Mind》和1989年出版的《More Than Cool Reason: A Field Guide to Poetic Metaphor》以及1999年出版的《Philosophy in the Flesh: The Embodied Mind and Its Challenge to Western Thought》等书都系统研究了隐喻和转喻理论,并且对二者的哲学基础进行了深入探讨。

乔治·莱考夫(1980/2003)认为隐喻在我们的生活中无处不在,其本质是通过一种事物来理解和体验另一种事物。[1]转喻是我们用一个实体来指代另一个与之相关的实体,同时还指出用部分代替整体的提喻(synecdoche)是转喻的特殊例子。[2]随后,莱考夫对二者作出区分,认为隐喻和转喻是不同的处理过程,隐喻主要是通过一种事物来构想另一种事物,其主要功能是理解;而转喻则主要是具有一种指称功

---

[1] George Lakoff & Mark Johnson. Metaphors We Live by.University of Chicago Press. 2003:6.

[2] George Lakoff & Mark Johnson. Metaphors We Live by.University of Chicago Press. 2003:35—36.

能,也就是可以使我们用一个实体代替另一个。但是转喻不仅仅是一种指称工具,它也具有提供理解的功能。此书在2003年重新出版时,作者对隐喻和转喻进一步作出区分,指出在隐喻中有两个认知域,分别是目标域和源域,隐喻性映射是多重的;而在转喻中只有一个认知域,并且只有一种映射。隐喻和转喻中都有一种神经系统的共激活(neural coactivation),不同的是,隐喻是两个认知域的共激活,转喻是两个框架因素的共激活。①

总的来说,隐喻是不同认知域之间的映射,即借助源域来理解目标域;转喻则是单个认知模型内的映射,是相接近或相关联的不同认知域中,一个突显事物代替另一个事物。隐喻的认知原则是相似原则和顺接原则,转喻的认知原则是接近原则和突显原则。作为人类认识世界的基本方式,隐喻和转喻两种机制在词汇意义的发展过程中同样发挥着重要作用,认知语言学家普遍认为一词多义现象是隐喻和转喻的结果,隐喻和转喻是一个多义词的原型意义向其他意义延伸的过程和手段。②

2.2.3 汉语词汇语义学相关理论

与认知语言学理论相似,本书所指的汉语词汇语义学理论也并不是某种单一理论,而是一系列词汇研究理论和方法的集合,这些理论和方法都以语义为中心,重视语义在汉语词汇研究中的重要作用;坚持词汇意义自成系统,认为词义系统可以描写,并且具有独立的研究价值等。

汉语词汇语义学理论是在继承中国传统的语言文字学理论和借鉴西方语言学合理成分的基础上发展起来的。中国传统语言文字学的前身是"小学",训诂学则是古代"小学"的一个分支,它是"一门有综合性内容的、应用性很强的学科。它以中国先秦经典的书面语言及其解读材料为主要研究对象,旨在探讨早期汉语的词源和词汇意义的历史演变"③。在传统训诂学重建和汉语词汇语义学理论完善方面做出

---

① George Lakoff & Mark Johnson. Metaphors We Live by. University of Chicago Press.2003:265-268.

② Taylor J R. linguistic categorization:prototypes in lingusistic theory [M].New York:Oxford University Press,1989.

③ 王宁.训诂学理论建设在语言学中的普遍意义[J].中国社会科学,1993,(11):193-200.

突出贡献的是王宁。进入本世纪以来,她又明确提出,训诂学在语言学领域里,在发展其理论传统、开掘其潜理论的前提下,应当与汉语词汇语义学接轨。她还提出了"基于训诂学的汉语词汇语义学"的命题,并在此命题下开设了专题课。①

词义引申是传统训诂学研究的重要内容,陆宗达、王宁(1981)指出:"引申是一种有规律的词义运动。词义从一点(本义)出发,沿着它的特点所决定的方向,按照各民族的习惯,不断产生新义或派生新词,从而构成有系统的义列,这就是词义引申的基本表现。"②从中我们看到,各民族的习惯在词义引申的过程中发挥重要作用。该文同时指出:引申规律,就是指互相延伸的甲乙两项彼此相关的规律。"相关"是一个十分广义的说法,实际上,"相关"的情况非常复杂纷繁,并且体现出强烈的民族性。因此,我们在研究词义引申规律的同时一定要切合汉民族语言的实际,从具体的民族语言材料入手,反映汉民族语言的特点。可见,汉民族的社会和文化在语义发展的过程中起到重要作用,它应当是汉语颜色词非原型义产生的一种途径。

在词义研究方面,王宁(1987)认为贮存状态和使用状态是词的两种存在状态,提出了词的"贮存义"和"使用义",并且对词的广义给予了说明。③王宁(2011)则明确提出了"贮存义"的概念,指出语言学里经常所说的词义,指的是词的语言意义。这种意义是脱离具体语境而存在的,是在词的聚合状态下贮存着的,可称之为"无语境义"或"贮存义",这种意义正是语义学研究的对象。④论文着重探讨了词汇意义的特性,认为其具有社会性、经验性、民族性和系统性等。论文还对词汇意义及其关系中反映出的历史文化特性进行了强调,总结出词义民族性的来源有三个,分别是礼俗习惯、特殊的思想观念和文献典籍中历史故实特殊传承。这些论述都对本书写作具有极大的启发意义。

在借鉴国外语义学理论和方法,将其应用到汉语词汇语义研究方面的代表性

---

① 王宁.谈训诂学在21世纪的发展趋势 [J].苏州大学学报(哲学社会科学版),2012,(7):2-4.

② 陆宗达,王宁.古汉语词义研究——关于古代书面汉语词义引申的规律 [J].辞书研究,1981,(5):31-42.

③ 王宁.文言字词知识[M].北京:北京教育出版社.1987:69.

④ 王宁.论词的语言意义的特性[J].北京师范大学学报(社会科学版),2011,(2):35-42.

学者还有张志毅、张庆云和符淮青等学者。张志毅、张庆云(2001)从"义位的微观结构"角度分析了词义的构成，认为"义类单位中，最基本、核心的单位就是义位"。①义位(glosseme)由义值(value)和义域(field)构成，义值又由基义和陪义构成。

符淮青在义素分析法的影响和促动下，于上世纪八十年代年提出了"词义成分—词义构成模式"分析(后简称为"词义成分—模式"分析)，并在 1996 年的著作《词义的分析与描写》和 1997 年的论文《"词义成分—模式"分析(表性状的词)》中指出，表性状的词除了用单个同义、近义词释义外，主要有四种类型：

1.准定义式和定义式。黄：像丝瓜花或向日葵花的颜色。油绿：有光泽的深绿色。

2."(适用对象)+性状的说明描写"式。糨：液体很稠。

3."形容……"式。黑压压：形容密集的人，也形容密集的或大片的东西。

4."……的"式。油腻：含油多的。

"(适用对象)+性状的说明描写"式是表性状词的最主要的释义模式，可以用(n)t 表示，n 是适用对象，t 代表性状特征，其他释义模式有的也可以变换成(n)t。这些研究的目的是"探求在一定程度上是形式化的，又是合理地分析说明表性状词词义的方法"②，该方法为大规模形式化词义描写提供了很好的分析框架。

此外，刘叔新(1980)借鉴义素分析法，结合词典释义，对汉语同义词和近义词作了举例分析；蒋绍愚(1989)将义素分析和语义场理论结合起来，对古汉语词汇进行了详细分析。

由上可见，近年来汉语词汇语义学研究在汲取传统语义研究营养的同时，借鉴了西方语义研究的理论和方法，尤其是结构主义语言学中关于词义分析描写方面的理论和方法。虽然中国学者在借鉴国外理论方面的力度不同，但是他们都注重从汉语实际出发，强调词义的民族性和文化性，这些研究成果都为本书写作提供了理论指导。

---

① 张志毅，张庆云.词汇语义学[M].北京：商务印书馆.2001：15.

② 符淮青."词义成分—模式"分析(表性状的词)[J].汉语学习，1997,(3):31-35.

第 3 章　清诗颜色词概述

3.1 清诗颜色范畴及各范畴原型

大量研究表明,人类对色彩的感知具有范畴感知的特点。颜色词就是人类对客观世界中的色彩进行感知、范畴化并用自然语言编码的结果。本书根据范畴与原型理论,参考前人对清代基本颜色词的研究成果,将清诗颜色词归入黑、白、红、黄、绿、青—蓝、紫七大范畴,每个范畴的原型颜色词分别是黑、白、红、黄、绿、青(蓝)、紫。

3.1.1 颜色范畴的确立

柏林(Berlin)、凯(Kay)(1969)最早从人类语言共性的角度探讨了基本颜色范畴(basic color categories)问题,认为人类语言普遍具有 11 个基本颜色范畴:白、黑、红、绿、黄、蓝、棕、紫、粉、橙、灰,"如果一种语言的基本颜色范畴不足 11 个,那么它所包含的基本颜色范畴就有严格的限制"。[①]虽然各种语言中基本颜色范畴的数量不同,但是它们都会遵循一个包含七个阶段的普遍发展顺序,详见柏林(Berlin)、凯(Kay)(1969)以及凯(Kay)、麦克丹尼尔(McDaniel)(1978)。

上述基本颜色范畴方面的研究成果对汉语基本颜色范畴的划分具有重要指导

---

① Berlin B, Kay P. Basic color terms:Their universality and evolution [M]. Berkeley:Univ.of California Press, 1969:2.

意义,但是其研究结论未必适合汉语的实际情况。汉语是一门历史悠久的语言,汉语颜色词从古至今经历了漫长的演变过程,古代汉语和现代汉语基本颜色范畴的成员和数量具有很大的差异性。要确立清诗颜色范畴,我们不仅要有基本颜色范畴方面的理论支撑,还要立足清代和清诗语言实际,借鉴前人关于汉语基本颜色词的研究成果。

在文献综述中我们谈到,一些学者对清代基本颜色词进行了断代研究,吴建设(2012)认为元明清时期的基本颜色词是:白、黄、黑、红、青、紫、绿。有的学者认为除了这些外还有灰、褐、棕(赵晓驰2019;马苏彦2020;李亚彤2022 等)。我们在前文中解释了"灰"在清诗中基本表示名物,在我们的语料库中未发现表示颜色的用法,"棕"也是如此,"褐"基本表示名物,我们只发现一例表示颜色的用法。基本颜色词不一定等于颜色范畴,颜色范畴是由中心成员和非中心成员组成的,有层次的,边界模糊的集合。因此"褐"无法单独成为一个颜色范畴。本书结合清诗语料实际情况,将清诗颜色词划分为黑、白、红、黄、绿、青—蓝、紫七个范畴,我们认为这种划分结果比较符合清代汉语颜色词的实际使用情况。①

3.1.2 范畴原型的确立

原型理论认为,原型是范畴内的典型代表,包含有最多该范畴的属性特征,是人们对世界进行范畴化的认知参照点(reference points)。借鉴柏林(Berlin)、凯(Kay)(1969)对基本颜色词的定义(详见 2.1.1),我们认为清诗颜色范畴的原型颜色词应当满足以下几条标准:

①原型颜色词应当是单音节颜色词,其下包含一定数量的由其构成的复音节颜色词;

②原型颜色词的使用频率一般情况下是最高的;

③原型颜色词具有较高的语义显著度;

④原型颜色词的颜色义具有较高的语义广义度;

---

① "青"一直以来就表示多种颜色,这里的"青—蓝"范畴指的是清诗中由"青""蓝"等颜色词共同组成的表示蓝色的集合。

⑤原型颜色词表示的颜色单纯,没有混入其他颜色。

需要说明的是,我们在确定原型颜色词时不能只依赖于某一条标准,而是要综合考虑上述五条标准,这样才能确定出合适的原型颜色词。

从前人研究成果中我们可以看到,汉语古典韵文颜色词研究方面的成果大多根据中国传统五色思想,将颜色范畴划分为白、黑、赤/红、黄、青五个范畴。对于前四个范畴,学者们的意见比较一致,认为其界限比较清晰,所包含的范畴成员也基本明确。在清代诗歌中,这四种颜色范畴的原型颜色词分别是[白]、[黑]、[红]、[黄]。

对于青范畴,学者们存在比较大的争议,这主要是因为"青"所代表的颜色具有模糊性和多样性。张清常(1991)指出,"青"在古代汉语中是一个比较特殊的颜色词,"从先秦开始,它就兼指蓝、绿、黑三种颜色"。①随着时代的发展,人类对颜色认知的水平越来越高,因此我们有必要对其所代表的颜色进行详细分解。吴建设(2012)指出,"绿"在隋唐—两宋时期已经开始作为常用颜色词出现,在元明清时期"逐渐成为恒定的基本颜色词"。②鉴于此,本书将"绿"范畴从"青"范畴中独立出来,"绿"范畴的原型颜色词为[绿]。

同样,我们也将表示蓝色的颜色词从"青"范畴中独立出来。赵晓驰(2012)指出,专门表蓝色的词汇系统产生较晚,一直到中古时期才出现。③吴建设(2012)指出,"蓝"在元明清时虽已是颜色词,"但还不应算在基本颜色词内"。④但是不可否认,"无论从制度规定还是制度以外的个人喜好,蓝色都占有十分重要的地位",加之清代蓝色的色名由浅至深有几十种,可见"清代对蓝色的崇尚是一种习俗、一种文化心理结构"。⑤因此,表示蓝色的范畴应当独立出来。在本书语料库中,颜色词"蓝"的使用频率远远低于"青(蓝)"的使用频率,因此本书将表示蓝色的颜色词集合

---

① 张清常.汉语的颜色词(大纲).语言教学与研究[J].1991,(3):63-80.
② 吴建设.汉语基本颜色词的进化阶段与颜色范畴[J].古汉语研究,2012,(1):10-17.
③ 赵晓驰.跨语言视角下的汉语"青"类词[J].古汉语研究,2012,(3):73-79.
④ 吴建设.汉语基本颜色词的进化阶段与颜色范畴[J].古汉语研究,2012,(1):10-17.
⑤ 王业宏 等."清"出于蓝——清代满族服饰的蓝色情结及染蓝方法[J].清史研究,2011,(1):110-114.

称为"青—蓝"范畴,该范畴的原型颜色词是[青(蓝)]。①

吴建设(2012)还指出,在隋唐至两宋时期,"紫"就已确立其基本颜色词的地位。在清代,紫色也是非常受欢迎的颜色,甚至"一度被皇权所使用,成为代表权贵的色彩""官吏军民除了不能使用黄色外,也不能使用紫色"。②"雪青""藕合(荷)""青莲""茄色"等颜色非常流行。因此在本书中,"紫"范畴也是一个独立的基本颜色范畴,其原型颜色词为[紫]。综上所述,本书认为,清诗颜色范畴和各范畴的原型颜色词分别是:黑[黑]、白[白]、红[红]、黄[黄]、绿[绿]、青—蓝[青(蓝)]、紫[紫]。③

3.2 清诗颜色词数量概况

本书对清代 13 位汉族和满族诗人约 115 万字的诗歌作品进行了详细分析,共得到有效语料 12368 条,其中包括语义颜色词语料 11297 条,占总语料数的 91.3%;语用颜色词语料 1071 条,占总语料数的 8.7%;从中甄选出单音节语义颜色词 60 个,语用颜色词 48 个,清诗七大颜色范畴及成员的数量情况如表 3 所示:

表 3 清诗颜色范畴及成员数量概况

颜色范畴	单音节语义颜色词/频数	语用颜色词/频数	小计
红色	红/1404、丹/329、朱/202、赤/169、绛/148、彤/39、酡/13、赭/11、绯/9、赪/7、茜/6、猩/6、殷/5、纁/4、赧/1	胭脂/15、血/7、火/4、桃(花)/3、霞/2、芙蓉/1、檀/1、杏/1	23 个成员/2387例
黄色	黄/1226、缃/10、黔/1	金/131、曛/47、蜡/4、酒/3、土/3、郁金/3、褐/1、葵花/1、橘 1、蜜/1	13 个成员/1432例

---

① 按照颜色词在实际语境中表示的颜色,我们将其归入颜色范畴,"青(蓝)"指表示蓝色的颜色词"青"。

② 杨素瑞.清代宫廷服饰色彩考析[J].丝绸,2014,(5):69-73.

③ 中括号外为清诗基本颜色范畴,中括号内为各范畴的原型颜色词。本书将在后文中结合五条标准,进一步探讨清诗七大颜色范畴原型颜色词的确立问题。

续表

颜色范畴	单音节语义颜色词/频数	语用颜色词/频数	小计
绿色	青(绿)/1031、绿(绿)/780、碧(绿)/564、翠(绿)/509、苍(绿)/148、葱/23	春/12、草9、玉(绿)/7、鸭头/4、柳/1	11个成员/3088例
青—蓝色	青(蓝)/516、碧(蓝)/185、苍(蓝)/185、蓝/31、绀/9、缥/1	霁/13、卵/2、靛2	9个成员/944例
紫色	紫/466、青(紫)/28	椹/1	3个成员/495例
黑色	黑/163、青(黑)/146、乌/144、苍(黑)/98、玄/78、黯/40、绿(黑)/30、翠(黑)/17、骊/15、皂/13、缁/12、黔/10、黎(黧)/4、黝/4、卢/3、旅/3、焦/2、元/2、冀/1	黛/41、墨/40、鸦/8、漆/4、铁/2、栗/1	25个成员/881例
白色	白/1868、素/260、苍(白)/132、皎/63、皓/47、华/43、皤/20、缟/15、皑/8、皙/5	银/205、玉(白)/108、霜/100、粉/96、雪/88、丝/39、鹤/14、秋/11、星星/7、冰/5、绵/3、藕丝/2、雪兰/1、纸/1	24个成员/3141例

表3基本上反映出清代诗歌颜色词的总体面貌，但是需要说明的是，该表中的颜色词只包括单音节语义颜色词，清代诗歌中还有大量双音节和多音节语义颜色词，如嫩绿、鹅黄、猩红、青茫茫等，我们也做了统计分析，但并未在此表中展示。如果算入这些复音节颜色词，语料库中清诗颜色词的成员数量将达到两百多个。语用颜色词在诗句中表示颜色时，常常在后面带"色"字，如"一夜江云如墨色，知君同在浪花中"，也有直接修饰事物的，如"谁知摇墨绶，依旧傍旌旆"，本书在表中统计时统一处理为不带"色"字。语义颜色词大多也可以带"色"字，如"红色"等，我们对此

作同样处理。

从表中还可以看出,七个颜色范畴都既有语义颜色词,又有语用颜色词,这体现出清诗颜色词使用的多样性。从成员总数量来看,黑色范畴的最多,共有 25 个,白色范畴和红色范畴次之,分别为 24 个和 23 个。此外,黑色范畴单音节语义颜色词的数量也是最多的,共有 19 个。语用颜色词数量方面,白色范畴的最多,共有 15 个。紫色范畴颜色词的数量最少,只有 3 个,包括 2 个语义颜色词和 1 个语用颜色词。

从清诗七大颜色范畴颜色词语料数量来看,白色范畴的最多,为 3141 次;绿色范畴的次之,为 3088 次;紫色范畴的最少,为 495 次。各颜色范畴语料数量由多到少顺序为:

白色范畴＞绿色范畴＞红色范畴＞黄色范畴＞青—蓝色范畴＞黑色范畴＞紫色范畴

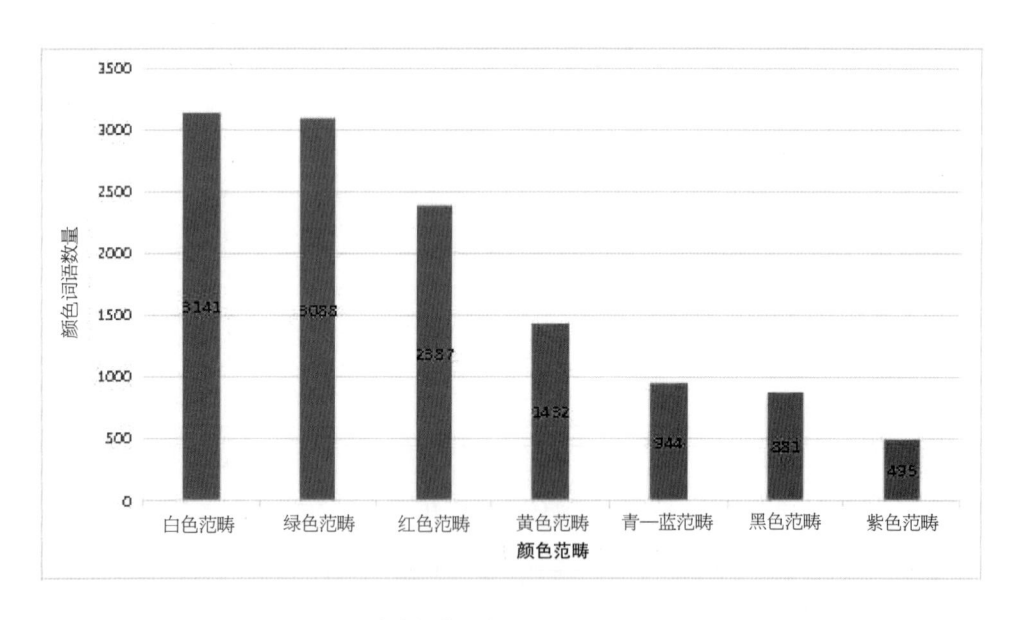

图 2 清诗各范畴颜色词语料数量分布图

黑色范畴的颜色词成员数量最多(25 个),然而总语料数却是倒数第二少的,可见颜色词成员数量与总使用频率之间不一定是呈正相关关系。从具体颜色词出现的数量来看,颜色词"白"的数量最多,为1868次。出现一千次以上的颜色词还有"红"(1404次)、"黄"(1226次)、"青(绿)"(1031次)。

3.3 清诗颜色词(语)结构形式概况

清诗中的颜色词语大多以单音节形式出现,这种类型的语料有10924条,占清诗总语料数的88.3%。除此之外,为了增强诗歌语言表达的准确性和生动性,清诗中还使用了大量双音节和多音节颜色词语,这些颜色词语可以根据组成成分之间的关系进一步被划分为偏正式、并列式、补充式和附加式等。

此外,清诗语料库中还有一些三音节及三音节以上的颜色词合用形式,如三音节的"粉红黄"(苊苊藓麦蔚蔚豆,芸蚕豌扁粉红黄)、四音节的"丹黄粉墨"(丹黄粉墨之,衣裳千百身)以及五音节的"青黄黑白赤"(天之苍苍非正色,乃是青黄黑白赤)等,这些组合形式在清诗中的临时性更强一些,我们未将其统计到表中。清诗颜色词的结构形式情况见表4[①]:

[①] 表4中的示例有些属于现代语言学严格意义上的"词",如"大红""雪白""白茫茫"等,有些更像是"词组",如"白模糊""黄金色"等。根据加晓昕(2014),AA形式的颜色词重叠形式("青青""皓皓"等)基本上都属于构形,因为"青""皓"可以单独使用;ABB式有的是构形(如"红浅浅""碧油油"等),有的是构词(如"白茫茫""青纷纷"等)。本书对此不作详细区分,认为它们都是清代诗人在诗歌中表达色彩概念的语词符号,它们与单音节的语义颜色词一样,都属于清代诗歌中的颜色词(语)。

表4 清诗颜色词(语)结构形式

音节数	结构形式		示例
单音节			黑、白、朱、紫、绿、碧、红、蓝、玄、黄
双音节	偏正式	程度成分+颜色成分	深碧、深红、浅红、浅蓝、浓绿、浓翠、淡黄、淡粉、微殷、微黔、通红、小红、大朱、大红、澹绿、窈红
		触觉成分+颜色成分	冷翠、寒碧、寒绿、寒翠、重碧、重绿、轻碧、轻黄、轻红、轻粉、轻翠、软碧、软红
		性状成分+颜色成分	冷翠、寒碧、寒绿、寒翠、重碧、重绿、轻碧、轻黄、轻红、轻粉、轻翠、软碧、软红
		名物成分+颜色成分	雪白、漆黑、鹅黄、榴红、猩红、鸦青、黛绿、血红、鸭绿、油碧、豆青、鸦黄、杏黄、粉白、金黄
		颜色成分+颜色成分	赪红、紫红、殷红、黝黑、苍翠
		范围成分+颜色成分	全青、全红、全黄、全白、全丹、全苍、全绿、半青、半紫、半黄、半红、一翠
	附加式	颜色成分+"色"	红色、翠色、血色、黄色、紫色、白色、蜡色、栗色、椹色、玉色、碧色、猩色、鸦色、铁色、土色、墨色
		颜色成分+"然"	皤然、黯然、苍然、皎然、黝然
	重叠式	AA型	皓皓、苍苍、皎皎、黯黯、皑皑、皤皤、青青、彤彤、殷殷、黝黝
三音节	偏正式	BBA型	鲜鲜绿、面面红、茫茫绿、淡淡红、纤纤白
		事物成分+颜色成分	鸭头青、鸭头绿、瓜皮青、蕉叶白、琥珀红
	补充式	ABB型	碧溶溶、绿依依、碧丛丛、青的的、白纤纤、绿萋萋、绿莓莓、青纷纷、白漫漫、白皑皑、青簇簇、碧毿毿
		ABC型	白模糊、白渺漫、碧深杳、绿模糊、绿婆娑、绿纵横、黑无极、碧氤氲、青玲珑、红踯躅、碧嵯峨、青嵯峨
		事物成分+"色"	胭脂色、葵花色、春柳色、黄金色、空青色
	附加式	颜色成分+"然"	苍苍然
四音节	并列式	AA+BB型	白白红红

从表4可以看出,清诗颜色词的结构形式具有多样性,大量的双音节和多音节颜色词不仅增强了语言描写的准确性,还使诗歌语言更加丰富和生动。除了表中的组合形式外,还有一些其他形式未被统计在内,例如一般的双音节和三音节中的偏正式组合形式是修饰成分在前,被修饰的颜色成分在后,但是在清诗语料库中,也存在着一些"成分异置"的组合形式,如"黄轻""红淡""红酣""参差绿"等,产生这种组合形式的目的大多是为了押韵,该形式体现出诗歌语言的灵活性。

需要注意的是,示例中的"冷翠""寒绿""重碧""轻黄""软红"等是双音节偏正式中的一种比较特殊的形式,其构成成分分别是"触觉成分"和"颜色成分",这属于一种通感表达形式。"通感"又称联觉(synaesthesia),它来自人的各种感知的相互连通。"人类感官的这种通感的作用构成了人们认知事物又一生理和心理基础,这一过程反映在语言的创造和运用中,产生了被称为通感隐喻(synaesthesia metaphors)的语言现象"[①]。通感现象有一个共同的内在规律,即感觉的移动方向呈现由较低级向较高级感官、由较简单向较复杂感官移动的趋势。李国南(1996)认为,从低级到高级感官的顺序依次是:触觉、味觉、嗅觉、听觉、视觉。上面的示例符合该规律,后面的颜色成分属于视觉,前面的感觉成分"冷""寒""重""轻""软"都属于触觉,触觉等级低于视觉,因此可以构成颜色词的通感组合形式,这在一定程度上反映出文学语言的艺术性特点。

3.4 部分颜色词类型归属问题说明

本书将清诗中的颜色词分为语义颜色词和语用颜色词两种类型,并且在术语界定部分中对二者作了详细阐释。在对颜色词进行归类时,我们坚持从清诗实际语料出发,综合考虑该颜色词的意义、出现次数、使用情况等因素,同时也参考了前面系列论文的研究成果,以使我们的分类结果更加准确。其中部分颜色词在类型归属

---

① 赵艳芳.认知语言学概论[M].上海:上海外语教育出版社.2001:43.

上比较容易引起争议,我们在此予以说明。

3.4.1 归入语义颜色词的实例

(一)乌

"乌"本指乌鸦,因其通体黑色,故引申发展出黑色义。《古今韵会举要·虞韵》:"乌,黑色曰乌。"①"乌"在唐诗、元散曲和明代戏剧唱词颜色词研究中都被归入语义颜色词,②"乌"在清诗中虽然有很多表示事物"乌鸦"的用法,但是其表示颜色的用法也已深入人心,常常用在事物前进行修饰,例如:

例3-1 只恐晚妆惊白发,莫教容易惹乌云。 (文昭《柳絮词十首次鲍冠亭韵》)

(二)皂

"皂"本是一种植物果实皂斗的略称,因其汁可以染黑,故引申发展出黑色义。《玉篇·白部》:"皂,色黑也。"《汉书·贾谊传》:"且帝之身自衣皂绨。"③可见,"皂"也很早就有了语义颜色词的用法。"皂"在唐诗和明代戏剧唱词颜色词研究中都被归入语义颜色词,④在清诗中没有出现过表示名物的用法,因此"皂"是语义颜色词。例如:

例3-2 化日康衢忘甲子,清时皂帽阅沧桑。(吴伟业《寿席敬轩先生八十》)

(三)葱

"葱"本指一种草本植物,因其叶绿,故引申发展出绿色义。《尔雅·释器》:"青谓之葱。"郭璞注曰:"葱,浅青。"此外,《玉篇·艸部》:"葱,浅青色。"⑤"葱"同样很早就有了语义颜色词的用法,但它在清诗中同样没有出现过表示名物的用法,因此是语

---

① 汉语大字典编辑委员会.汉语大字典(第二版)[Z].武汉:湖北长江出版集团,2010:2360.
② 详见程江霞(2015)第38页,汪琦(2014)第32页,吴剑(2014)第44页。
③ 汉语大字典编辑委员会.汉语大字典(第二版)[Z].武汉:湖北长江出版集团,2010:2830.
④ 详见程江霞(2015)第38页,吴剑(2014)第44页。
⑤ 宗福邦等主编.故训汇纂[Z].北京:商务印书馆,2003:1953.

义颜色词。例如：

例 3-3 长弓大矢佩刀剑，玄袞赤舄垂蔥珩。（文昭《正月十九日游白云观作歌》）

(四)翠

"翠"本指翠鸟，其羽毛多为青绿色。《说文》："翠，青羽雀也。"[1]后来"翠"又指绿色的翡翠。"翠"表示颜色的用法出现也比较早，例如魏晋时期傅咸的《芸香赋》"繁兹绿蕊，茂此翠茎"，句中的"翠"就表示青绿色。在江淹的《丽色赋》"既翠眉而瑶质"中，"翠"表示青黑色。可见"翠"在魏晋骈赋中就已经是语义颜色词了。[2]"翠"在唐诗、元散曲和明代戏剧唱词颜色词研究中也都被归入语义颜色词，[3]我们同样认为"翠"在清诗中是一个语义颜色词，既可以表示绿色，又可以表示黑色，例如：

例 3-4 翠滴云外山，绿迷雨后树。（英和《涿州道中口占》）

例 3-5 花信春来渐袭裾，倚栏乍觉翠眉舒。（纳兰常安《春闺怨》）

(五)碧

"碧"本指青绿色的玉石，后引申发展出颜色义。《广雅·释器》："碧，青也。"《世说新语·汰侈》："君夫作紫丝布步障，碧绫裹四十里，石崇作锦步障五十里以敌之。"[4]这说明"碧"也很早就有了语义颜色词的用法。"碧"在魏晋骈赋、唐诗、元散曲和明代戏剧唱词颜色词研究中也都被归入语义颜色词，[5]在清诗中"碧"既可以表示绿色，又可以表示蓝色，是一个语义颜色词，其表示事物的用法比较少见。例如：

例 3-6 别君劝君休失意，碧水丹山暂游戏。（吴伟业《送旧总宪……广东》）[6]

例 3-7 碧天横一雁，紫府绝双鸾。（岳端《偶成》）

---

[1] (汉)许慎撰.(清)段玉裁注.说文解字注[M].南京:凤凰出版社,2007:247.
[2] 详见郝静芳(2015)第 52 页。
[3] 详见程江霞(2015)第 38 页，汪琦(2014)第 32 页，吴剑(2014)第 44 页。
[4] 汉语大字典编辑委员会.汉语大字典(第二版)[Z].武汉:湖北长江出版集团,2010:2613.
[5] 详见郝静芳(2015)第 27 页，程江霞(2015)第 38 页，汪琦(2014)第 32 页，吴剑(2014)第 44 页。
[6] 为行文方便，诗题长的仅取前后几字，下文同。

3.4.2 归入语用颜色词的实例

(一)黛

"黛"本指古代女子用来画眉的青黑色的矿物颜料,在清诗中被临时用来表示像黛一样的青黑色,修饰事物时常常要带上"色",例如:

例 3-8 石边树老欲参天,黛色霜皮几千尺。 (尹继善《和曹西有画松歌》)

在语料库中,"黛"同时也有类似于语义颜色词的用法,例如:

例 3-9 淡黄和月移墙影,浅黛笼烟照水滨。 (顾太清《次湘佩……以春堤烟丝为韵》)

这种用法在本书语料库中只有 3 例,而前者有 38 例,因此我们认为,"黛"在清诗中被归入语用颜色词更为合适。

(二)墨

"墨"本指人们写字绘画时所用的黑色颜料,在清诗中被用来表示像墨一样的黑色。"墨"在清诗中可以直接修饰事物,但是其修饰的对象基本上只限于"云",例如:

例 3-10 空占文石润,不见墨云铺。 (纳兰常安《望雨》)

"墨"在清诗中仍然存在大量表示实际事物的用法,我们认为"墨"虽然有类似于语义颜色词的用法,但是它被归入语用颜色词更为合适。

此外像"金""玉"等也有少量直接描摹事物色彩的用法,但是在清诗中,二者仍然大量被用于表示事物的材质,因此它们同样属于语用颜色词。

从上面的分析可以看出,清诗中的语义颜色词和语用颜色词之间并非具有清晰的界限,而是存在一定的模糊性和过渡性。刘钧杰(1985)指出:"我们说纯颜色词没有表示物体的意义,这是就现代汉语来说的。如果从历史上考虑,现代的纯颜色词大部分是古代的物体颜色词变来的。"[1]这里的"纯颜色词"大致相当于本书的"语义颜色词","物体颜色词"则基本等同于本书的"语用颜色词"。从历时角度来看,语

---

[1] 刘钧杰. 颜色词的构成[J]. 语言教学与研究,1985,(2):71-77.

义颜色词和语用颜色词可能处于一个连续统(continuum)中,很多语用颜色词因为使用频率高等原因,会逐渐发展成语义颜色词。语用颜色词和语义颜色词之间存在中间状态,对处于中间状态的颜色词,我们必须结合其在清诗中的实际使用情况来进行归类。

3.5 本章小结

本章对清代诗歌颜色词的总体面貌进行了分析描写,主要涉及颜色范畴及各范畴原型颜色词的确立、颜色词的数量概况、颜色词(语)的结构形式等内容,以便从宏观上把握清诗颜色词的总体使用情况。

在清诗颜色范畴的确立问题上,本书没有按照上古五色理论,将颜色范畴划分为五大颜色范畴,而是借鉴前人对清代基本颜色词的研究成果,将清诗颜色词归入黑、白、红、黄、绿、青—蓝、紫七大颜色范畴。我们认为这种划分结果比较符合清代汉语中颜色词使用的实际情况。在清诗七大颜色范畴原型颜色词的确立方面,本书借鉴原型范畴理论,参考清代基本颜色词的研究成果,提出了清诗颜色范畴原型颜色词应当具备的五项特征,在此基础上确定了各范畴的原型颜色词,它们分别是:[黑][白][红][黄][绿][青(蓝)][紫]。

在清诗颜色词数量概况方面,本书从 12368 条语料中甄选出单音节语义颜色词 60 个,语用颜色词 48 个,将其按照颜色范畴和颜色词类型予以归类。从颜色词成员的数量来看,黑色范畴的颜色词成员数量最多,共有 25 个。需要说明的是,本书统计颜色词以其表示的实际颜色为依据,而不是以"字"为依据,例如"青"所代表的实际颜色有四种:绿色、蓝色、黑色和紫色,本书分别表示为青(绿)、青(蓝)、青(黑)、青(紫),并将其归入到相应的四个颜色范畴中。我们将会在下文中对所有颜色词的意义进行详细探讨。

清诗颜色词(语)的结构形式具有多样性,虽然在清诗中单音节颜色词仍占主体地位,但是也存在着大量双音节和三音节颜色词,这些颜色词能够增强诗歌语言准确性和生动性。我们对清诗颜色词的内部结构形式进行了简要分析,并且详细探讨了双音节偏正式中的"触觉成分+颜色成分"类型。

我们还对清诗中的一些类型难以归属的颜色词实例做了说明,认为语义颜色词和语用颜色词之间存在一定的模糊性和过渡性,应当根据清诗实际语料来划分颜色词类型。

第4章 红色范畴颜色词语义描写分析

　　王宁(2002)在谈及单语词典释义问题时指出："为了提高汉语单语词典释义的质量,必须增强释义的理论探讨,而从古代训诂成功的实践中总结释义的原理和实用的规则是非常必要的。"在对清代诗歌中的颜色词进行语义分析时,我们同样需要借鉴训诂学的理论和方法。随文释义是传统训诂学分析语词意义的一种主要形式,"是对存在于语言环境中的言语意义加以解释的工作"。传统训诂学虽然没有提出"语境"概念,但是其随文释义的材料中早已体现出注重语境的思想。本书对清诗颜色词意义的探讨同样是在整首诗的语境中进行的,这样有助于发现颜色词语义的细微差别,体会文学语言含蓄典雅的艺术特点。但是"语境中的词义特点是:单一性、具体性、经验性"[1],不能直接作为词典的义项。因此,我们需要对语境中颜色词的意义进行一定程度的抽象概括。在此过程中,我们还参考了多种词典、诗歌集注以及颜色方面专书的释义,从而使本书的研究结论更具科学性和准确性。

　　本章和后续几章对清诗七大颜色范畴中的颜色词成员进行语义分析,将语义颜色词的意义分为原型义和非原型义,并在此基础上探讨非原型义的产生机制。在探讨颜色词语义时,我们还对出现频率较高的含彩词语的意义进行了描写,以便更好地探讨颜色词在清诗中的语义特征。我们还结合颜色词语义的广义度和显著度以及颜色词的色彩属性,对各颜色范畴内的成员进行对比分析。需要说明的是,有些颜色词的义项并不表示颜色,但与该颜色词表示颜色的义项之间存在一定的关

---

[1] 王宁.单语词典释义的性质与训诂释义方式的继承.中国语文[J].2002,(4):

系,为了全面考察该词的意义,我们对此也予以分析。因为篇幅过长,因此每个颜色范畴独立成章。

在清诗颜色词语料库中,红色范畴颜色词的语料数为2387条,该范畴颜色词成员共有23个,其中单音节语义颜色词15个,语用颜色词8个。"红"在红色范畴颜色词中出现的次数最多,为1404次,是该范畴的原型颜色词。语用颜色词成员数量较少,语料例数也特别少,色彩表达能力有限,这可能与该范畴语义颜色词数量多有关系,颜色词"红"以及由它构成的复音节颜色词数量很大,基本可以满足色彩表达需要。

4.1 红色范畴语义颜色词描写分析

本部分对红色范畴单音节语义颜色词进行描写分析,在分析归纳颜色词义项时,我们大致采取由实到虚的顺序,即与颜色相关的义项在前,由颜色义项经转喻、隐喻和社会文化赋予机制而产生的义项在后。根据前文对原型义的界定,我们认为在一般情况下,某个颜色词的义项中使用频率最高、最具有典型性的意义为原型义,其他经转喻、隐喻和社会文化赋予机制而产生的义项是非原型义。

赵艳芳(2001)指出:"词类的划分不是以事物固有的属性为依据,而是与人认识事物范畴的能力有关。词的转化是人的转喻认知方式的结果。"[1]张辉、卢卫中(2010)也认为:"传统词法中的功能转换(conversion)是转喻构词的一个特类。根据Dirven(1999),词类转换类构词都是转喻式的。"[2]文中还指出,词类转换可以分为转换词性的类型和不转换词性的类型,前者又包括名动转换、动名转换、形动转换和形名转换等,其中形动转换和形名转换与本文对颜色词义项的探讨有关。此外,很多词典在对"红"解释时,也将其名词和动词用法单独作为一个义项,如《现代汉语词典》(第7版)、《辞源》《应用汉语词典》等。本书主要考察颜色词在诗句中的语

---

[1] 赵艳芳.认知语言学概论[M].上海:上海外语教育出版社,2001:146.
[2] 张辉,卢卫中.认知转喻[M].上海:上海外语教育出版社,2010:72.

境义,因此当某一颜色词义项的词性和用法不同时,我们将其单独列出。

(一)红

清诗语料库中含有颜色词"红"的语料有1404条,可归纳为8个主要义项。

义项1:形容颜色像鲜血或石榴花。在诗句中常用作形容词,修饰事物,表示各种深浅不一的红色,共有866条语料,占含"红"语料总数的61.7%,为原型语义。"红"最早指浅红色,《说文·糸部》:"红,帛赤白色。"段注:"按:此今人所谓粉红、桃红也。"[①]后泛指各种深浅的红色。例如:

例4-1 闪闪红旗海色开,妖星半夜扫龙堆。 (袁枚《赠吴将军》)

例4-2 难禁最是潇潇雨,冷到红阑第几桥。 (顾太清《秋柳》)

例4-3 风散满衣红蜡泪,五更同化杜鹃啼。 (纳兰性德《缑山曲》)

三例中"红旗""红阑"和"红蜡"的"红"都是指颜色像鲜血或石榴花的颜色,颜色为纯红色。此外,也有一些语料中的"红"表示红色和其他颜色的混合色,例如:

例4-4 须臾红日升,放眼穷寥廓。 (英和《雨中过六盘山》)

例4-5 回首庐山顶,夕阳无限红。 (纳兰常安《舟中远眺》)

例4-6 红柿山僧贻,绿蚁奚奴赏。 (文昭《次夜……分得八霁》)

早上初升的太阳和傍晚将要落山的太阳一般带有黄色,并且亮度比较低,柿子一般也带有黄色,三例中的"红"实际上是带有黄色的红色。然而大多数情况下,清诗语料库中的颜色词"红"作为红色的统称,泛指一般的红色,我们对其所表示的红色不作详细区分。

义项2:红色。在诗句中常用作名词,共有118条语料,占含"红"语料总数的8.4%。例如:

例4-7 山花受月红成白,池水如人浅不深。 (袁枚《仿剑南小体诗》)

例4-8 盘堆霜实擘庭榴,红似相思绿似愁。 (龚自珍《己亥杂诗第二百五十一首》)

[①] (汉)许慎撰.(清)段玉裁注.说文解字注[M].南京:凤凰出版社,2007:1132.

后例中"红似相思绿似愁"的意思是:"果实的红色象征相思,绿色象征哀愁。"[①]

义项 3:变红,使……变红。在诗句中常用作动词,共有 159 条语料,占含"红"语料总数的 11.3%。例如:

例 4-9　望见东方一角红,知有朝阳来救我。　(袁枚《丹阳船冻不行闷而有作》)

例 4-10　未入门先两眼红,知卿感旧意忡忡。　(袁枚《赠李郎》)

例 4-11　花红神女颊,草绿美人衫。　(纳兰性德《效齐梁乐府十首》)

前两例中的"红"都指"变红",第二例中两眼变红实际上是指哭泣的意思,后例中的"红"意思是"使……变红"。

前三个义项的语料数量为 1143 条,占"红"语料总数的 81.4%,实际上都是表示像鲜血或石榴花一样的,浓度深浅不一的各种红颜色,只是在诗句中表现出不同的用法,我们认为这是显著度最高的语义。

义项 4:指具有红色属性特征的事物。这是颜色词"红"的转喻用法,共有 167 条语料,占含"红"语料总数的 11.9%,属于非原型义中的转喻义。

1."红"在大多数情况下指红色的花朵。例如:

例 4-12　落红不是无情物,化作春泥更护花。　(龚自珍《己亥杂诗第五首》)

例 4-13　记得春时红紫绽,日绕秦楼过汉殿。　(敦诚《冻蝶行》)

两例中的"红"都转喻红色的花朵。清诗中有很多四字格短语,如"千红万紫""绿肥红瘦""晕碧裁红""骇绿纷红"等,其中的"红"基本上都转喻红色的花朵。

2.指长期堆放而腐烂的谷类。例如:

例 4-14　红陈计石十馀万,积甲高于熊耳峰。　(英和《龙沙纪事诗》)

3.指霜打后的红色枫叶。例如:

例 4-15　纵有经霜枫叶好,晚红终觉逊春花。　(尹继善《宿州即事》)

4.指红色的衣服。例如:

例 4-16　韶光新节序,儿女各青红。　(英和《岁首四首》)

[①] (清)龚自珍著,刘逸生,周锡䪖校注.龚自珍诗集编年校注[M].上海:上海古籍出版社,2013:903.

"儿女各青红"指儿女们都(穿着)青色和红色的衣服。

5.指红色的光。例如：

例 4-17　神光一夜红黄动，翩然麒麟大荒纵。　　（袁枚《送傅卓园总戎之狼山》）

例 4-18　朝阳与夕阳，屋角红不积。　　（龚自珍《庚辰春日重过门楼胡同故宅》）

"红不积"的意思是指"阳光照射不到"[1]，可见，这里"红"指阳光。

6.指化妆所用的胭脂。例如：

例 4-19　青衿乍着心虽喜，红粉争看脸尚羞。　　（袁枚《余以……重赴泮宫诗》）

该例中的"红"转喻古代女性所用的胭脂，"粉"指铅粉，"红粉"常常整体转喻年轻的女子。

义项5：年轻而红润的。常用作形容词，共有36条语料。例如：

例 4-20　以我红颜改，知君鬓雪盈。　　（袁枚《杭太史……奉酬三十六韵》）

例 4-21　恸哭六军俱缟素，冲冠一怒为红颜。　　（吴伟业《圆圆曲》）

两例中的"红"都指年轻而红润的，既可以指男性的脸色，也可以指女性的脸色。此外，"红颜"可以进一步整体转喻美女。

义项6：指火势旺盛的、火光明亮的。常用作形容词，共有29条语料。例如：

例 4-22　绿蚁频斟铜漏永，红炉共拨烛花妍。　　（纳兰常安《守岁》）

例 4-23　炉火通红照眼明，发根濡透喜头轻。　　（文昭《夜过蕹头处二首》）

例 4-24　帆如云气吹将灭，灯近银河色不红。　　（袁枚《江中看月作》）

前两例中的"红"都是炉火火势旺盛，从而使得火光明亮，后例中的"红"指灯光明亮。

义项7：华美的、精美的、艳丽的。常用作形容词，共有25条语料。例如：

例 4-25　归来女伴洗红妆，枉将绝技矜平康。　　（吴伟业《听女道士下玉京弹

---

[1] (清)龚自珍著,刘逸生,周锡馥校注.龚自珍诗集编年校注[M].上海:上海古籍出版社,2013:66.

琴歌》）

例4-26 全家白骨成灰土，一代红妆照汗青。 （吴伟业《圆圆曲》）

例4-27 但见红妆意便倾，狂言忽发紫云惊。 （袁枚《乞花》）

例4-28 绣陌回环绕，红楼宛转迎。 （纳兰性德《景山》）

前例中的"红妆"指古代女子的盛妆，因其华丽精美，故还可以用来指美女和艳丽的花朵，中间两例即是如此。后例中的"红楼"也是指精美华丽的楼房，而不仅仅是红色的房屋。

义项8：五行文化中与火相对应的颜色。这是社会文化赋予"红"的意义，共有4条语料。例如：

例4-29 胜逢白发深宫女，同说红羊小劫天。 （袁枚《宋徽宗玉玺歌》）

"红羊劫"是指国难，来自于古代的谶纬之说，古人认为丙午、丁未是国家发生灾祸的年份，因为天干"丙""丁"和地支"午"在阴阳五行里都属火，为红色，而地支"未"对应于生肖上的羊，因此，每六十年出现一次的"丙午丁未之厄"便被称为"红羊劫"。古代建筑的梁柱多用木材建造，根据五行理论，火与木相生，故梁柱多会漆上红色，这从另一方面说明"红"与火相关。

（二）丹

清诗语料库中含有颜色词"丹"的语料有329条，可归纳为3个义项。

义项1：形容像丹砂一样的红色。"丹色的色相是红中带黄"[①]，因此，"丹"具体指带有微黄色的红色，颜色较浅。在诗句中常用作形容词，用来修饰各种事物，后泛指红色，共有206条语料，占含"丹"语料总数的62.6%，为原型义。例如：

例4-30 秋水澄峰影，丹枫照夕阳。 （顾太清《题文衡山秋湖晚眺》）

例4-31 瑞日明丹羽，恩波浣赤衣。 （纳兰性德《朱鹭》）

例4-32 丹实琼花海岸旁，羽琌山似崟之阳。 （龚自珍《己亥杂诗第三百一十四首》）

义项2：指具有红色属性特征的事物。共有113条语料，占含"丹"语料总数的

[①] 黄仁达.中国颜色[M].北京：东方出版社，2013:18.

34.3%。

例 4-33 朝来何所戏,持笔涂丹黄。 （袁枚《哭阿良》）

例 4-34 巅子好丹青,写景随意布。 （纳兰常安《题巅子画枯树图》）

前例中的"丹黄"指点校文字的丹砂和雌黄,后例中的"丹青"指绘画用的颜料丹砂和青䯅,后整体指绘画,两例中的"丹"都指红色的丹砂。

义项 3:(心意)忠诚、真诚。这是"丹"的隐喻义,共有 10 条语料。例如:

例 4-35 从教群眼白,不没寸心丹。 （奕绘《秋雨遣怀三首》）

例 4-36 一点丹诚存夙夜,嵩呼拜舞冀深知。 （纳兰常安《甲寅五月初二……颂一首》）

(三)朱

清诗语料库中含有颜色词"朱"的语料有 202 条,可归纳为 5 个义项。

义项 1:形容浓度深的红色。"朱"为大红色,颜色较深,亮度较高,"明朝因开国皇帝姓朱,故以朱为正色"[①]。在诗句中常用来修饰各种事物,共有 116 条语料,占含"朱"语料总数的 57.4%,为原型语义。例如:

例 4-37 朱履平拖綵戟前,江湖道术两悠然。 （袁枚《将归白下别庄大中丞》）

例 4-38 甘苦多年识浅深,朱衣何事案前临。 （尹继善《再和……毕秋帆中允》）

例 4-39 朱草浅罗三面网,元珠深孕九重渊。 （奕绘《观海六首》）

例中的"朱履"为红色的鞋,"朱衣"红色的衣服,都是古代显贵所穿的。第二例中的"朱衣"整体转喻穿着朱红色衣服的官员。此外像"朱函""朱扎""朱帘"等也都是古代皇族或权贵所用的事物。第三例中的"朱草"指一种红色的草,古人认为是祥瑞之物。

义项 2:指具有红色属性特征的事物。共有 15 条语料。

1.指朱砂。例如:

例 4-40 闲中暗记题诗日,自起研朱记案头。 （文昭《春初偶题六绝句》）

---

① 黄仁达.中国颜色[M].北京:东方出版社,2013:16.

2.指官服。

例 4-41 耻干爵禄谒金门,遗弃朱紫如粪土。 (纳兰常安《题西山云门先生屋壁》)

"朱紫"指古代高级官员的服饰,即朱衣紫绶,"朱"转喻朱红色的官服。

义项 3:年轻而红润的。常用作形容词,共有 24 条语料。例如:

例 4-42 羽林孤儿年二十,素面修眉晕朱颊。 (文昭《羽林孤儿行》)

例 4-43 当时两年少,朱颜如婴孩。 (袁枚《送稽拙修大宗伯入都》)

两例中的"朱"都形容男子面色年轻而红润,在本文语料库中,尚未发现"朱"用来形容女子脸色年轻红润的例子。

义项 4:富贵华美的。常用作形容词,共有 33 条语料。例如:

例 4-44 金戈铁马过江来,朱门大第谁能顾。 (吴伟业《芦洲行》)

例 4-45 青旆斜飘粘粉片,朱楼杰出耀冰精。 (纳兰常安《雪中行》)

"朱门""朱楼""朱户""朱扉""朱邸"等都是古代达官贵人所居住的房屋。

义项 5:与南方或夏季相对应的。这是社会文化赋予"朱"的意义,共有 14 条语料。例如:

例 4-46 迢遥古道入朱垠,太息人生聚散频。 (岳端《林凤冈……次韵答之》)

例 4-47 眷兹朱阳节,登彼绿云垒。 (袁枚《后五日谈沈两门生来置酒得种字》)

在中国古代的五行思想中,"朱"与"南方"和"夏季"等相配。前例中的"朱垠"指南方极远之地,后例中"朱阳"即指夏季。

(四)赤

清诗语料库中含有颜色词"赤"的语料有 169 条,可归纳为 3 个义项。

义项 1:形容比朱色稍暗的红颜色。"赤"泛指不同亮度和浓度的红色,为传统的正色之一。在诗句中常用作形容词,修饰各种事物,共有 108 条语料,占含"赤"语料总数的 64.3%,为原型义。例如:

例 4-48 未骑赤鲤乘潮去,且把云璈隔水听。 (袁枚《题蒋恩谷海市图》)

例 4-49 梨黄枣赤荞花白,尽在吾庐短牖中。 (文昭《秋暖》)

义项 2：指日光强烈的、炎热的。共有 10 条语料。例如：

例 4-50　洪钧忽化包荒釜，炎炎<u>赤</u>日当卓午。　（奕绘《苦热行》）

例 4-51　图成<u>赤</u>日正当午，陡觉浓阴满庭户。　（英和《招梦禅居士……诗意》）

"赤日"在清诗中多指夏天或中午的太阳非常炎热。

义项 3：裸露、空无。共有 28 条语料。例如：

例 4-52　<u>赤</u>脚神仙绛节飘，手挥如意把人招。　（袁枚《消夏诗十二首书扇寄何孝廉》）

例 4-53　<u>赤</u>手差胜真我懒，白头应倍故吾怜。　（奕绘《自题拈毫小照》）

前例中的"赤脚"指因为天气炎热而不着鞋袜，使脚裸露在外。第二例中的"赤手"同样指手上空无一物。

义项 4：衷心、真诚。共有 10 条语料。例如：

例 4-54　帝用作歌惟屡省，民如保<u>赤</u>更何求。　（尹继善《恭和御制过高邮州元韵》）

义项 5：五行文化中与南方或夏季等相对应的颜色。这是社会文化赋予"赤"的意义，共有 11 条语料。例如：

例 4-55　素秋方应令，<u>赤</u>帝却归南。　（岳端《秋晴》）

例 4-56　青阳裁辞春，<u>赤</u>炜方孕暑。　（袁枚《后五日谈沈两门生来置酒得种字》）

在中国古代的五行思想中，"赤"与"南方"和"夏季"等相配。前例中的"赤帝"指古代五天帝之一的南方之神，《周礼·天官·大宰》有"祀五帝"之说，唐代贾公彦疏曰："五帝者，东方青帝灵威仰，南方赤帝赤熛怒，中央黄帝含枢纽，西方白帝白招拒，北方黑帝汁光纪。"该例中的"赤帝"具体指夏季，后例中的"青阳"和"赤炜"分别指春季和夏季。

(五) 绛

清诗语料库中含有颜色词"绛"的语料有 148 条，可归纳为 2 个义项。

义项 1：深红色的。在诗句中常用作形容词，修饰各种事物，共有 133 条语料，占含"绛"语料总数的 89.9%，为原型义。例如：

例 4-57　老树连阴飞绛蝠，悬崖急溜卧苍龙。　（顾太清《题画》）

例 4-58　白团掌内恩应弃，绛蜡窗前泪未收。　（吴伟业《八风诗八首其三》）

义项 2：与南方相对应的颜色。这是社会文化赋予"绛"的意义，共有 15 条语料。例如：

例 4-59　生就多情种，离离落绛河。　（袁枚《红豆》）

例 4-60　炉烟细袅紫袍袖，几度浑疑在绛霄。　（纳兰常安《早朝》）

古人观天象时常以北极为基准，天河在北极之南，南方属火，尚赤，因此常借同表红色的"绛"来指称银河为"绛河"，称极高的天空为"绛霄"。这里的"绛"都是五行文化中跟南方相对应的颜色。

(六)彤

清诗语料库中含有颜色词"彤"的语料有 39 条，可归纳为 1 个义项。

义项 1：形容比较鲜艳的红色。在诗句中常用作形容词。例如：

例 4-61　天子亲为插彤弓，骁矢千条鬯一卣。　（袁枚《送虞山少宰从驾热河》）

例 4-62　月光如水净无埃，碧瓦彤扉夜殿开。　（文昭《太素颐真靖试经三首》）

(七)酡

清诗语料库中含有颜色词"酡"的语料有 13 条，可归纳为 1 个义项。

义项 1：红色的。多指饮酒后脸色变红，后泛指脸红。例如：

例 4-63　从容素手舒长爪，绰约酡颜带薄醺。　（顾太清《题唐寅画麻姑像》）

例 4-64　瓶添几叶兼花瘦，灯晕深红着面酡。　（文昭《山中人送红叶至》）

前例中的"酡"与饮酒有关，后例中的"酡"则因为红灯映照而使脸色为酡色。在本书语料库中，表示饮酒后脸色为"酡"的语料有 11 条，占总数的 84.6%。

(八)赭

清诗语料库中含有颜色词"赭"的语料有 11 条，可归纳为 1 个义项。

义项 1：红褐色的。用作形容词，例如：

例 4-65　须臾半空飞霹雳，赭瓦颓垣如掷戟。　（袁枚《火灾行》）

例 4-66　惆怅书生万事非，赭衣今抵旧乌衣。　（吴伟业《别维夏》）

前例中的"赭瓦"指红褐色的瓦片,后例中的"赭衣"本整体转喻囚犯,"赭色曾经是象征低贱的颜色,是囚衫用的颜色,因而在古时赭衣即代表罪犯"[①]。在该例中,因作者内心对自己的屈节仕清极为歉疚,故以"赭衣"指称自己。

(九)绯

清诗语料库中含有颜色词"绯"的语料有9条,可归纳为2个义项。

义项1:浅红色的。用作形容词,共有7条语料,占含"绯"语料总数的77.8%,为原型义。例如:

例4-67 绯桃著雨红将落,国色争春蕊正肥。 （尹继善《偶忆西园兼以寄内》）

例中"绯桃"即指浅红色的桃花。

义项2:红色的官服。共有2条语料,例如:

例4-68 也戴乌纱也著绯,绕盤旋转类珠玑。 （文昭《不倒翁》）

该例中的"绯"转喻不倒翁所穿的红色的官服。

(十)赪

清诗语料库中含有颜色词"赪"的语料有7条,可归纳为2个义项。

义项1:红色的。用作形容词,共有5条语料,占含"赪"语料总数的71.4%,为原型义。例如:

例4-69 通玄老人来何方,碧瞳赪面拳毛苍。 （吴伟业《通玄老人龙腹竹歌》）

义项2:变红,使……变红。用作动词,共有2条语料。例如:

例4-70 倚石屡喘汗,小憩赪两颊。 （纳兰常安《山行八首》）

该例中的"赪"指因为爬山劳累而使脸颊颜色变红。

(十一)茜

清诗语料库中含有颜色词"茜"的语料有6条,可归纳为1个义项。

义项1:大红色的。古人用茜草根制作大红色的染料。用作形容词,修饰各种事

---

① 黄仁达.中国颜色[M].北京:东方出版社,2013:12.

物。例如：

例 4-71　毕景庭树深，凉阴秋卉茜。　（文昭《行药》）

例 4-72　碧甜骄绿茹，茜汁乱红秔。　（吴伟业《苋》）

（十二）猩

清诗语料库中含有颜色词"猩"的语料有 6 条，可归纳为 1 个义项。

义项 1：鲜红色的。"猩"指像猩猩血一样的鲜红色，是一种"亮丽而浓烈的深红"，"其色彩纯度较高，在古代被作为高贵的颜色……在清代王公贵族或大商贾的宅中常使用"①。《汉语大字典》中"猩"的第二个义项为：鲜红色。②可见在清代"猩"已经成为一个语义颜色词，多用来修饰织物。例如：

例 4-73　琐窗钿砌浮花气，鸳幕猩帘压篆烟。　（文昭《东峰弟舍中与群弟辈观剧》）

例 4-74　蜀锦猩罗映碧潭，枝枝浓艳露华涵。　（纳兰常安《芙蓉》）

后例中的"猩罗"用来转喻繁盛的芙蓉花。

（十三）殷

清诗语料库中含有颜色词"殷"的语料有 5 条，可归纳为 1 个义项。

义项 1：黑红色的。《左传·成公二年》："左轮朱殷。"杜预注曰："朱，血色。血色久则殷，殷音近烟。今人谓赤黑为殷色。"《玄应音义》卷十三"殷皮"注曰："赤黑色为殷。"③含有颜色词"殷"的语料全部来自满族诗人诗歌作品。例如：

例 4-75　入座偏宜岚气绿，映门更爱夕阳殷。　（多隆阿《秋怀》）

例 4-76　稜稜苍绿带微殷，夜贮筠笼系井间。　（文昭《与客食西瓜分韵》）

"殷"常常与"红"合用，形成双音节颜色词"殷红"，也表示红中带黑的颜色。

（十四）纁

清诗语料库中含有颜色词"纁"的语料有 4 条，可归纳为 2 个义项。

义项 1：浅红色的。《说文·糸部》："纁，浅绛也。"用作形容词，共有 2 条语料，占

---

① 鸿洋.中国传统色彩图鉴[M].北京：东方出版社，2010：17.
② 汉语大字典编辑委员会.汉语大字典(第二版)[Z].武汉：湖北长江出版集团，2010：1455.
③ 宗福邦等主编.故训汇纂[Z].北京：商务印书馆，2003：1198.

含"纁"语料总数的50%,为原型义。例如:

例 4-77 宛彼柔丝,龙衮纁裳。 (袁枚《于蔿于》)

义项2:浅赤色的布帛。共有2条语料。例如:

例 4-78 箪壶夹道路,筐筐馈玄纁。 (纳兰性德《效江醴陵杂拟古体诗二十首》)

"玄"和"纁"分别转喻黑色的布帛和浅赤色的布帛,"玄纁"泛指帝王延聘贤士的礼品。

(十五)赧

清诗语料库中含有颜色词"赧"的语料有1条,可归纳为1个义项。

义项1:因羞愧而脸色变红。例如:

例 4-79 岁廪戴君德,堕体赧吾颜。 (敦诚《答臞仙》)

4.2 红色范畴语用颜色词描写分析

(一)胭脂

"胭脂"(又作燕支、臙脂、燕脂等)本指古代女子用来化妆的一种红色颜料,主要用红花、茜草等植物制成,在清诗中被用来表示像胭脂一样的橙红色。清诗语料库中含有语用颜色词"胭脂"的语料有15条,例如:

例 4-80 重重燕支蕾,几朵挂钗及。 (龚自珍《后游》)

例 4-81 瓢涵艳艳胭脂水,子吐离离玳瑁斑。 (英和《松林步月》)

(二)血

"血"在清诗中被用来表示像血一样的鲜红色,常常与"色"一起使用。清诗语料库中含有语用颜色词"血"的语料有7条,例如:

例 4-82 金缕银貂血色裙,一双十四五来人。 (文昭《二十九日……听歌四绝句》)

例 4-83 芳名已自绝凡尘,瓣瓣红花血色新。 (岳端《题咏墙头凤仙花》)

(三)火

"火"在清诗中一般被用来表示像火一样的赤红色。清诗语料库中含有语用颜色词"火"的语料有4条,例如:

例 4-84　何堪似火红云炽,犹自如浆白汗流。　(文昭《二十九日……听歌四绝句》)

因为"红"泛指各种红色,故该例用"火"来具体指云的颜色,突出了"火"的色彩属性,即表示红中带微黄的颜色。

(四)桃

"桃"本指一种植物,在清诗中用来表示颜色时实际指像桃花一样的粉红色,常用来修饰年轻女子白里透红的脸色。清诗语料库中含有语用颜色词"桃"的语料有3条,例如:

例 4-85　柳丝遮屋浅,桃靥倚门娇。　(纳兰常安《江村》)

该例中的"桃靥"整体转喻年轻的女子。

(五)霞

"霞"本指天空中的云霞,多为红色。《说文新附·雨部》:"霞,赤云气也。"[1]在清诗中"霞"被用来表示像云霞一样的红色,清诗语料库中含有语用颜色词"霞"的语料有2条,例如:

例 4-86　五出雪迷千树白,九秋霜炼一枝霞。　(奕绘《红梅花三首以题为韵》)

此例中的诗句是个工整的对仗句,语用颜色词"霞"与语义颜色词"白"相对。

(六)芙蓉

"芙蓉"在清诗中用来表示像芙蓉花一样的粉红色,共有1条语料,例如:

例 4-87　春露泽成桃李颜,秋风瘦损芙蓉面。　(多隆阿《独不见》)

(七)檀

"檀"在清诗中用来表示像檀木一样的赭红色,即带有黄色的红色,共有1条语

---

[1] 宗福邦等主编.故训汇纂[Z].北京:商务印书馆,2003:2461.

料,例如:

例 4-88 晚风梳绿鬓,淡月晕檀妆。 (文昭《黄刺梅花二首》)

(八)杏

"杏"同"桃"类似,在清诗中用来表示颜色时指像杏花一样的粉红色,共有 1 条语料,例如:

例 4-89 可是美人初中酒,杏腮双晕不胜情。 (奕绘《粉红芍药》)

4.3 红色范畴复音节颜色词描写分析

4.3.1 由"红"构成的复音节颜色词

在清诗红色范畴颜色词成员中,由"红"构成的复音节颜色词最多,由于其语义比较浅显易懂,属于"红"的下位颜色词,我们将形式比较固定的一些例子总结出来进行分析,下文同。为节省篇幅,我们在此列表作简要说明。

表 5 由"红"构成的复音节颜色词描写分析

颜色词	出现次数	例句	意义
深红	11	满枝嫩绿间深红	指彩度较高,明度较低的红色。
娇红	9	小朵娇红窈窕姿	指鲜艳娇嫩的红色,"娇"给人鲜嫩、美好的感觉。
小红	8	点缀秋英灿小红	指淡红色,"小"与"大"相对,表示程度。
浅红	6	浅红相间又深红	指彩度较低的红色。
微红	5	病颊微红淡欲消	指淡淡的红色。
猩红	5	枉将纤指染猩红	像猩猩血一样的鲜红色。
轻红	5	轻红杏子花	指淡红色或粉红色,"轻"表示程度不高。
嫣红	5	花太嫣红病易侵	指艳丽的红色,"嫣"给人以美感。
通红	4	地炉犹有火通红	形容颜色十分红,"通"表示范围。
淡红	4	淡红蜀锦似新裁	指明度较高,彩度较低的红色。
殷红	4	殷红浅碧列千行	指红中带黑的颜色。

续表

颜色词	出现次数	例句	意义
酣红	2	浓绿酣红我兼取	因酒酣而脸红的颜色,同"酒红"。
鲜红	2	主人何在尚鲜红	指鲜艳的红色。
琥珀红	2	光添琥珀红	像琥珀那样的褐红色,即深红偏黄。
退红	2	蛮笺擘退红	指粉红色,"退"指颜色比较淡。
艳红	2	也效春风作艳红	指鲜艳的艳丽的红色,"艳"起修饰作用。
妖/夭红	2	东皇酿就妖红蕊	指艳丽的红色,"妖/夭"有迷人的感觉。
赪红	1	渐看眉宇发赪红	指彩度较高的红色。
暗红	1	纸灯摇暗红	指明度较低的红色。
大红	1	大红门前逢海户	指深红色,"大"与"小"相对,表示程度。
憨红	1	憨红初破碎零星	指令人喜爱的红色,"憨"有可爱的意思。
酒红	1	自笑朱颜是酒红	指饮酒后面部呈现的红色,"酒"是指原因(饮酒)。
烂红	1	烂红开遍蜀葵花	指明度较高的深红色,"烂"是灿烂的意思。
榴红	1	榴红小帖晚相邀	像石榴花一样的鲜橙红色。
白红	1	树树桃花能白红	白中发微红的颜色。
窃红	1	窃红婀娜向风前	浅红。窃,通"浅"。
红润	1	红润微生颊	红而滋润,"润"是触感。
红冉冉	1	榴火照人红冉冉	给人温暖感觉的大红色。

4.3.2 由"殷"构成的复音节颜色词

在清诗语料库中,由"殷"构成的复音节颜色词只有一个,即"微殷",如"稜稜苍绿带<u>微殷</u>,夜贮筠笼系井间"。其中的"微殷"表示彩度较低的红色,相当于淡红色。

4.3.3 由"朱"构成的复音节颜色词

由"朱"构成的复音节颜色词也只有一个,即"大朱",如"玉柱金针幻科斗,大朱飞白呈蛟螭"。其中的"大朱"表示彩度较高的红色,相当于大红色。

由上可见,红色范畴中的复音节颜色词基本上都是由"红"所构成的,表示各种明度、彩度及心理感受的红色,这也从侧面反映出,在清代"红"作为红色范畴原型颜色词的地位是非常牢固的。

4.4 红色范畴含彩词语描写分析

4.4.1 由"红"构成的含彩词语

在本书语料库中,带有"红"的含彩词语数量比较多,其中出现十次以上的有 7 个。

红尘:共出现 76 次,在清诗中的主要意义有两个。

1.指车马扬起的尘土,"红"的理据模糊不清。[①]

例 4-90　匹马红尘背夕阳,天涯宦客意茫茫。　(纳兰常安《汴梁道中寄晋阳参军禅松岩》)

2.指繁华热闹的地方,泛指人世间。

例 4-91　最美秦邮湖畔客,数行绿柳隔红尘。　(尹继善《和夏醴公送行诗韵》)

例 4-92　何时得谢红尘事,来与雷平论杳冥。　(尹继善《寄罗浮沈道士》)

红颜:共出现 47 次,主要意义有两个。

1.指年轻人的红润脸色,既可以指男性的脸色,也可以指女性的脸色。

[①] 董佳(2010)认为,唐代长安在西北,为黄土地质,夕阳下卷起的尘土看起来是红色的,故有红尘之说。详见董佳(2010)第 77 页。

例 4-93　以我红颜改,知君鬓雪盈。　（袁枚《杭太史……奉酬三十六韵》）

例 4-94　横塘花落吴宫晚,西施心痛红颜损。　（袁枚《横塘怀古》）

"红颜"在前例中指男性年轻红润的脸色,在后例中指女性的脸色。

2.整体转喻美丽的女子。

例 4-95　恸哭六军俱缟素,冲冠一怒为红颜。　（吴伟业《圆圆曲》）

红袖:共出现 32 次,指心仪的美丽女子,这一意义也是通过转喻机制而产生的,属于部分转喻整体,与此相似的含彩词语还有"红裙"（共出现 12 次）等。例如:

例 4-96　浮生笔墨怜红袖,阅世风霜壮白须。　（奕绘《读随园诗》）

例 4-97　春明池上绿衣郎,曾被红裙看欲狂。　（袁枚《催妆》）

红雨:共出现 24 次,不能简单理解为红色的雨,而是指飘落的花朵。这一意义是通过隐喻机制而产生的。花朵常常是红色的,"雨"则隐喻了飘落的状态,因此落花被称为"红雨"。

例 4-98　春声撩耳鸟啼树,红雨满身僧折花。　（袁枚《同华公子……登巾山》）

红妆:共出现 19 次,主要意义有两个。

1.指女子的盛妆。因妇女妆饰多用红色,故称。例如:

例 4-99　归来女伴洗红妆,枉将绝技矜平康。　（吴伟业《听女道士下玉京弹琴歌》）

2.整体转喻美丽的女子,属于部分转喻整体。

例 4-100　全家白骨成灰土,一代红妆照汗青。　（吴伟业《圆圆曲》）

3.整体隐喻艳丽的花卉等,这是基于相似性而产生的隐喻义

例 4-101　千盏银灯照花睡,夜深何处不红妆。　（袁枚《春日即事》）

红楼:共出现 16 次,指精美华丽的楼房,而不仅仅是红色的房屋。在古代,富贵人家的女子往往住在华美的楼房中,同时歌姬所居的楼房也往往称为"红楼",于是"红楼"便泛指女子所住的华美楼房。例如:

例 4-102　霜满天涯路,红楼梦未醒。　（顾太清《题画……人迹板桥霜》）

诗句中的"红楼"可以理解为"女子居处之泛称"①。

红泪：共出现 13 次，不能简单理解为红色的眼泪，而是专指女子所流的眼泪。这可能是由于古代女子常用红色的胭脂，眼泪留下时便带有红色。

例 4-103 只愁一碗桃花粥，中有佳人<u>红泪</u>多。 （袁枚《题骆秀才乞食歌姬院图》）

通过分析我们发现，上述含彩词语都不能简单地理解为"某色之某物"，也就是说含彩词语的意义融合度较高，不是组成部分字面意义相加所能解释的，而是在此基础上又产生了隐喻义或转喻义。颜色词在含彩词语中仍然主要表示颜色词，但是意义比较虚灵，理据性不像"红叶"中的那么清楚，并且常常附加了一些人文性色彩，例如"红泪""红楼""红妆"等中的"红"就常常跟年轻的女性有关，"蕴含着跟女性相关的一系列文化内涵"②。

4.4.2 由"丹"构成的含彩词语

在本书语料库中，带有"丹"的含彩词语主要有以下几个：

丹霄：共出现 16 次，本指布满红霞的绚丽天空，古人认为是仙人所居住的地方，后也指帝王的居处或朝廷。例如：

例 4-104 铜柱千寻留绝域，天章九锡下<u>丹霄</u>。 （袁枚《傅文忠公挽词》）

丹诏：共出现 13 次，指天子的敕命。古代帝王常用朱笔书写诏书，故称为"丹诏"。

例 4-105 一行<u>丹诏</u>下兰台，海内风人笑口开。 （袁枚《喜鱼门主事改官编修》）

丹心：共出现 12 次，指忠诚、赤诚之心。

例 4-106 笛赋名传午子香，<u>丹心</u>寸意托繁霜。 （袁枚《刊江留别》）

例 4-107 只有<u>丹心</u>恃主知，沐恩岂但同生育。 （纳兰常安《出京日依恋》）

前例中的"丹心"指对朋友的赤诚衷心，后两例中的"丹心"指对皇帝的忠诚之

---

① （清）顾太清撰，金启琮，金适校笺. 顾太清集校笺[M]. 北京：中华书局，2012：75
② 董佳. 宋词基本颜色词研究[D]. 北京师范大学，2010：76.

心。

4.4.3 由"朱"构成的含彩词语

在本书语料库中，带有"朱"的含彩词语主要有以下几个：

朱门：共出现 22 次，字面义为朱红色的大门，实际指富贵的人家，与此意义相近的含彩词语还有"朱户"（共出现 9 次）、"朱扉"（共出现 6 次）。例如：

例 4-108 金戈铁马过江来，朱门大第谁能顾。 （吴伟业《芦洲行》）

朱颜：共出现 21 次，指年轻红润的容颜，"朱"具有年轻、润泽的附带义。例如：

例 4-109 朱颜炼尽成白头，把酒劝君君且休。 （文昭《放歌行再示王郎》）

例 4-110 当时两年少，朱颜如婴孩。 （袁枚《送嵇拙修大宗伯入都》）

两例中的"朱颜"都指男子年轻红润的脸色，在本书语料库中，尚未发现"朱颜"用来指女人脸色的例子。另外，"红颜"已经发展出固定转喻义，而"朱颜"还未发展出来，这说明"红颜"的凝固程度更高，其中颜色词的理据性更加模糊。

4.4.4 由"赤"构成的含彩词语

在本书语料库中，带有"赤"的含彩词语主要有以下几个：

赤子：共出现 18 次，原指出生的婴儿。《汉书·贾谊传》："故自为赤子而教固已行矣。"颜师古注："赤子，言其新生未有眉髮，其色赤。"①在清诗中，"赤子"指百姓、人民。例如：

例 4-111 白头醉倒手亲扶，赤子遮留马前伏。 （袁枚《求武肃王像求观铁券不得》）

赤日：共出现 10 次，不能简单理解为红色的太阳，而是指烈日，"赤"在此具有炎热的附带义。例如：

例 4-112 洪钧忽化包荒釜，炎炎赤日当卓午。 （奕绘《苦热行》）

例 4-113 图成赤日正当午，陡觉浓阴满庭户。 （英和《招梦禅居士……诗意》）

---

① 详见《汉语大词典》第 9 卷（下）1157 页"赤子"词条。

"赤日"在清诗中多指夏天或中午的太阳非常炎热,而"红日"则常常指早上刚升起的太阳,给人朝气蓬勃、充满希望的心理感受。

4.4.5 由"绛"构成的含彩词语

在本书语料库中,带有"绛"的含彩词语主要有以下几个:

绛帐:共出现 38 次,字面意义为大红色的帷帐,在清诗中为师门、讲席的尊称。该义来源于《后汉书》中马融设绛纱帐教授生徒的典故,既属于转喻义,同时也带有社会文化义。例如:

例 4-114 今朝绛帐真零落,他日黄垆更渺漫。 (袁枚《哭座主留松裔少宰》)

与"绛帐"类似的含彩词语还有"绛纱"(共出现 17 次)、"绛帷"(共出现 13 次)。

例 4-115 阳关一曲月西斜,弹指何年侍绛纱。 (袁枚《送尹宫保移督广州》)
例 4-116 记得当年侍绛帷,春风杨柳共依依。 (袁枚《记得》)

4.5 红色范畴颜色词对比分析

在红色范畴颜色词语义描写分析的基础上,本节我们对红色范畴颜色词进行对比分析,主要涉及:颜色词语义显著度、颜色词语义广义度、颜色词色彩属性三个部分。

4.5.1 红色范畴颜色词语义显著度分析

根据前文我们对颜色词语义显著度的界定,颜色词所有义项中出现频率最高的义项具有最高的显著度,具有心理上的优先处理权。语用颜色词和某些语义颜色词只有一个义项,该义项即为显著度最高的义项。某些颜色词(例如"红")在诗句中有形容词、名词和动词三种词性,但是都是表示颜色,可以合并起来都算作颜色义。复音节颜色词是单音节语义颜色词的下位颜色词,二者不属于一个层次,因此我们没有放到一起进行比较。

红色范畴颜色词共有 23 个成员,其中包含 15 个单音节语义颜色词和 8 个语用颜色词,根据颜色词的出现频率,它们各自的语义显著度如下表所示:

表6 红色范畴颜色词成员语义显著度

颜色词类型	颜色词	义项总数	语义显著度最高的语义	所占比例[①]
语义颜色词	红	8	形容颜色像鲜血或石榴花	81.4%
	丹	3	形容像丹砂一样的带有微黄的红色	62.6%
	朱	5	形容浓度深的红色	57.4%
	赤	3	形容比朱色稍暗的红颜色	64.3%
	绛	2	深红色的	89.9%
	彤	1	形容比较鲜艳的红色	100%
	酡	1	多指饮酒后脸红	100%
	赭	1	红褐色的	100%
	绯	2	浅红色的	77.8%
	赪	1	红色的	100%
	茜	1	大红色的	100%
	猩	1	鲜红色的	100%
	殷	1	黑红色的	100%
	纁	2	浅红色的	50%
	赧	1	因羞愧而脸红	100%
语用颜色词	胭脂	1	像胭脂一样的橙红色	100%
	血	1	像血一样的鲜红色	100%
	火	1	像火一样的赤红色	100%
	桃	1	像桃花一样的粉红色	100%
	霞	1	像云霞一样的红色	100%
	芙蓉	1	像芙蓉花一样的粉红色	100%
	檀	1	像檀木一样的赭红色	100%
	杏	1	像杏花一样的粉红色	100%

① 所占比例指语义显著度最高的义项所在的语料占该颜色词总语料数的比例。

由上表可以看出,红色范畴各颜色词语义显著度最高的义项都是表示红色,并且所占比例都在50%及以上。义项数只有一个的颜色词,其语义显著度最高的义项就是表示红色的,需要注意的是,这些颜色词所表达的红色在色彩属性方面并不完全相同。

4.5.2 红色范畴颜色词语义广义度分析

根据前文对颜色词语义广义度的界定,我们在比较红色范畴颜色词成员时,只针对其表颜色的义项进行比较,这样有助于考察各成员在语义广义度上的差异。通过对颜色词表颜色的义项所指向事物的种类和数量进行统计,我们可以测查出该颜色词的语义广义度。在统计之前,我们需要对所指向的事物进行语义分类。

"义类研究是中国传统语言学的重要组成部分",在事物分类方面,我们可以借鉴古今大量义类专书。诞生于战国时期的《尔雅》是我国第一部义类词典,清代也有许多义类词典存世,如《骈字类编》、《通俗编》等。"《通俗编》中一些类目的划分,如天文、地理、身体、器用、饮食等,已为当代义类词典所采用"[①]。在现代汉语义类研究方面,同样有大量辞书问世,如《汉语多用词典》《现代汉语分类词典》等都对事物进行了非常细致的划分。本书借鉴上述研究成果,结合清诗颜色词语料库实际情况,将颜色词所指向的事物大致分为八大类。

表7 清诗颜色词所指向事物语义分类表

序号	语义类名称	所包含事物
1	天象类	日月星辰、风霜雨雪、云霞雾霭等
2	地理类	山川河海、沙石泥土、矿物金属等
3	人体类	五官四肢、身体发肤、血泪汗涕等
4	植物类	花草树木等
5	动物类	飞禽走兽等
6	服饰类	衣冠鞋帽、绫罗绸缎等
7	建筑类	亭台楼阁、屋舍庭堂、门窗阑干等
8	日用类	笔墨纸砚、琴棋书画、刀枪剑弓、舟车辇轿、菜粮茶酒等

---

① 张和生.汉语义类研究及其应用评析[J].北京师范大学学报(社会科学版),2008,(5):116-123.

根据上述分类,红色范畴颜色词所有成员的语义广义度如表 8 所示①:

表 8 红色范畴颜色词成员语义广义度

颜色词类型	颜色词	语义类							
		天象类	地理类	人体类	植物类	动物类	服饰类	建筑类	日用类
语义颜色词	红(1143)	14.2%	8.0%	8.9%	35.2%	2.6%	6.2%	5.1%	19.8%
	指向示例	霞	泥	脸	花	鲤	裙	墙	灯
	丹(206)	8.8%	18.1%		30.4%	6.4%		11.3%	25%
	指向示例	霞	崖		桂	凤		陛	轮
	朱(116)		3.5%	15%	4.6%	4%	6.4%	28.3%	38.2%
	指向示例		石	唇	杏	鱼	衣	楹	琴
	绛(133)	8.3%			7.5%	3%	13.5%	9.8%	57.9%
	指向示例	霞			树	鸡冠	衲	殿	蜡
	赤(108)	6.5%	18.5%	7.4%	12%	13%	2.8%	15.7%	24.1%
	指向示例	虹	壤	眉	叶	鲤	舄	栏	棒
	彤(39)	15.4%						66.7%	17.9%
	指向示例	云						墀	弓
	酡(13)			100%					
	指向示例			颊					
	赭(11)		18.2%	9.1%		18.2%	27.3%	27.2%	
	指向示例		石	颜		马	衣	瓦	
	绯(7)				100%				
	指向示例				桃				
	赪(7)			71.4%	28.6%				
	指向示例			面	海棠				
	茜(6)	16.7%			50%		33.3%		

① 本表中颜色词后面括号中的数字为该颜色词表颜色义的语料条数,并不是语料库中含有该颜色词的所有语料数目,例如含有颜色词"红"的语料有 1404 条,但是表颜色义的只有 1143 条,所以表中"红"后面括号中的数字是"1143"。表中空白的地方表示该颜色词没有指向相对应的语义小类。

续表

颜色词类型	颜色词	语义类							
		天象类	地理类	人体类	植物类	动物类	服饰类	建筑类	日用类
语义颜色词	指向示例	云			卉		袂		
	猩(6)						50%		50%
	指向示例						衫		毡
	殷(5)	40%			60%				
	指向示例	夕阳			桃				
	纁(2)						100%		
	指向示例						裳		
	赧(1)			100%					
	指向示例			颜					
语用颜色词	胭脂(15)			13.3%	86.7%				
	指向示例			颊	蕾				
	血(5)	20%			40%		20%		20%
	指向示例	云			花		裙		屏
	火(4)	50%		25%	25%				
	指向示例	云		颊	榴				
	桃(3)			100%					
	指向示例			颜					
	霞(2)				100%				
	指向示例				梅花				
	芙蓉(1)			100%					
	指向示例			面					
	檀(1)			100%					
	指向示例			妆					
	杏(1)			100%					
	指向示例			腮					

由上表所见,红色范畴中颜色词"红"和"赤"在表示颜色义时,其语义都能指向全部八种语义类,这说明二者的语义广义度高于其他颜色词成员。但是含有"红"的语料数远远高于含有"赤"的语料数,并且由"红"构成的复音节颜色词和含彩词语也是最多的,因此清诗中红色范畴原型颜色词应当为"红"。此外,颜色词"朱"的语义广义度也较高,能指向除天象类以外的七大语义类。

4.5.3 红色范畴颜色词色彩属性分析

本书对各范畴颜色词成员色彩属性的分析主要借鉴了符淮青(1988,1996)、李红印(2007)和赵晓驰(2010,2016)的研究方法和结论,同时参考了大量色彩方面的书籍。

各范畴颜色词的色彩属性涉及三个重要的参数:浓度、亮度和辅色。浓度和亮度有程度上的差别,我们称之为"浓度值"和"亮度值"。原型颜色词和不显示浓度或亮度差别的颜色词的浓度值和亮度值都为"0",比其程度深和强的用"1+"表示,比其程度浅和弱的用"1-",极深极强和极浅极弱的用"1++"和"1--"表示。此外,颜色词有纯色和辅色之分,我们将颜色词的辅色置于中括号中予以表示。红色范畴颜色词成员色彩属性如表9所示:

表9 红色范畴颜色词成员色彩属性比较表

颜色词类型	颜色词	浓度值	亮度值	辅色	其他内容
语义颜色词	红	0	0		原型颜色词
	丹	1^-	0	[黄色]	
	朱	1^+	1^+		
	赤	0	0		
	绛	1^{++}	0		
	彤	0	0		
	靤	0	0		
	赭	0	0	[褐色]	
	绯	0	0		
	赪	1^-	0		

续表

颜色词类型	颜色词	浓度值	亮度值	辅色	其他内容
语义颜色词	茜	0	0		
	猩	1⁺	1⁺		颜色鲜明
	殷	0	1⁻	[黑色]	
	纁	1⁻	0		
	赧	0	0		因羞愧而脸红
语用颜色词	胭脂	1⁺	0	[黄色]	
	血	1⁺	1⁺		颜色鲜明
	火	1⁺	1⁺⁺	[黄色]	
	桃	1⁻	0	[白色]	
	芙蓉	0	0		
	檀	0	1⁻	[黄色]	
	霞	0	0		色彩绚烂
	杏	1⁻	0	[白色]	

第 5 章 黄色范畴颜色词语义描写分析

在清诗颜色词语料库中,黄色范畴颜色词的语料数为 1432 条,该范畴颜色词成员共有 13 个,其中单音节语义颜色词 3 个,语用颜色词 10 个。"黄"在黄色范畴颜色词中出现的次数最多,为 1226 次,占该范畴颜色词使用总数的 85.6%,毋庸置疑是该范畴的原型颜色词。

清诗中黄色范畴语义颜色词的使用范围比较狭窄,为了表示各种黄色,诗人们除了使用大量含有"黄"的复音节颜色词外,还使用了不少语用颜色词。与红色范畴相反,黄色范畴语用颜色词成员数量比单音节语义颜色词多,两种颜色词之间好像存在一种"此消彼长"的关系。黄色范畴颜色词成员数量和语料数量较少可能与它是皇族专用颜色,普通人不得随意使用有关。有记载表明,早在唐高祖李渊的武德年间(618-626)即禁止臣民着黄色衣物。"唐高祖武德初,用隋制,天子常服黄袍,遂禁士庶不得服,而服黄有禁自此始。"(宋朝王懋《野客丛书·禁用黄》)[1]在清代,黄色仍然是与皇权相关的颜色,其中的明黄色在服饰上属于最高等级,雍正时期确定皇帝礼服的黄色为明黄。[2]清代礼吉服中的黄色色名有明黄、杏黄、金黄三种,等级上明黄最高,杏黄次之,金黄最低,皇族中不同身份的人使用不同的黄色。[3]可见,自唐朝以来普通人就不能穿着黄色衣物,而衣物等纺织品与人们日常生活密切,涉及的颜色词也比较多,所以清诗中黄色范畴语义颜色词成员数量少也是可以理解的。

---

[1] 黄仁达.中国颜色[M].南京:江苏凤凰美术出版社,2020:62.
[2] 王允丽,王春蕾.清代纺织品中明黄色色彩研究[J].故宫博物院院刊,2022,(5):122-132.
[3] 金鉴梅等.清宫礼吉服中的黄色及槐子黄栌染色研究[J].丝绸,2021,(5):26-33.

5.1 黄色范畴语义颜色词描写分析

(一)黄

清诗语料库中含有颜色词"黄"的语料有1226条,可归纳为5个义项。

义项1:形容颜色像向日葵花或金子。共有1033条语料,占含"黄"语料总数的84.3%,为原型义。"黄"本指像土一样的颜色,《论衡·黄部》:"黄,地之色也。"[1]后泛指各种黄色,用作形容词,修饰各种事物。例如:

例5-1 青衫露重凉如雨,<u>黄</u>叶风高醉倚楼。 （敦诚《夜宿槐园步月》）

例5-2 <u>黄</u>帽牵诗思,蒲牢静客怀。 （英和《夜行》）

例5-3 <u>黄</u>云风吹散,胡天澄若水。 （岳端《留别同社》）

例5-4 <u>黄</u>鸡突嘴啄花虫,狼藉当街白如玉。 （吴伟业《木棉吟》）

例5-5 白骨堆中鬼聚语,<u>黄</u>沙田上寒燐屯。 （岳端《战城南》）

从上面例子可以看出,颜色词"黄"指向事物的种类非常丰富。但是需要注意的是,"黄"在修饰衣物等时,除了主要表示颜色外,还表示与皇家或皇权有关的,带有一定的社会文化义。

例5-6 陈桥兵变定干戈,未必<u>黄</u>袍误事多。 （顾太清《己未……香头记之》）

例5-7 <u>黄</u>封天府酒,白鹿上方胙。 （龚自珍《题兰汀郎中……人称曰苏园》）

前例诗句所写的是历史上著名的"陈桥兵变"事件,赵匡胤为谋夺帝位,授意将士为自己披上黄色的袍子,由此可见黄色作为皇家用色已经深入人心。此时,"黄色就是帝王的象征,穿上黄袍就预示着成功登上了皇帝之位"[2]。后例中的"黄封"指带有黄色封条的皇家用酒,《书言故事·酒类》:"御赐酒曰黄封。"[3]"黄封"整体转喻皇

---

[1] (汉)许慎撰.(清)段玉裁注.说文解字注[M].南京:凤凰出版社,2007:1212.
[2] 张明玲.色彩文化[M].北京:中国经济出版社,2013:8.
[3] (清)龚自珍著,刘逸生,周锡馥校注.龚自珍诗集编年校注[M].上海:上海古籍出版社,2013:475.

帝赐给官员的美酒。此外,"黄门""黄屋"等中的颜色词"黄"同样不仅表示颜色,还象征了皇权。

义项2:黄色。在诗句中常用作名词,共有52条语料,占含"黄"语料总数的4.2%。例如:

例5-8 采时须趁晚天凉,莫待凌晨白转黄。 (文昭《金银花二绝句》)

例5-9 头番樱桃尚带黄,王瓜才得寸余长。 (文昭《尝新》)

两例中的"黄"都是黄色的意思。

义项3:变黄。在诗句中常用作动词,共有60条语料,占含"黄"语料总数的4.9%。例如:

例5-10 遥想竹素轩,篱菊黄几多。 (袁枚《杂诗八首》)

例5-11 霏霏柑欲黄,洞庭秋正暮。 (文昭《摘柑》)

例5-12 雪点千峰白,霜侵众草黄。 (尹继善《恭和御制南苑元韵》)

三例中的"黄"都是变成黄色的意思,具体说来,前例中的"黄"指菊花盛开,第二例中的"黄"指柑桔成熟,后例中的"黄"指草枯萎。

义项4:具有黄色属性特征的事物,共有75条语料,占含"黄"语料总数的6.1%,属于非原型义中的转喻义。

1."黄"指黄色的花,主要是菊花。例如:

例5-13 瓦缶移来云水乡,小庭一夜绽新黄。 (敦诚《南溪上人赠菊数盆小诗寄谢》)

例5-14 山茶花畔梅花下,淡白轻黄次第开。 (文昭《水仙花》)

例5-15 屋角堆浓绿,帘前缀浅黄。 (纳兰常安《桐花》)

前例中的"黄"指菊花,第二例中的指水仙花,后例中的是梧桐花。

2.指黄色的果实。

例5-16 金丸小木奴,冉冉自垂黄。 (袁枚《归家即事》)

例5-17 洞庭五月满林甘,黄紫堆盘色味兼。 (尹继善《恭和御制……叠画中韵》)

两例中的"黄"都转喻黄色的果实。

3.指黄色的光。

例 5-18　神光一夜红<u>黄</u>动，翩然麒麟大荒纵。　（袁枚《送傅卓园总戎之狼山》）

4.指黄色的丝织品。

例 5-19　新将锦石捣流<u>黄</u>，应索琅琊绣裲裆。　（袁枚《与商宝意司马宿王禹言太史斋中临别奉赠》）

例 5-20　不假流<u>黄</u>自织成，望中一片玉晶莹。　（文昭《料丝灯》）

双音节颜色词"流黄"是褐黄色，在此指褐黄色的丝织品。

5.指春天新长出的柳枝。

例 5-21　袅袅鹅<u>黄</u>帖地柔，秋千扶影出墙头。　（袁枚《春柳》）

6.指雌黄。

例 5-22　藏书三万卷，卷卷加丹<u>黄</u>。　（袁枚《子才子歌示庄念农》）

例中的"丹黄"分别指古代点校文字时用的丹砂和雌黄。

7.指地。

例 5-23　混沌未分水沙合，玄<u>黄</u>已判气脉连。　（袁枚《至伏虎岩遍历险怪憬然有悟》）

例 5-24　玄<u>黄</u>得失有谁凭，上品还推国手能。　（吴伟业《观棋六首其五》）

古人认为"天玄地黄"，"玄"和"黄"分别是天和地的颜色，在此分别指天和地。

8.指黄色的纸。

例 5-25　数诗挥老泪，缮写附焚<u>黄</u>。　（文昭《哭女诗》）

例 5-26　盥漱腾<u>黄</u>坐靖庐，不教人迹近幽居。　（英和《手钞度人经日以一纸为准》）

两例中的"黄"都指黄纸。

义项 5：五行文化中与土德和心脏相对应的颜色，这是社会文化赋予"黄"的意义，共有 6 条语料。例如：

例 5-27　<u>黄</u>运终还赤，天心固自明。　（纳兰常安《光武即位坛和陈孚韵》）

战国时期的阴阳家邹衍提出了"五德终始说"，"这是五行学说向史学延伸的具体应用。'五德'是'五行'之德，'终始'是周而复始，循环无穷的意思。'德'各有色，所以，'五德'的循环必然伴有五色的更替。但古书谈'五德终始'最早的，却是《吕氏春秋》"①。五德中的土德、木德、金德、火德、水德分别对应五色中的黄、青、白、赤、黑。按邹衍的理论,黄帝时代为土德,夏为木德,商为金德,周为火德,秦为水德。五德相克,后世历代帝王建国,多沿用五德之说。

该例句中的"黄运终还赤"指的是光武帝刘秀推翻王莽建立的新朝,复兴汉朝的典故。"赤"对应的是火德,指汉朝;"黄"对应的是土德,指王莽建立的新朝。

例 5-28　白马甜榴贱,<u>黄</u>中玉李输。　（袁枚《荔枝二十六韵》）

例 5-29　白下那曾琼作报,<u>黄</u>中岂羡鞠敷华。　（英和《谢钟圃都护惠木瓜春橘》）

古代以五色配五行五方,土居中,故为黄为中央正色。心居五脏之中,故称"黄中"。②可见,"黄"是与心脏对应的颜色。

(二)缃

清诗语料库中含有颜色词"缃"的语料有 10 条,可归纳为 1 个义项。

义项 1:浅青黄色的。缃色是"一种略露青涩的浅黄色"③。《玉篇·糸部》:"缃,桑初生色。"④在诗句中常用作形容词,修饰事物。例如:

例 5-30　<u>缃</u>节萧萧最擅场,被谁绣上越罗裳。　（纳兰常安《石竹花》）

例 5-31　阶前忽见宜男草,又想<u>缃</u>裙结带初。　（纳兰常安《春闺怨》）

前例中的"缃节"指石竹上浅黄色的结节,后例中的"缃裙"指年轻女子所穿的浅黄色的裙子。

(三)黅

清诗语料库中含有颜色词"黅"的语料有 1 条,可归纳为 1 个义项。

义项 1:黄色的。《玉篇·黄部》:"黅,黄色。"《丹铅续录·间色名》:"青别为苍,赤别为朱……黄别为黅,白别为缟,黑别为玄。此正色之别名也。"⑤在诗句中用作形容词,修饰事物。例如:

---

① 姜澄清.中国色彩论[M].兰州:读者出版集团,2008:44.
② 详见《汉语大词典》第 12 卷(下)9707 页"黄中"词条。
③ 黄仁达.中国颜色[M].北京:东方出版社,2013:77.
④ 宗福邦等主编.故训汇纂[Z].北京:商务印书馆,2003:1755.
⑤ 汉语大字典编辑委员会.汉语大字典(第二版)[Z].武汉:湖北长江出版集团,2010:4897.

例 5-32 黅天霞作彩,权火气成虹。 （袁枚《游南岳登祝融峰观日出二十四韵》）

该例中的"黅天"指黄色的天空。

5.2 黄色范畴语用颜色词描写分析

(一)金

"金"本指古代一种带有光泽的贵重金属,在清诗中被用来表示像金子一样的金黄色,其亮度较高。"金黄色是一种显露金属光泽及呈微红的暖黄色"①。清诗语料库中含有语用颜色词"金"的语料有131条,例如:

例 5-33 龙象崖如麻,金光夕阳小。 （袁枚《晓登千佛岩至万松庵坐云木相参阁分赋》）

例 5-34 几日东风初解冻,琉璃瓶内卖金鳞。 （文昭《京师竹枝十二首》）

前例中的"金光"指夕阳发出的金黄色的光辉,后例中的"金鳞"指金黄色的鱼鳞,在此整体转喻金鱼。

(二)曛

"曛"原指日落时的余光,在清诗中被用来表示像落日余辉一样的赤黄色,其亮度较低。清诗语料库中含有语用颜色词"曛"的语料有47条,例如:

例 5-35 苍茫旧迹浑难觅,柔橹咿呀日又曛。 （纳兰常安《舟中杂咏》）

例 5-36 漠南斜路落红曛,风叠沙纹学水纹。 （文昭《二十九日……听歌四绝句》）

前例中的"曛"指落日的昏黄色,后例中的"曛"指落花因为干枯而显露出赤黄色。

(三)蜡

"蜡"本指动植物或矿物产生的具有可塑性的不溶于水的油脂。在清诗中被用

---

① 黄仁达.中国颜色[M].北京:东方出版社,2013:82.

来表示像蜂蜡一样的黄色。清诗语料库中含有语用颜色词"蜡"的语料有4条,例如:

例 5-37 池水影摇冬日暖,蜡梅花斗晚香新。 (袁枚《长至前一日……小西湖夜宴》)

该例中的"蜡梅"并非"腊梅",《本草纲目·木二·蜡梅》:"此物本非梅类,因其与梅同时,香又相近,色似蜜蜡,故得此名。"①又如:

例 5-38 蜡色登盘老眼新,珍羞下嚥枯肠诧。 (文昭《初食秋鸟》)

该例中"蜡"与"色"结合后转喻烹饪好的黄色的秋鸟。

(四)酒

这里的"酒"指的是黄酒,它在历史上一直是人们主要饮用的酒类,清代也是如此。结合黄芽菜实物,我们知道"酒"被用来表示像黄酒一样的浅黄色,亮度较高。现代黄酒可能因为很多加了焦糖色,所以颜色较深。清诗语料库中含有语用颜色词"酒"的语料有3条,例如:

例 5-39 嫩芽黄似酒,老梃白于银。 (文昭《黄芽菜》)

"酒"在例句中突出了表示黄色的色彩属性,让读者更清楚地了解黄芽菜的颜色。

(五)土

"土"指泥土,在清诗中被用来表示像泥土一样的黄褐色,亮度较低。清诗语料库中含有语用颜色词"土"的语料有3条,例如:

例 5-40 水响叱牛声,土色老农面。 (袁枚《陶渊明有饮酒诗……作不饮酒二十首》)

(六)郁金

"郁金"本指一种多年生草本植物,可用作香料或染料。在清诗中被用来表示用郁金染出的黄色。清诗语料库中含有语用颜色词"郁金"的语料有3条,例如:

例 5-41 百罚酒翻青玉案,五更灯灿郁金裙。 (敦诚《潇洒轩宴集》)

---

① 详见《汉语大词典》第8卷996页"蜡梅"词条。

(七)褐

"褐"本指粗布或粗布衣服,在清诗中被用来表示像粗布一样的黑黄色。清诗语料库中含有语用颜色词"褐"的语料有1条,例如:

例 5-42　东山多啄木,斑褐辨雌雄。　（顾太清《啄木》）

《本草纲目》卷四九引《异物志》云:"啄木有大有小,有褐有斑,褐者是雌,斑者是雄。"[①]从注解及例句来看,"褐"似乎为语义颜色词。但是由于我们在清诗中只找到一条"褐"表示颜色的语料,大部分"褐"表示粗布或粗布衣服(如"释褐""解褐"等),因此我们将其归入语用颜色词中,"褐"在该例句中表示像粗布一样的黑黄色。

(八)葵花

"葵花"本指锦葵、蜀葵等的花,在清诗中被用来表示像葵花一样的淡黄色。清诗语料库中含有语用颜色词"葵花"的语料有1条,例如:

例 5-43　羽琌山馆三百墨,妒君一纸葵花色。　（龚自珍《李中丞宗瀚……狂书一诗》）

该例中的"葵花色"指"淡黄颜色,即拓本的纸色"[②]。

(九)橘

"橘"在清诗中被用来表示像橘子一样的橙黄色。清诗语料库中含有语用颜色词"橘"的语料有1条,例如:

例 5-44　树头华月黄于橘,天外颓云黑似山。　（文昭《謏草》）

该例中的"橘"突出了色彩属性,使读者更易于感知月亮的具体颜色。

(十)蜜

"蜜"本指蜂蜜,在清诗中被用来表示像蜂蜜一样的淡黄色。清诗语料库中含有语用颜色词"蜜"的语料有1条,例如:

例 5-45　蜜色者为最,千瓣品斯亚。　（文昭《謏草》）

该例中的"蜜色"指像蜂蜜一样的淡黄色。

---

① (清)顾太清撰,金启孮,金适校笺.顾太清集校笺[M].北京:中华书局,2012:31.
② (清)龚自珍著,刘逸生,周锡馥校注.龚自珍诗集编年校注[M].上海:上海古籍出版社,2013:427.

5.3 黄色范畴复音节颜色词描写分析

在清诗黄色范畴颜色词成员中,所有的复音节颜色词都是由"黄"构成的,我们同样将形式比较固定的一些例子总结出来列表分析。通过分析我们发现,清诗语料库中"黄"的下位颜色词都是双音节的,并且表示的色彩基本上都是淡黄色,这可能与饱和度和亮度比较高的黄色(如明黄色)是皇家专用色有关,普通人不能使用,也很少见到这种颜色,自然在诗句中很少得到体现。

表 10 由"黄"构成的复音节颜色词描写分析

颜色词	出现次数	例句	意义
淡黄	8	淡黄微月映轻云	指明度较高,彩度较低的黄色。
微黄	8	淡色微黄似子鹅	指淡淡的黄色。
昏黄	7	终宵相对色昏黄	指暗淡模糊的黄色。
鹅黄	6	小朵鹅黄粲瓦盆	像小鹅绒毛那样的淡黄色。
流黄	6	流黄中妇语	指褐黄色。
青黄	6	橘柚半青黄	指黄中带青的颜色。
黄白	3	黄白金银气	指淡黄色。
浅黄	3	帘前缀浅黄	指彩度较低的黄色。
轻黄	3	淡白轻黄次第开	指淡黄色,"轻"为触觉,表示程度不高。
金黄	2	槎枒散作金黄云	指黄而微红略像金子的颜色
深黄	2	深黄丽紫艳芳辰	指彩度较高,明度较低的黄色,"深"表示程度高。
嫩黄	2	嫩黄新到橘过淮	指鲜嫩的浅黄色。
杏黄	1	不曾题满杏黄裙	指像杏仁一样的淡黄色。

5.4 黄色范畴含彩词语描写分析

在本书语料库中,带有"黄"的含彩词语主要有以下几个:

黄泉:共出现24次,本指地下的泉水,古代认为"天玄地黄",而泉在地下,所以称为"黄泉"。后来指人死后埋葬的地方,即迷信说法中的阴间,是人去世的一种委婉表达方式,常见于悼亡诗。例如:

例5-46 黄泉母子痛,白骨弟兄殇。 (吴伟业《思陵长公主挽词》)

例5-47 碧落黄泉信不通,残灯一点背人红。 (纳兰常安《丁酉悼亡后客邸听雨》)

黄堂:共出现18次,主要意义有两个。

1."黄堂"并不是指一般的装饰成黄色的厅堂,而是指古代太守衙中的正堂。范成大《吴郡志·官宇》:"黄堂,《郡国志》:在鸡陂之侧,春申君子假君之殿也。后太守居之,以数失火,涂以雌黄,遂名黄堂,即今太守正厅是也。今天下郡治,皆名黄堂,昉此。"[1]

例5-48 吾弟黄堂坐,忽变青衫客。 (袁枚《再送香亭之广东》)

2.指太守,这是"黄堂"的整体转喻义。

例5-49 六十黄堂两鬓清,一朝丹诏下神京。 (袁枚《过苏州有怀南溪太守……北行》)

黄扉:共出现13次,原指古代丞相、三公、给事中等高官办事的地方,以黄色涂门上,故称"黄扉"[2],在清诗中主要指丞相的官位,与此类似的还有"黄阁"(共出现9次)。例如:

例5-50 黄堂虽始基,黄扉将肯构。 (袁枚《送刘石庵观察之江右》)

例5-51 韦平两世黄扉业,伊吕三朝白发身。 (袁枚《望山尚书……奉贺四

---

[1] 详见《汉语大词典》第12卷(下)991页"黄堂"词条。
[2] 详见《汉语大词典》第12卷(下)996页"黄扉"词条。

首》)

黄籍：共出现 11 次，指老百姓的户籍或籍贯。晋代和南朝的户籍册多用黄纸书写，因此称为"黄籍"①。例如：

例 5-52 黄籍忘故乡，白头尤懊恼。 （袁枚《与家弟香亭……作二首劝其所学》）

黄口：共出现 10 次，主要意义有两个。

1. 雏鸟。雏鸟的嘴多为黄色，因此称刚孵化的幼鸟为"黄口"。例如：

例 5-53 喃喃黄口嫩，几度刷乌衣。 （纳兰常安《赋得雏燕试初飞》）

2. 幼儿。刚出生的婴儿与刚孵化的幼鸟有相似性，因此也称幼儿为"黄口"。可见，"黄口"的字面义是"（幼鸟）黄色的嘴"，经转喻机制产生了意义 1，又经隐喻机制产生了意义 2，"黄"在此具有"幼小"的附带义。例如：

例 5-54 插处绿杨成古树，畜来黄口尽苍头。 （袁枚《卅年》）

5.5 黄色范畴颜色词对比分析

在上文黄色范畴颜色词语义描写分析的基础上，本部分我们对该范畴颜色词成员进行对比分析，同样主要涉及颜色词语义显著度、颜色词语义广义度、颜色词色彩属性三个部分。

5.5.1 黄色范畴颜色词语义显著度分析

黄色范畴颜色词共有 13 个成员，其中包含 3 个单音节语义颜色词和 10 个语用颜色词，根据颜色词的出现频率，它们各自的语义显著度如表 11 所示：

---

① 详见《汉语大词典》第 12 卷（下）1011 页"黄籍"词条。

表 11 黄色范畴颜色词成员语义显著度

颜色词类型	颜色词	义项总数	语义显著度最高的义项	所占比例
语义颜色词	黄	5	颜色像向日葵花或黄金	93.4%
	缃	1	浅青黄色的	100%
	黔	1	黄色的	100%
语用颜色词	金	1	像金子一样的金黄色	100%
	曛	1	像落日余辉一样的赤黄色	100%
	蜡	1	像蜂蜡一样的黄色	100%
	酒	1	像黄酒一样的浅黄色	100%
	土	1	像泥土一样的黄褐色	100%
	郁金	1	用郁金染出的黄色	100%
	褐	1	像粗布一样的黑黄色	100%
	葵花	1	表示像葵花一样的淡黄色	100%
	橘	1	像橘子一样的橙黄色	100%
	蜜	1	像蜂蜜一样的淡黄色	100%

由上表可以看出,黄色范畴各颜色词语义显著度最高的义项都是表示黄色,并且除了"黄"外,其他成员只有一个义项,都只表示黄色。

5.5.2 黄色范畴颜色词语义广义度分析

黄色范畴颜色词所有成员的语义广义度如表 12 所示:

表12 黄色范畴颜色词成员语义广义度

颜色词类型	颜色词	语义类							
		天象类	地理类	人体类	植物类	动物类	服饰类	建筑类	日用类
语义颜色词	黄(1145)	11.4%	22.5%	4.6%	29.5%	12.8%	5.5%	7.6%	6.1%
	指向示例	云	沙	须	菊	獐	袍	瓦	纸
	缃(10)				30%		40%		30%
	指向示例				石竹		裙		琴
	黅(1)	100%							
	指向示例	天							
语用颜色词	金(131)	18.7%	11.7%		22.7%	21.9%		8.6%	16.4%
	指向示例	霞	波		柳	羽		楼	灯
	曛(47)	93.6%			6.4%				
	指向示例	日			花				
	蜡(4)				75%				25%
	指向示例				梅				菜肴
	酒(3)				66.7%	33.3%			
	指向示例				菜	鹅			
	土(3)			100%					
	指向示例			面					
	郁金(3)						66.7%		33.3%
	指向示例						裙		帐
	褐(1)					100%			
	指向示例					鸟			
	橘(1)	100%							
	指向示例	月							
	葵花(1)								100%
	指向示例								纸
	蜜(1)				100%				
	指向示例				谖草				

由上表所见,黄色范畴中颜色词"黄"在表示颜色义时,其语义都能指向全部八种语义类,说明"黄"的语义广义度高于其他颜色词成员。此外,"黄"的语料数也是其他成员语料数之和的若干倍。因此清诗中黄范畴原型颜色词应当为"黄"。在语用颜色词方面,"金"的语义广义度也比较高,能指向除人体类和服饰类以外的六大语义类。

5.5.3 黄色范畴颜色词色彩属性分析

黄色范畴颜色词成员色彩属性如表 13 所示:

表 13 黄色范畴颜色词成员色彩属性比较表

颜色词类型	颜色词	浓度值	亮度值	辅色	其他内容
语义颜色词	黄	0	0		原型颜色词
	缃	1^-	0	[青色]	
	黔	0	0		
语用颜色词	金	0	1^+	[红色]	有光泽
	曛	0	1^-	[红色]	
	蜡	0	0		有蜡质
	酒	1^-	1^+		
	土	0	1^-	[褐色]	
	郁金	0	0		
	褐	1^+	1^-	[黑色]	
	葵花	1^-	0		
	橘	1^-	0	[红色]	
	蜜	1^-	0		

第6章 绿色范畴颜色词语义描写分析

在本书语料库中,绿色范畴颜色词的语料数为3089条,该范畴颜色词成员共有11个,其中单音节语义颜色词6个,语用颜色词5个。颜色词"青(绿)"在绿范畴颜色词中出现的次数最多,为1031次,其所修饰的事物多为山和植物(如"青山""青松""青草"等,这些都是古诗中常出现的意象),因此"青(绿)"出现次数多与古典诗歌的传承性有关。颜色词"绿(绿)"出现的次数低于"青(绿)",为780次,但是由于"绿(绿)"的语义广义度最高,因此我们认为该范畴的原型颜色词为"绿(绿)"。

此外,绿色范畴语用颜色词的使用频率很低,共有33条语料,仅占该范畴语料总数的1%,这说明绿色范畴语义颜色词具有很强的表达力,基本上能够满足色彩表达的需要。

6.1 绿色范畴语义颜色词描写分析

(一)青(绿)

"青"在清诗语料中表示多种颜色,是颜色模糊性在语言中的主要反映,"从先秦开始,它就兼指蓝、绿、黑三色"[1]。除此之外,它"还可以表示蓝紫相间的混合色"[2]。因此,本书将含有颜色词"青"的语料划归到"青—蓝""绿""黑""紫"四大颜色范畴

---

[1] 张清常.汉语的颜色词(大纲).语言教学与研究[J].1991,(3):63-80.

[2] 赵晓驰.隋前汉语颜色词研究[D].苏州大学,2010:39-42.

中。其中含有颜色词"青₍绿₎"的语料有1031条,可归纳为6个主要义项。

义项1:泛指各种深浅的绿色,共有770条语料,占含"青₍绿₎"语料总数的74.7%,为原型义。在诗句中常用作形容词,修饰山和植物等。例如:

例6-1 青山送我回头远,红日迎人对面生。（袁枚《定远喜晴》）

例6-2 板桥行少生青草,土甑炊荒煮白蘩。（文昭《晚凉》）

例6-3 云中白鹤惟求洁,岭上青松岂愿孤。（多隆阿《闲情》）

"青山""青草""青松"中的颜色词"青"一般表示深绿色。"青"修饰"山""草""松"的语料有397条,占该义项语料总数的51.6%。此外,"青₍绿₎"还可以表示嫩绿色,例如:

例6-4 因忆横街宅,槐花五丈青。（龚自珍《因忆两首其一》）

该例中的"青"指的是槐花的嫩绿色,颜色较浅。

义项2:绿色。在诗句中用作名词,共有71条语料,占含"青₍绿₎"语料总数的6.9%。例如:

例6-5 秋老柳馀青,遥遥认驿亭。（奕绘《密云晓行》）

例6-6 向晚还登乱石冈,朦胧树色杂青黄。（尹继善《由箐口次雷波和许孝张韵》）

两例中的"青"都是绿色的意思。

义项3:变绿。在诗句中用作动词,共有48条语料,占含"青₍绿₎"语料总数的4.7%。例如:

例6-7 小仓山为一家青,绕向吾庐作画屏。（袁枚《春兴五首》）

例6-8 鱼贯篮舆趁晓行,春山四面向人青。（顾太清《春游六首》）

两例中的"青"意思都是变成绿色。

义项4:具有绿色属性特征的事物,共有80条语料,占含"青₍绿₎"语料总数的7.8%。

1.指绿色的草。例如:

例6-9 我欲踏青何处好,琴河西畔板桥东。（袁枚《春草》）

例中的"青"转喻绿草,"踏青"指清明前后到野外观赏春景。

2.指绿色的山。例如:

例 6-10　举头片月涵虚白,回首层林送远<u>青</u>。　(纳兰常安《晚次衡阳》)

例中的"青"转喻绿色的山,"远青"即远处的绿山。

3.指官印的绶带。

例 6-11　汉朝儒生不<u>青</u>紫,二十高名动都市。　(龚自珍《汉朝儒生行》)

例中的"青"和"紫"都指绶带。《汉书·夏侯胜传》:"经术苟明,其取青紫,如俯拾地芥耳。"王先谦注曰:"汉丞相太尉皆金印紫绶,御史大夫银印青绶,此三府官之极崇者。""青紫"在此指高官厚禄[①]。

义项3:指人年轻的。共有 15 条语料,这是"青(绿)"隐喻义。例如:

例 6-12　天宝洗儿悲白发,景龙撒帐忆<u>青</u>年。　(袁枚《再咏钱》)

该例中的"青年"指人年轻的时候,与表示年老时候的"白发"相对。

义项4:五行文化中与东方或春季相对应的颜色。这是社会文化赋予"青(绿)"的意义,共有 47 条语料。例如:

例 6-13　美人曾解惜,<u>青</u>帝故教迟。　(文昭《玫瑰六韵》)

例 6-14　白面郎君登少宰,<u>青</u>宫帝子唤先生。　(袁枚《冬日寄怀望山公》)

例 6-15　<u>青</u>阳裁辞春,赤炜方孕暑。　(袁枚《后五日谈沈两门生来置酒得种字》)

在中国古代的五行思想中,"青"与"东方"和"春季"等相配。前例中的"青帝"指古代五天帝之一的东方之神。第二例中的"青宫"指太子所居住的东宫,在五行文化中东方属木,对应的颜色为青色。后例中的"青阳"和"赤炜"分别指春季和夏季。

(二)绿

清诗语料库中含有颜色词"绿(绿)"的语料有 780 条,可归纳为 4 个义项。

义项1:形容颜色像茂盛的草或树叶,表示各种深浅的绿色,在诗句中常用作形容词,修饰各类事物,共有 564 条语料,占含"绿(绿)"语料总数的 72.3%,为原型义。例如:

例 6-16　红灯深照夜,<u>绿</u>酒好禁春。　(文昭《上元不出二首》)

[①] (清)龚自珍著,刘逸生,周锡馥校注.龚自珍诗集编年校注[M].上海:上海古籍出版社,2013:178.

例 6-17　曲径回环映绿扉,高低花萼自交辉。　（尹继善《江安粮道署……兼以志别》）

例 6-18　晨起摩松露气清,夜深说鬼灯光绿。　（袁枚《太平道上寄怀巴隽堂中翰》）

上述各例中的颜色词"绿"都表示绿色的。

义项 2:绿色。在诗句中用作名词,共有 94 条语料,占含"绿(绿)"语料总数的 12.1%。例如:

例 6-19　想见高楼风满处,风中万树绿难分。　（顾太清《题阮受卿公子祜石画》）

例 6-20　入门异所见,草木绿犹存。　（岳端《入塞曲》）

两例中的"绿"都是绿色的意思。

义项 3:变绿,使……变绿。在诗句中用作动词,共有 61 条语料,占含"绿(绿)"语料总数的 7.8%。例如:

例 6-21　百尺阑干边,萋然芳草绿。　（袁枚《仿曹子建白马王体六首送香亭弟之寿春》）

例 6-22　花红神女颊,草绿美人衫。　（纳兰性德《效齐梁乐府十首》）

前例中的"绿"指变绿,后例中的"绿"是使……变绿的意思。

义项 4:具有绿色属性特征的事物,共有 61 条语料,占含"绿(绿)"语料总数的 7.8%。

1. 指绿叶。

例 6-23　断肠今夜怜红瘦,触目连朝怪绿肥。　（顾太清《送春倒次仲兄韵》）

例中的"红"转喻红花,"绿"转喻绿叶。

2. 指绿水。

例 6-24　一双小艇划春绿,一枝仙笔画梅花。　（袁枚《题童二树画梅》）

3. 指苔藓。

例 6-25　墙下初干雪后泥,侵阶嫩绿已抽荑。　（文昭《春宵》）

(三)碧(绿)

清诗语料库中含有颜色词"碧(绿)"的语料有 564 条,可归纳为 4 个义项。

义项1：青绿色的。《说文·玉部》："碧,石之青美者。"①可见,"碧"的本义是"青"色的美玉。实际上,碧玉的颜色主要有两种,一种是颜色稍深的青绿色,一种是颜色较浅的青白色(接近于浅蓝色)。"碧"作为语义颜色词也主要表示这两种颜色,我们将其分别表示为"碧(绿)"和"碧(蓝)"。二者的共同特点是颜色澄净剔透,具有美感。

"碧(绿)"在诗句中常用作形容词,用来修饰各类事物,共有 497 条语料,占含"碧(绿)"语料总数的 88.1%,为原型义。例如：

例 6-26　晚坐<u>碧</u>波上,飘然白练裙。　　(袁枚《晚坐》)

例 6-27　宝相庄严世所稀,朱甍<u>碧</u>瓦灿琼玑。　　(尹继善《游香山古寺漫成二律用前韵》)

前例中的"碧波"指清澄绿色的水波,后例中的"碧瓦"指像碧玉一样的青绿色的琉璃瓦。

义项2：青绿色。在诗句中用作名词,共有 25 条语料。例如：

例 6-28　风过野花香满室,雨馀庭树<u>碧</u>连山。　　(纳兰常安《游灵石夏门梁处士别业》)

该例中的"碧(绿)"是青绿色的意思。

义项3：变为青绿色。在诗句中用作动词,共有 23 条语料。例如：

例 6-29　乌头尚可白,黄河尚可<u>碧</u>。　　(岳端《对酒》)

该例中的"碧(绿)"指变为青绿色。

义项4：具有青绿色属性特征的事物,共有 19 条语料。例如：

例 6-30　迷离五色眩目光,殷红浅<u>碧</u>列千行。　　(纳兰常安《偶遇参军禅松岩署中赏菊》)

例 6-31　淡脂铅粉和,团<u>碧</u>剪刀裁。　　(文昭《秋海棠》)

前例中的"殷红"和"浅碧"分别转喻深红色和浅绿色的菊花,后例中的"碧"具体指秋海棠的叶子。

---

① (汉)许慎撰.(清)段玉裁注.说文解字注[M].南京:凤凰出版社,2007:28.

(四)翠(绿)

清诗语料库中含有颜色词"翠(绿)"的语料有509条,可归纳为4个义项。

义项1:青绿色的。"翠"本指翠鸟,其羽毛多为青绿色。《说文》:"翠,青羽雀也。"[①]后来,"翠"又指翡翠。"翠"成为语义颜色词后,其所表示的颜色主要是青绿色和青黑色,我们将其分别表示为"翠(绿)"和"翠(黑)"。

"翠(绿)"在诗句中常用作形容词,用来修饰各类事物,共有386条语料,占含"翠(绿)"语料总数的75.8%,为原型义。例如:

例6-32 倚槛苍松古,绕栏翠竹稠。 (尹继善《赠忠勇公》)

例6-33 朝朝翠岫卷帘看,处处白云呼鹤扫。 (袁枚《龙眠山人歌赠孙秋涧》)

义项2:青绿色。在诗句中用作名词,共有68条语料,占含"翠(绿)"语料总数的13.4%。例如:

例6-34 近依莲座香堪挹,遥映螺峰翠可招。 (尹继善《贱辰前二日……称觞率赋》)

该例中的"翠(绿)"是青绿色的意思。

义项3:变为青绿色,使……变为青绿色。在诗句中用作动词,共有21条语料,占含"翠(绿)"语料总数的4.1%。例如:

例6-35 扬帆渐觉湖光远,一路寒山翠夕阳。 (尹继善《和张南华太史游近近华浦》)

该例中的"翠(绿)"指使夕阳变为青绿色,当然这是夸张的手法。

义项4:具有青绿色属性特征的事物,共有34条语料,占含"翠(绿)"语料总数的6.7%。

1.指绿色植物。

例6-36 流泉注小池,浓翠环茅屋。 (敦诚《秋日集饮墨翁叔西墅》)

例6-37 万竿浓翠满,一桁绿云斋。 (英和《竹径》)

[①] (汉)许慎撰.(清)段玉裁注.说文解字注[M].南京:凤凰出版社,2007:247.

两例中的"浓翠"转喻浓绿色的树木,后例具体指竹子。

2.指翠绿色的山峰。

例 6-38　层崖俨叠浪,新翠涌千亿。　　(尹继善《恭和御制游摄山栖霞寺元韵》)

一般来说,"翠(绿)"比"碧(绿)"浓度要深一些,亮度要暗一些,二者在修饰事物方面也有所不同,"翠(绿)"修饰最多的两项事物是山和竹,而"碧(绿)"修饰最多的是水和草。

(五)苍(绿)

清诗语料库中含有颜色词"苍"的语料也非常多,张清常(1991)认为"苍"所代表的颜色"蓝也是,绿也是,黑也是,灰白也是,可能要发展到白也是"[①]。可见,颜色的模糊性在"苍"上也有体现。本书将含有颜色词"苍"的语料划归到"黑""白""绿""青—蓝"四大颜色范畴中,其中含有"苍(绿)"的语料有148条,可归纳为1个义项。

义项1:绿色的。一般指深绿色,在诗句中常用作形容词,修饰事物。例如:

例 6-39　苍松独占千年石,红叶终输二月花。　　(尹继善《初冬游摄山和曹西有韵》)

例 6-40　坐来石榻苍苔冷,采得溪毛碧藕鲜。　　(文昭《正月十九日游白云观作歌》)

前例中的"苍"指冬季松树叶子的深绿色,后例中的"苍苔"指深绿色的苔藓。清代王夫之在描写小云山的景色时谈到:"其北则南岳之西峰……寒则苍,春则碧"[②]。可见,颜色词"苍"在表示绿色时,常常是冷色调的,而"碧"则常常是暖色调的。

(六)葱

清诗语料库中含有颜色词"葱"的语料有23条,可归纳为1个义项。

义项1:浅黄绿色的。常用作形容词,修饰事物。"葱"指的是葱心。例如:

例 6-41　童子开门晓色葱,绿萝墙外车珑珑。　　(岳端《喜田雯过访……即用其韵》)

[①] 张清常.汉语的颜色词(大纲).语言教学与研究[J].1991,(3):63-80.
[②] (清)王夫之.王船山诗文集[M].北京:中华书局,1962:41.

例 6-42 长弓大矢佩刀剑,玄裘赤舄垂葱珩。 (文昭《正月十九日游白云观作歌》)

两例中的"葱"都指浅绿又略显微黄的颜色。

6.2 绿色范畴语用颜色词描写分析

(一)春

"春"本指春天,春天的草木多为绿色,"春"在传统五行思想中对应的颜色是"青"。"春"在清诗中表示绿色,共有 12 条语料。例如:

例 6-43 青帘近杏三分艳,绿水迎山四壁春。 (多隆阿《行次蟒沟》)

例 6-44 长江万里添新水,一路春芜绿到门。 (顾太清《借读石画诗三十二首》)

前例中的"春"是绿的意思,后例中的"春芜"即指"浓碧的春草",①"春"指绿色,"芜"指丛生的杂草。

(二)草

草是带有绿色的最常见的植物,"草色"在清诗中指像茂密青草的绿色,共有 9 条语料。例如:

例 6-45 绿净轩中草色含,水晶域外露华酣。 (袁枚《答人问随园》)

(三)玉(绿)

"玉"为一种有光泽的,略透明的宝石,其色偏绿或偏白,我们分别将其表示为"玉(绿)"和"玉(白)"。"玉(绿)"在清诗中被用来表示像硬玉(即翡翠)一样的鲜绿色,具有一定的美感。清诗语料库中含有语用颜色词"玉(绿)"的语料有 7 条,例如:

例 6-46 玉色两重泉,相传出龙爪。 (袁枚《登华顶作歌》)

例中的"玉"和"金"都是语用颜色词,在此突出了颜色性,分别指绿色和黄色。

---

① 详见《汉语大词典》第 5 卷(上)653 页"春芜"词条。

(四)鸭头

"鸭头"多为绿色,在清诗中被用来表示像鸭头颈部羽毛一样的浓绿色。清诗语料库中含有语用颜色词"鸭头"的语料有4条,例如:

例 6-47 浔阳江外甘棠湖,鸭头水色湖面铺。 (纳兰常安《烟雨亭》)

例中的"鸭头"即指用来指湖水的绿色。

(五)柳

"柳"本指一种树,其叶为绿色,在清诗中被用来表示像柳叶一样的绿色。清诗语料库中含有语用颜色词"柳"的语料有1条,例如:

例 6-48 宫袍春柳色,玉镫晓风声。 (袁枚《高制府据鞍习勤图》)

该例中的"春柳色"即用来指官袍的嫩绿色。

6.3 绿色范畴复音节颜色词描写分析

6.3.1 由"青(绿)"构成的复音节颜色词

表 14 由"青(绿)"构成的复音节颜色词描写分析

颜色词	出现次数	例句	意义
青葱	16	麦陇青葱入望新	形容植物浓绿,且生长茂密。
微青	3	编箩黄竹染微青	指淡绿色。
豆青	1	别红香盒豆青盆	像青豆那样的绿色,有时稍带点黄色。
淡青	1	一种淡青浓绿处	指明度较高,彩度较低的绿色。
浓青	1	浓青亲淡绿	指彩度较低,明度较高的绿色。
深青	1	堤浮深青浅碧麦	指彩度较低,明度较高的绿色,同"浓绿"。
鸭头青	1	水漾鸭头青	像鸭头颈部羽毛一样的浓绿色,即鸭头绿。
青茫茫	2	斜枝带雨青茫茫	指模糊不清的绿色。
青潆潆	1	庐山南出青潆潆	形容一望无际的青绿色。
青郁郁	1	岩松青郁郁	形容深绿且茂盛。

6.3.2 由"绿(绿)"构成的复音节颜色词

表 15 由"绿(绿)"构成的复音节颜色词描写分析

颜色词	出现次数	例句	意义
嫩绿	15	村环嫩绿千章柳	像嫩草一样的带有微黄的浅绿色。
浓绿	8	森森浓绿疑无始	指彩度较高,明度较低的绿色。
鸭(头)绿	5	湿衣犹带鸭头绿	像鸭头颈部羽毛一样的浓绿色。
惨绿	2	当年惨绿少年郎	惨淡的绿色。
微绿	2	半池雪霁水微绿	指淡淡的绿色。
黄绿	2	垂垂柳色自黄绿	绿中带黄的颜色。
苍绿	2	稜稜苍绿带微殷	略带灰色的深绿色。
淡绿	2	浓青亲淡绿	指明度较高,彩度较低的绿色。
重绿	2	重绿纷披微雨后	指浓重的绿色。
寒绿	1	春水生寒绿	给人寒冷感觉的绿色。
深绿	1	深绿柳参差	颜色较深的绿色。
绿依依	3	绵飞糁糁绿依依	给人以轻柔感觉的绿色。
绿盈盈	2	秧针摇水绿盈盈	形容绿而透亮。
绿莓莓	2	麦陇绿莓莓	形容绿而繁茂。
绿萋萋	1	窗树绿萋萋	形容绿而茂盛。

6.3.3 由"翠(绿)"构成的复音节颜色词

表 16 由"翠(绿)"构成的复音节颜色词描写分析

颜色词	出现次数	例句	意义
苍翠	36	夹路松苍翠	偏青的深绿色。
浓翠	7	麦陇青葱入望新	形容植物浓绿,且生长茂密。
青翠	6	骨排青翠湘江竹	鲜绿色。
冷翠	4	窜身冷翠间	给人以清凉感的翠绿色。
寒翠	3	寒翠扑人山要来	给人以寒意的翠绿色。
轻翠	1	更招蝴蝶浮轻翠	指淡绿色。
幽翠	1	幽翠滴窈渺	指深绿色。

6.3.4 由"碧(绿)"构成的复音节颜色词

表 17 由"碧(绿)"构成的复音节颜色词描写分析

颜色词	出现次数	例句	意义
浅碧	6	淡红浅碧待啼莺	指明度较高,彩度较低的绿色。
重碧	2	淡黄条重碧	指浓厚的绿色。
深碧	2	浅红深碧总堪夸	指明度较低,彩度较高的绿色。
嫩碧	1	嫩碧菁菁草又芳	指嫩绿色。
碧鲜	1	自下盐梅入碧鲜	指青翠鲜润的颜色。
活碧	1	活碧生微凉	指绿色生鲜。
澄碧	1	一池澄碧水	清澈而碧绿
软碧	1	村荒软碧余烟柳	指春天草木的嫩绿色。
轻碧	1	辽酒开轻碧	指浅绿色。
碧油油	2	四野碧油油	形容碧绿而油光发亮。
碧沉沉	1	晚山相对碧沉沉	形容深绿色。
碧森森	1	千竿削玉碧森森	形容碧绿而茂盛。

由上可见,绿色范畴中"青(绿)""绿(绿)""碧(绿)""翠(绿)"四个颜色词都能构成很多复音节颜色词,包括很多 ABB 形式的,从而更精确地表示各种绿色,增加表达的多样性,其中"绿(绿)"构成的复音节颜色词种类最多,加之人们都用"绿"来解释其他单音节和复音节颜色词,因此在清诗绿色范畴中,"绿(绿)"更具典型性,地位也高于其他成员。

6.4 绿色范畴含彩词语描写分析

6.4.1 由"青(绿)"构成的含彩词语

在本书语料库中,带有"青(绿)"的含彩词语主要有以下几个:

青史:共出现31次,"青"指竹简,是古人用作书写的工具,竹简被用来记事,所以后来"青史"成为史书的代称。例如:

例6-49 口嚼红霞年八十,手编青史卷三千。 （袁枚《程南耕八十岁索诗》）

例6-50 黄巾从此成贻祸,青史谁来问断编。 （吴伟业《雕桥庄歌》）

青楼:共出现13次,本指"用青漆涂饰的供富贵人家居住的豪华楼房","'青'为绿色,象征春天的颜色,也象征生气勃勃的青春年华,深受人们的喜爱。因此'青楼'一词便很自然地被供男人寻欢作乐的妓院借来作为代称了"[①]。例如:

例6-51 我为三娘歌此曲,莫将绝技比青楼。 （顾太清《姜三娘》）

例6-52 人间夜是青楼短,玉漏应教海水添。 （袁枚《刊江留别》）

6.4.2 由"绿(绿)"构成的含彩词语

在本书语料库中,带有"绿(绿)"的含彩词语主要有以下几个:

绿云:共出现14次,并非指绿色的云,因为自然界中的云没有绿色的。该词语实际上是指葱茂的绿色植物,因其形态似云,故称为"绿云"。"绿云"的意义是通过隐喻机制产生的。例如:

例6-53 世世青山绿云里,好风好雨住江南。 （袁枚《劝农歌》）

例6-54 遥忆小庭深似海,绿云满地湿苍苔。 （文昭《李尊师……今年独盛》）

绿蚁:共出现10次,在清诗中常用来指新酿的酒。刚酿造的酒在未滤清时,酒面浮起酒渣,色微绿,细如蚁,因此称为"绿蚁"。"绿蚁"是酒渣的形象表述,在此基础上又转喻新酿的酒,可见"绿蚁"意义的获得可以看作是一种隐喻基础上的转喻手法。例如:

例6-55 红柿山僧贻,绿蚁奚奴赏。 （文昭《次夜同玉生……分得八霁》）

例6-56 绿蚁频斟铜漏永,红炉共拨烛花妍。 （纳兰常安《守岁》）

[①] 金文明.妓院为何称"青楼".咬文嚼字[J].2011,(7):54-55.

6.5 绿色范畴颜色词对比分析

在上文绿色范畴颜色词语义描写分析的基础上，本部分我们对绿色范畴颜色词所有成员进行对比分析，主要涉及颜色词语义显著度、颜色词语义广义度、颜色词色彩属性三个部分。

6.5.1 绿色范畴颜色词语义显著度分析

绿范畴颜色词共有 11 个成员，其中包含 6 个单音节语义颜色词和 5 个语用颜色词，根据颜色词的出现频率，它们各自的语义显著度如表 18 所示：

表 18　绿色范畴颜色词成员语义显著度

颜色词类型	颜色词	义项总数	语义显著度最高的义项	所占比例
语义颜色词	青(绿)	6	泛指各种深浅的绿色	86.2%
	绿(绿)	4	形容颜色像茂盛的草或树叶	92.2%
	碧(绿)	4	像碧玉一样的青绿色	96.6%
	翠(绿)	4	像翠鸟羽毛或翡翠一样的青绿色	93.3%
	苍(绿)	1	深绿色的	100%
	葱	1	浅黄绿色的	100%
语用颜色词	春	1	绿色的	100%
	草	1	像茂密青草的绿色	100%
	玉(绿)	1	像硬玉(即翡翠)一样的鲜绿色	100%
	鸭头	1	像鸭头颈部羽毛一样的浓绿色	100%
	柳	1	像柳叶一样的绿色	100%

由上表可以看出,绿色范畴各颜色词语义显著度最高的义项都是表示绿色,并且所占比例都在 90% 以上。在该范畴中,"青(绿)""绿(绿)""碧(绿)""翠(绿)"四个颜色

词使用频率都很高,都有形容词性、名词性和动词性三种表示绿色的用法,但是结合前人对于清代颜色使用情况的研究,我们认为清诗中"绿(绿)"的颜色模糊性最低,在范畴中的显著程度最高。

6.5.2 绿色范畴颜色词语义广义度分析

绿色范畴颜色词所有成员的语义广义度如表19所示:

表19 绿色范畴颜色词成员语义广义度

颜色词类型	颜色词	语义类								
		天象类	地理类	人体类	植物类	动物类	服饰类	建筑类	日用类
语义颜色词	青(绿)(889)		40.6%		42.3%	5.1%	2.7%	4.6%	4.7%
	指向示例		山		松	虫	鞋	楼	旗
	绿(绿)(719)	4.6%	12%		65.6%	1.8%	3.6%	2.6%	10.1%
	指向示例	烟	水		柳	凤	袍	窗	酒
	碧(绿)(545)	1.7%	38.9%		45.1%	1.8%		8.1%	4.4%
	指向示例	霭	水		草	鸟		瓦	醪
	翠(绿)(475)	4.4%	21.7%		58%	8.7%	7.2%		
	指向示例	霭	山		竹	羽	袖		
	苍(绿)(148)		4.3%		95.7%				
	指向示例		波		苔				
	葱(23)	8.7%			87%				4.3%
	指向示例	晓色			树				玕
语用颜色词	春(12)		33.3%		66.7%				
	指向示例		壁		柳				
	草(9)				77.8%			22.2%	
	指向示例				树			轩	
	玉(绿)(7)		85.7%		14.3%				
	指向示例		泉		莲				
	鸭头(4)		100%						
	指向示例		水						
	柳(1)						100%		
	指向示例						袍		

由上表所见,绿色范畴中颜色词"绿(绿)"在表示颜色义时,其语义能指向除"人体类"①之外的七种语义类,其语义广义度高于绿范畴其他颜色词成员。颜色词"青(绿)"为传统正色之一,具有最多的义项数,此外含有颜色词"青(绿)"的语料数也是最多的,但是"青(绿)"所能指向的语义类数量少于"绿(绿)"的,加之由"绿"构成的复音节颜色词多于由"青"构成的,因此我们认为颜色词"绿(绿)"应当为清诗绿色范畴的原型颜色词。

通过上表我们还能看到,绿色范畴颜色词成员所指向的多是山水草木,即八大语义类中的"地理类"和"植物类",这与古典诗歌借景抒情的写作手法有关。

6.5.3 绿色范畴颜色词色彩属性分析

绿色范畴颜色词成员色彩属性如表 20 所示:

表 20 绿色范畴颜色词成员色彩属性比较表

颜色词类型	颜色词	浓度值	亮度值	辅色	其他内容
语义颜色词	青(绿)	0	0		
	绿(绿)	0	0		原型颜色词
	碧(绿)	0	1^+	[蓝色]	具有美感,暖色调
	翠(绿)	1^+	0	[蓝色]	具有美感
	苍(绿)	1^{++}	1^-	[灰色]	冷色调
	葱	1^-	0	[黄色]	
语用颜色词	春	0	0		
	草	0	0		
	玉(绿)	1^-	1^+		具有美感
	鸭头	1^+	0		
	柳	1^-	0	[黄色]	

---

① 本书语料库中,绿范畴颜色词都无指向"人体类"的用法。

第7章　青－蓝色范畴颜色词语义描写分析

清诗颜色词语料库中青—蓝色范畴颜色词的语料数为 944 条，该范畴颜色词成员共有 9 个，其中单音节语义颜色词 6 个，语用颜色词 3 个。颜色词"青(蓝)"出现的次数最多，为 516 次，为该范畴的原型颜色词。颜色词"蓝"在青—蓝色范畴中出现的次数只有 31 次，因此虽然该范畴颜色词表示的实际颜色是蓝色，但是颜色词"蓝"不是原型颜色词。

7.1 青－蓝色范畴语义颜色词描写分析

(一) 青(蓝)

清诗语料库中含有颜色词"青(蓝)"的语料有 516 条，可归纳为 3 个义项。

义项 1：蓝色的。表示各种蓝色，在诗句中常用作形容词，修饰事物，共有 366 条语料，占含"青(蓝)"语料总数的 70.9%，为原型义。例如：

例 7-1　云低垂地黑，山涧倚天青。　（岳端《遵化道中》）

例 7-2　青衫有时湿，赤棒无人避。　（袁枚《交印》）

例 7-3　回首关山千树白，劳形簿领一灯青。　（尹继善《彭城道中》）

例 7-4　晓起尚溟濛，青烟暗庭竹。　（敦诚《秋雨》）

前例中的"青"指天空的蓝色。张清常（1991）认为第二例中的"青衫"的"青"所代表的颜色是"蓝黑色并且浅"，赵晓驰（2012）认为其表示"紫蓝色"。可见，"青衫"的颜色为某种蓝色。后两例中"青"都是指浅蓝色。

义项 2：蓝色。在诗句中用作名词，共有 11 条语料。例如：

例 7-5 四天<u>青</u>不尽，一霁夏方初。 （文昭《二闸浮舟》）

该例中的"青"是蓝色的意思。

义项 3：具有蓝色属性特征的事物。共有 139 条语料，占含"青(蓝)"语料总数的 26.9%。

1.指蓝色的天空。例如：

例 7-6 盘风雕隼摩<u>青苍</u>，韩卢突兀高于狼。 （文昭《校猎行》）

例 7-7 <u>青苍</u>手可扪，山灵与吾接。 （纳兰常安《山行》）

两例中的"青"都转喻蓝天。

2.指古代绘画用的颜料青腰。例如：

例 7-8 疏乞江湖陈老病，诏传容貌写丹<u>青</u>。 （吴伟业《即事十首其三》）

例中的"丹"和"青"分别转喻古代绘画所用的颜料丹砂和青腰，我国古代绘画常用朱红色和青色两种颜色。青腰一般认为即今石青，"石青为天然矿石，呈玻璃光泽的蓝色，经研磨成粉状后成为绘画用的颜料"①。"丹青"是清诗中常常出现的词语，在使用中整体转喻画像或图画。

(二) 碧(蓝)

清诗语料库中含有颜色词"碧(蓝)"的语料有 185 条，可归纳为 2 个义项。

义项 1：澄蓝色的。在诗句中常用作形容词，修饰事物，共有 166 条语料，占含"碧(蓝)"语料总数的 89.7%，为原型义。例如：

例 7-9 春烟霏霏飏春风，春雨丝丝洒<u>碧</u>空。 （纳兰常安《烟雨亭》）

例 7-10 鸿飞<u>碧</u>海烟波淡，雨过黄梅木业粗。 （袁枚《谢吴令魏濬川探病》）

前例中的"碧空"常常指春天澄蓝色的天空，后例中的"碧海"指碧蓝色的大海。

义项 2：具有澄蓝色属性特征的事物。共有 19 条语料，占含"碧(蓝)"语料总数的 10.3%。例如：

例 7-11 秋蜂隔短墙，流萤在深<u>碧</u>。 （文昭《露坐》）

---

① 黄仁达.中国颜色[M].北京：东方出版社，2013：94.

该例中的"碧"转喻天空。

(三)苍(蓝)

清诗语料库中含有颜色词"苍(蓝)"的语料也有 185 条,可归纳为 3 个义项。

义项 1:蓝色的。在诗句中常用作形容词,修饰事物,共有 158 条语料,占含"苍(蓝)"语料总数的 85.4%,为原型义。例如:

例 7-12　有人暗向苍天泣,天寒旅馆愁无被。　（弈绘《十九日尺雪放歌》）

例 7-13　踏遍莓苔倚遍风,含愁无语望苍穹。　（岳端《中秋无月》）

两例中的"苍天"和"苍穹"都是指天空,"苍"都是蓝色的意思。

义项 2:蓝色。在诗句中用作名词,共有 10 条语料。例如:

例 7-14　始知苍苍非正色,不然何以俯看黄土如青天。　（袁枚《登泰山》）

该例中的"苍苍"是深蓝色的意思。

义项 3:具有蓝色属性特征的事物。共有 17 条语料,占含"苍(蓝)"语料总数的 9.2%。例如:

例 7-15　入冬情暖过上年,彼苍作用谁能决!　（英和《冬暖》）

例 7-16　贪心无止歇,日与苍苍斗。　（弈绘《放言》）

两例中的"苍"和"苍苍"都转喻青天。

(四)蓝

清诗语料库中含有颜色词"蓝"的语料有 31 条,可归纳为 2 个义项。

义项 1:形容颜色像晴天的天空。共有 23 条语料,占含"蓝"语料总数的 74.2%,在诗句中常用作形容词,修饰事物,为原型义。例如:

例 7-17　学着宫袍体未安,蓝衫转觉脱时难。　（袁枚《释褐》）

例 7-18　起见牵牛花,带露蓝光甚。　（文昭《晓起》）

前例中的"蓝衫"指蓝色的官服,后例中的"蓝光"即指蓝色的光。

义项 2:蓝色。在诗句中用作名词,共有 7 条语料,占含"蓝"语料总数的 23.3%。例如:

例 7-19　云气才消黑,天光遂吐蓝。　（岳端《秋晴》）

该例中的"蓝"是蓝色的意思。

(五)绀

清诗语料库中含有颜色词"绀"的语料有9条,可归纳为1个义项。

义项1:带有微红的深蓝色。绀是"浓蓝中透微红的色泽,色感属深沉肃穆的暖蓝色调"[1]。在诗句中常用作形容词,修饰事物。例如:

例7-20 石旁有古寺,裁裁绀殿垂。 （袁枚《石屋寺》）

例7-21 几度江城瞻翠葆,多年绀宇冠吴陵。 （尹继善《恭和御制天宁寺元韵》）

两例中的"绀殿"和"绀宇"都指寺庙。

(六)缥

清诗语料库中含有颜色词"缥"的语料有1条,可归纳为1个义项。

义项1:浅蓝色的。"缥"是丝织物经由植物染料染成的颜色。《说文解字》曰:"缥者,帛青白色也。"例如:

例7-22 疏帘悄下绿阴前,缥架中间一榻悬。 （文昭《午课》）

7.2 青—蓝色范畴语用颜色词描写分析

(一)霁

"霁"指雨后或雪后转晴,霁色指"历经大雪风霜后的光明晴蓝的天色或风清月朗的夜色"[2]。共有13条语料,例如:

例7-23 天窗沈霁色,五里雾涝朝。 （文昭《晨起快凉》）

该例中的"霁色"即指雨后晴空的蔚蓝色。

(二)卵

"卵"指鸟类的蛋,"卵色"指像鸟类蛋壳一样的淡蓝色。共有2条语料,例如:

例7-24 烟雨江南卵色天,判花中酒过年年。 （文昭《拾月池侍三叔父分韵三绝》）

---

[1] 黄仁达.中国颜色[M].北京:东方出版社,2013:106.

[2] 黄仁达.中国颜色[M].北京:东方出版社,2013:116.

该例中的"卵色"即指天空的蛋青色。

(三)靛

"靛"指的是靛蓝,用蓼蓝叶子发酵制成的深蓝色染料,下面例句突出了其颜色属性。共有 2 条语料,例如:

例 7-25　牵牛一朵蓝如靛,迟尔幽窗晏起人。（文昭《晓起见牵牛花二首》）

7.3 青—蓝色范畴复音节颜色词描写分析

7.3.1 由"青(蓝)"构成的复音节颜色词

表 21　由"青(蓝)"构成的复音节颜色词描写分析

颜色词	出现次数	例句	意义
青苍	13	暝色犹青苍	指深蓝色。
空青	6	空青浮欲滴	指像天空一样的蓝色。
鸦青	2	鸦青径寸装明珠	指暗蓝色。

7.3.2 由"碧(蓝)"构成的复音节颜色词

表 22　由"碧(蓝)"构成的复音节颜色词描写分析

颜色词	出现次数	例句	意义
寒碧	2	北斗离离挂寒碧	指给人寒冷感觉的碧蓝色。
绀碧	1	佳木生之杂绀碧	指深青透红色。

7.3.3 由"蓝"构成的复音节颜色词

表 23　由"蓝"构成的复音节颜色词描写分析

颜色词	出现次数	例句	意义
蔚蓝	6	风暖日高天蔚蓝	像晴朗天空的深蓝色。
浅蓝	1	晴天着浅蓝	指彩度较低的蓝色。

7.4 青-蓝色范畴含彩词语描写分析

7.4.1 由"青(蓝)"构成的含彩词语

在本书语料库中,出现次数多于十次的带有"青(蓝)"的含彩词语只有"青云"。

青云:共出现 52 次,共有 3 个意义。

1."青云"不能简单理解为青色的云,而是指青天上的云,进一步转喻天空。颜色词"青"是指天空的颜色,不是云的颜色。例如:

例 7-26 花开荆树遥分气,雁到青云不让行。 (袁枚《闻香亭举京兆》)

例 7-27 山经细雨秋逾翠,鸟入青云倦尚飞。 (尹继善《庄滋圃中丞……口占留别》)

2.指显要的地位。这是"青云"的隐喻义,显要的地位与青天上的云具有相似性,都有"高"的特点。例如:

例 7-28 肯送幽人登华顶,胜扶寒士到青云。 (袁枚《留别天台令钟醴泉明府》)

例 7-29 相逢旧雨多同病,得入青云有几人。 (英和《徐镜秋太史改官……诗以送之》)

3.指高远的志向,这也是"青云"的隐喻义。例如:

例 7-30 葆君青云心,勿吟招隐吟。 (龚自珍《春日有怀山中桃花因有寄》)

例 7-31 欲慰白发亲,须立青云表。 (袁枚《与家弟香亭……作二首劝其所学》)

7.4.2 由"碧(蓝)"构成的含彩词语

在本书语料库中,出现次数多于十次的带有"碧(蓝)"的含彩词语只有"碧云"。

碧云:共出现 15 次,不能简单理解为碧色的云,而是指碧空上的云。颜色词

"碧"是指天空的颜色,不是云的颜色。例如:

例 7-32 莫忘栖霞山畔路,<u>碧云</u>红叶共幽寻。 (袁枚《过苏州赠庄容可大中丞》)

例 7-33 惆怅隔墙人不见,<u>碧云</u>初合夜初昏。 (纳兰常安《旅社闻邻歌》)

7.5 青—蓝色范畴颜色词对比分析

在上文青—蓝色范畴颜色词语义描写分析的基础上,本部分我们对该范畴颜色词所有成员进行对比分析,主要涉及颜色词语义显著度、颜色词语义广义度、颜色词色彩属性三个部分。

7.5.1 青—蓝色范畴颜色词语义显著度分析

青—蓝范畴颜色词共有 9 个成员,其中包含 6 个单音节语义颜色词和 3 个语用颜色词,根据颜色词的出现频率,它们各自的语义显著度如表 24 所示:

表 24 青—蓝色范畴颜色词成员语义显著度

颜色词类型	颜色词	义项总数	语义显著度最高的义项	所占比例
语义颜色词	青(蓝)	3	蓝色的	73.1%
	碧(蓝)	2	澄蓝色的	89.7%
	苍(蓝)	3	蓝色的	90.8%
	蓝	2	蓝色的	100%
	绀	1	带有微红的深蓝色	100%
	缥	1	浅蓝色	100%
语用颜色词	霁	1	雨后晴空的蔚蓝色	100%
	卵	1	像鸟类蛋壳一样的淡蓝色	100%
	靛	1	像靛蓝染料一样的深蓝色	100%

由上表可以看出,青—蓝范畴各颜色词的义项数量都比较少,"青(蓝)"的义项数

最多。此外,该范畴颜色词语义显著度最高的义项都是表示蓝色,并且所占比例都在 70%以上。

7.5.2 青—蓝色范畴颜色词语义广义度分析

青—蓝色范畴颜色词所有成员的语义广义度如表 25 所示:

表 25 青—蓝色范畴颜色词成员语义广义度

颜色词类型	颜色词	语义类							
		天象类	地理类	人体类	植物类	动物类	服饰类	建筑类	日用类
语义颜色词	青(蓝)(377)	56.6%	8.8%				15.1%		19.5%
	指向示例	天	海				袍		笺
	苍(蓝)(168)	80.7%	19.3%						
	指向示例	穹	波						
	碧(蓝)(166)	84.5%	14.5%						
	指向示例	空	海						
	蓝(31)	83.3%			10%		6.7%		
	指向示例	天			牵牛花		衫		
	绀(9)				22.2%			66.7%	11.1%
	指向示例				叶			殿	糖蒜
	缥(1)								100%
	指向示例								架
语用颜色词	霁(13)	100%							
	指向示例	天							
	卵(2)	100%							
	指向示例	天							
	卵(2)				100%				
	指向示例				牵牛花				

由上表所见,青—蓝色范畴中颜色词语义指向的范围都比较狭窄,所指向的事物多为天空或大海。"青(蓝)"在表示蓝色义时,能指向四种语义类,具有最高的语义广义度,因此颜色词"青(蓝)"应当为青—蓝范畴的原型颜色词。

7.5.3 青—蓝色范畴颜色词语义广义度分析

青—蓝色范畴颜色词成员色彩属性如表 26 所示:

表 26 青——蓝色范畴颜色词成员色彩属性比较表

颜色词类型	颜色词	浓度值	亮度值	辅色	其他内容
语义颜色词	青(蓝)	0	0		原型颜色词
	苍(蓝)	0	0		
	碧(蓝)	0	1+		澄净,有美感
	蓝	0	0		
	绀	1+	1−	[红色]	
	缥	1−	0	[白色]	
语用颜色词	霁	0	1+		鲜明洁净
	卵	1−	0		
	靛	1++	0		

第8章 紫色范畴颜色词语义描写分析

在清诗颜色词语料库中,紫色范畴颜色词的语料数为495条,该范畴颜色词成员共有3个,其中单音节语义颜色词2个,语用颜色词1个,是七大颜色范畴中成员数量和语料数量最少的。颜色词"紫"在紫色范畴颜色词中出现的次数最多,为466次,为该范畴的原型颜色词。

在清诗中,紫色范畴使用数量少首先跟紫色的自然属性有关。人眼可见的波长范围为380～780纳米,不同的波长引起不同的颜色感觉,紫色的波长是最短的(380～430纳米),部分波长人们可能感受不到。[1]紫色是由暖色调的红色与冷色调的蓝色混合而成的,因此与红色和蓝色的边界比较模糊。虽然孔子有"恶紫夺朱"说,但是作为非正色的紫色在历史上长期作为一种贵重的颜色存在,齐桓公将紫服作为王袍,引发全国上下跟风效仿,以至紫色衣服供不应求。后来紫色逐渐成为一种高贵和吉祥的颜色,并且一度被皇权所用,成为代表权贵的色彩。清代人们也非常崇尚紫色,普通的官吏军民除了不能使用黄色外,也不能使用紫色。[2]

8.1 紫色范畴语义颜色词描写分析

(一)紫

清诗语料库中含有颜色词"紫"的语料有466条,可归纳为4个义项。

---

[1] 林仲贤.颜色视觉心理学[M].北京:中国人民大学出版社,2011:36.
[2] 杨素瑞.清代宫廷服饰色彩考析[J].丝绸,2014,(5):69-73.

义项 1：形容像茄子花或葡萄一样的颜色。在诗句中用作形容词，修饰各类事物，共有 305 条语料，占含"紫"语料总数的 65.5%，为原型义。例如：

例 8-1　黄云压稻场，紫花香豆圃。　（敦诚《月上邨外独步》）

例 8-2　春风紫燕低飞入，晓日青骢缓辔看。　（吴伟业《辛卯元旦试笔》）

例 8-3　近携萧寺紫衣僧，远觅诗坛陶谢手。　（袁枚《二月二十一日……得有字》）

例 8-4　远近峰头蒸紫气，碧鸡金马插高空。　（顾太清《借读石画诗三十二首》）

前例中的"紫花"指紫色的花，第二例中的"紫燕"指江南颔下羽毛为蓝紫色的越燕，第三例中的"紫"一般指得道高僧袈裟的颜色，第四例中的"紫气"指早晨或傍晚时山中紫色的云气。

此外，"紫"作为颜色词还常常修饰非常罕见的动物，例如：

例 8-5　玉鞭龙尾青骢骑，银管螭头紫兔毫。　（吴伟业《元日早朝》）

例 8-6　紫鲸不来黄鹤远，老夫行矣无夷犹。　（袁枚《登飘渺峰》）

例 8-7　只道紫驼来绝塞，鸡林原在大荒西。　（奕绘《读史偶述四十首》）

在这些例子中，"紫"除了表示颜色外，还带有了罕见和珍贵的附属义。

义项 2：与仙道有关的，祥瑞的。共有 52 条语料，占含"紫"语料总数的 11.2%。"紫气""紫云""紫烟"等常常指祥瑞之气，这主要是受了道教文化的影响。相传道家学派创始人老子有紫气罩身，因此紫色是道教所尊崇的颜色，具有神圣的色彩，这是社会文化所赋予紫色的意义。例如：

例 8-8　一自青牛逢令尹，至今紫气说函关。　（顾太清《秋日感怀……用杜工部秋兴八首韵》）

例 8-9　石起层峦树拥烟，紫云不散自年年。　（尹继善《恭和……紫峰阁元韵》）

例 8-10　孚斋万岁乘馀暇，御笔淋漓发紫烟。　（文昭《拜瞻家藏孝陵御笔墨菊恭纪一章》）

前例中的"紫气"既指紫色的云气，同时又带有祥瑞的色彩，是圣贤（该例指老子）出现的征兆。后两例中的"紫云"和"紫烟"也带有祥瑞的色彩，但是其中的"紫"

还是表示颜色义。"紫霞""紫氛""紫薇""紫宸"等也带有道教文化的色彩。

义项 3：与帝王和皇权有关的。共有 43 条语料，占含"紫"语料总数的 7.6%。紫色受到唐朝统治者的推崇，因此又带有了皇权文化的色彩。"紫阁""紫府""紫庭""紫宫""紫台""紫阙"等本指道教仙人所居住的宫殿，后来又指帝王的宫殿。在这些例子中，颜色词"紫"除了表示颜色，还带有了与帝王和皇权有关的意义，这同样是通过社会文化赋予机制而产生的。此外还有：

例 8-11 甘与子同梦，伸脚踏紫微。 （袁枚《书子陵祠堂》）

例 8-12 曾插宫花下紫宸，太初肃肃见精神。 （袁枚《怀人诗》）

"紫微"是星官名，三垣之一。《晋书·天文志上》："紫宫垣十五星，其西蕃七，东蕃八，在北斗北。一曰紫微，大帝之座也，天子之常居也，主命主度也。"在此跟下例中的"紫宸"一样，都是指帝王的宫殿或住所。

义项 4：紫色。在诗句中用作名词，共有 21 条语料，占含"紫"语料总数的 4.5%。例如：

例 8-13 勿混淄渑，勿眩朱紫。 （袁枚《续诗品三十二首》）

例 8-14 仙梨原尚紫，霜橘漫夸黄。 （尹继善《和富将军谢梨韵》）

前例中的"朱"和"紫"意思分别是红色和紫色，后例中的"紫"也是紫色的意思。

义项 5：变为紫色。在诗句中用作动词，共有 11 条语料。例如：

例 8-15 拖肠格斗血衣紫，兵法可传世有几。 （袁枚《骗马歌为傅将军作》）

例 8-16 伫立不可寻，空林暮烟紫。 （文昭《西郊访羽士不遇》）

两例中的"紫"都是变成紫色的意思。

义项 6：具有紫色属性特征的事物。共有 34 条语料，占含"紫"语料总数的 6%。

1.指紫色的花。

例 8-17 记得春时红紫绽，日绕秦楼过汉殿。 （敦诚《冻蝶行》）

该例中的"红"和"紫"转喻红花和紫花。

2.指紫色的官服。

例 8-18 手中辟地一千里，麾下偏裨半金紫。 （袁枚《老将行》）

该例中的"金"和"紫"分别指金鱼袋和紫色官服，"金紫"整体转喻高级官员。

3.指紫色的苔藓。

例 8-19 半青堪万选,已紫似三铢。 (纳兰常安《苔》)

(二)青(紫)

清诗语料库中含有颜色词"青(紫)"的语料有 28 条,可归纳为 1 个义项。

义项 1:蓝紫色的。一般浓度比较低,在诗句中用作形容词,修饰事物。例如:

例 8-20 谁知郎意萧然远,一朵青莲泥不染。 (袁枚《赠扬州洪建侯秀才》)

例 8-21 绝顶凌青霭,重楼近绛河。 (顾太清《东山杂诗九首》)

莲花有多种颜色,青莲的颜色是"色彩偏蓝调的紫莲花色"。佛教文化认为,"莲花洁净无染,青莲则用来比喻为明澄的佛眼"[①]。前例中用"青莲"来指具有高洁品质的人,后例中的"青霭"指淡蓝紫色的云气。

8.2 紫色范畴语用颜色词描写分析

(一)椹

"椹"桑树的果实,即桑葚。椹色指像桑葚一样的深黑紫色。共有 1 条语料,例如:

例 8-22 玉色中单椹色袍,黄琮钩钮缚茸绦。 (文昭《咏绦赠玉生》)

该例中的"椹色"即指袍子的深黑紫色。

8.3 紫色范畴复音节颜色词描写分析

在清诗紫色范畴颜色词成员中,所有的复音节颜色词都是由"紫"构成的,我们将形式比较固定的一些复音节颜色词总结出来列表分析。

[①] 黄仁达.中国颜色[M].北京:东方出版社,2013:179.

表 27 由"紫"构成的复音节颜色词描写分析

颜色词	出现次数	例句	意义
红紫	4	红紫染一派	指紫中透红的颜色。
姹紫	4	姹紫嫣红白雪中	指给人美感的紫色。
丽紫	3	深黄丽紫艳芳辰	指艳丽的紫色。
烂紫	2	蒸红烂紫腾云霞	指明度较高的深紫色,"烂"是灿烂的意思。
丹紫	1	遗我一枝色丹紫	指深紫色。

8.4 紫色范畴含彩词语描写分析

在本书语料库中,带有"紫"的含彩词语主要有以下几个:

紫塞:共出现 16 次,指北方的边塞。崔豹《古今注·都邑》:"秦筑长城,土色皆紫,汉塞亦然,故称紫塞焉。"①例如:

例 8-23 紫塞层云外,霜风老别颜。 (文昭《送人之古北口》)

例 8-24 欲走云中穿紫塞,别寻奇道访长安。 (吴伟业《雁门尚书行》)

紫陌:共出现 12 次,不能简单理解为紫色的道路,而是京师郊野的道路。例如:

例 8-25 漏尽明星澹,晨光紫陌分。 (顾太清《题宣和竹鸡》)

例 8-26 百两车来填紫陌,千金橐送出雕房。 (吴伟业《萧史青门曲》)

紫诰:共出现 10 次,指诏书。古时将诏书盛在锦囊中,并用紫泥封口,上面盖印,故称"紫诰"。例如:

例 8-27 一点丹心陈帝座,两家紫诰下云端。 (袁枚《丽川中丞五十寿诗》)

例 8-28 紫诰题衔敕众灵,明朝同谒翠华亭。 (纳兰性德《缑山曲》)

---

① 详见《汉语大词典》第 9 卷(下)820 页"紫塞"词条。

8.5 紫色范畴颜色词对比分析

在上文紫色范畴颜色词语义描写分析的基础上,本部分我们对该范畴颜色词成员进行对比分析,主要涉及颜色词语义显著度、颜色词语义广义度、颜色词色彩属性三个部分。

8.5.1 紫色范畴颜色词语义显著度分析

紫色范畴颜色词只有 3 个成员,根据颜色词的出现频率,它们各自的语义显著度如表 28 所示:

表 28 紫色范畴颜色词成员语义显著度

颜色词类型	颜色词	义项总数	语义显著度最高的义项	所占比例
语义颜色词	紫	2	颜色像茄子花或葡萄	72.3%
	青(紫)	1	淡蓝紫色的	100%
语用颜色词	椹	1	像桑葚一样的深黑紫色	100%

由上表可以看出,紫色范畴各颜色词颜色词语义显著度最高的义项都是表示紫色,并且所占比例都在 70%以上。

8.5.2 紫色范畴颜色词语义广义度分析

紫色范畴颜色词所有成员的语义广义度如表 29 所示:

表 29 紫色范畴颜色词成员语义广义度

颜色词类型	颜色词	语义类							
		天象类	地理类	人体类	植物类	动物类	服饰类	建筑类	日用类
语义颜色词	紫(337)	23.5%	12.3%	1.4%	20.4%	15.6%	6.2%	12.8%	7.8%
	指向示例	烟	石	面	菊	蟹	衣	房	盖
	青(紫)(28)	28.6%			71.4%				
	指向示例	霭			莲				
语用颜色词	椹(1)						100%		
	指向示例						袍		

由上表所见,颜色词"紫"在表示紫色义时,能指向全部八种语义类,具有最高的语义广义度,因此"紫"毫无疑问是紫色范畴的原型颜色词。

8.5.3 紫色范畴颜色词色彩属性分析

紫色范畴颜色词成员色彩属性如下表所示:

表 30 紫色范畴颜色词成员色彩属性比较表

颜色词类型	颜色词	浓度值	亮度值	辅色	其他内容
语义颜色词	紫	0	0		原型颜色词
	青(紫)	1−	0	[蓝色]	
语用颜色词	椹	1+	1−	[黑色]	

第 9 章　黑色范畴颜色词语义描写分析

在清诗颜色词语料库中,黑范畴颜色词的语料数为 881 条,在七大颜色范畴中是最少的。然而该范畴颜色词成员数量最多,共有 25 个,其中单音节语义颜色词 19 个,语用颜色词 6 个。"黑"在黑范畴颜色词中出现的次数最多,为 163 次,为该范畴的原型颜色词。

颜色可以分为有色彩和无色彩,黑色、白色和灰色尽管属于无色彩,但是我们能够感觉到三者的色彩性[①],因此我们依然将它们视为颜色词。

9.1 黑色范畴语义颜色词描写分析

(一)黑

清诗语料库中含有颜色词"黑"的语料有 163 条,可归纳为 9 个义项。

义项 1:形容颜色像墨或煤。在诗句中用作形容词,修饰事物,共有 92 条语料,占含"黑"语料总数的 56.4%,为原型义。

例 9-1　其色黝黝瑕环<u>黑</u>,其声逢逢音节古。　(袁枚《藤鼓》)

例 9-2　又遇催诗云片<u>黑</u>,疏灯掩映上阑干。　(纳兰常安《菊影》)

例 9-3　凉秋九月长安城,<u>黑</u>鹰指爪愁双睛。　(吴伟业《宣宗御用……蟋蟀盆歌》)

---

① 田昆玉,董光璧.颜色——光的科学与艺术[M].上海:上海科学技术出版社,2002:81.

例 9-4　持杯更向长空酹,未许飞霜点黑头。　（敦诚《夜宿槐园步月》）

义项 2:光线暗淡、昏暗无光的。在诗句中常用作形容词,共有 21 条语料,占含"黑"语料总数的 12.9%。例如:

例 9-5　风声鹤唳起山曲,月黑天阴闇银烛。　（英和《望泰山》）

例 9-6　东边云合西边霁,夜黑林阴更觉稠。　（文昭《中庭夜望》）

义项 3:黑色。在诗句中用作名词,共有 10 条语料,占含"黑"语料总数的 5.5%。例如:

例 9-7　明知其白姑守黑,老聃此义吾能得。　（袁枚《染须》）

例 9-8　云气才消黑,天光遂吐蓝。　（岳端《秋晴》）

义项 4:变黑,使……变黑。在诗句中常用作动词,共有 15 条语料。例如:

例 9-9　旁侵时笑面妆花,唇黑方知为戏谑。　（袁枚《染须》）

例 9-10　乌桕霜红少妇楼,桄榔雨黑行人骑。　吴伟业《送旧总宪……出使广东》）

前例中的"黑"指"变黑",后例中的"黑"意思是"使……变黑"。

义项 5:具有黑色属性或特征的事物,既包括具体的事物,也包括抽象的事物。共有 14 条语料,占含"黑"语料总数的 8.6%。例如:

例 9-11　黑白分明全局在,输赢终竟自知难。　（袁枚《观弈》）

例 9-12　一枕黑甜醒,徒觉痰疾瘳。　（文昭《碌碌》）

前例中的"黑"转喻"黑色的棋子",属于具体的事物;后例中的"黑"常常与"甜"结合,转喻"睡梦或酣睡的状态",这属于抽象的事物。

义项 6:突然而猛烈的、狂暴的。常用作形容词,修饰"风"或"浪",共有 5 条语料。例如:

例 9-13　黑风吹海天地青,四野八荒云昼暝。　（敦诚《立秋前一日……长歌下之》）

义项 7:模糊不清的、不明朗的。常用来修饰抽象的事物,属于"黑"的隐喻义,共有 4 条语料。例如:

例 9-14　宦途黑漆三春梦,故国青山两鬓华。　（袁枚《送尹宫保移督广州》）

该例中的"黑"是指作者认为自己的为官之路不明朗,不走运,没有前途和希望。

例 9-15 后有万万古,未来黑如漆。 奕绘《放言》

此例中的"黑"同样指未来之事很渺茫,不明朗,一切都不确定

义项 8:五行文化中与北方或冬季相对应的颜色。这是社会文化赋予"黑"的意义,共有 2 条语料。例如:

例 9-16 中有黑帝时,白玉为阶阰,黄金为宫观。 (吴伟业《襄阳乐》)

例 9-17 九月犹未终,黑白已瓜代。秋政虽失权,秋容殊好在。 (文昭《立冬日雨》)

在中国古代的五行思想中,"黑"与"北方"和"冬季"等相配。前例中的"黑帝"指的是古代五天帝之一的北方之神,《周礼·天官·大宰》有"祀五帝"之说,唐代贾公彦疏曰:"五帝者,东方青帝灵威仰,南方赤帝赤熛怒,中央黄帝含枢纽,西方白帝白招拒,北方黑帝汁光纪。"后例中的"黑"指冬季,"白"指秋季,"黑白已瓜代"是指冬季和秋季的交替。

(二)青(黑)

清诗语料库中含有颜色词"青(黑)"的语料有 146 条,可归纳为 1 个义项。

义项 1:黑色的或青黑色的。在诗句中常用作形容词,修饰各类事物。例如表示纯黑色的:

例 9-18 老僧古貌长眉青,问树疑年默不对。 (袁枚《菩提场古梅歌限大字与兰坡学士作》)

例 9-19 世路催青鬓,春风到紫泥。 (吴伟业《嘉湖访同年……四首》)

两例中的"青"都表示黑色,由于"青"会使人联想到生机勃勃的春天,因此在修饰人的鬓发时,诗人比较偏向于用"青"而不是"黑"。①此外,"青(黑)"表示青黑色的例子如:

例 9-20 若求调燮理,坐上去青蝇。 (吴伟业《冰》)

例 9-21 玉皇宫中空若洗,三十六界无一青蛾眉。 (龚自珍《西郊落花歌》)

---

① 根据统计,在本书语料库中,"黑鬓"只出现 1 次,而"青鬓"出现 13 次。

前例中的"青蝇"与上文的"苍蝇"所指相同,其中的颜色词"青"和"苍"都表示青黑色的;后例中的"青蛾眉"指的是青黑色的弯弯的眉毛,整体转喻女子。古代女子用黛画眉,因此这里的颜色词"青"指的是青黑色。

(三)乌

清诗语料库中含有颜色词"乌"的语料有144条,可归纳为2个义项。

义项1:黑色的。"乌"具体指"暗而浅黑的颜色"[①],在诗句中常用作形容词,修饰事物,共有98条语料,占含"乌"语料总数的68.1%,为原型义。例如:

例9-22 槐花春暖满衙青,不着乌靴上讼庭。 (袁枚《春日……喜而作诗》)

例9-23 不惜频频望,从教乌帽斜。 (纳兰常安《中秋月》)

这两例中的"乌"都指"黑色的","乌靴"和"乌帽"都是清代官员的衣物。除此之外,"乌"也可以修饰其他事物,例如:

例9-24 不用炙乌薪,何烦浇绿酎。 (文昭《斋中小梅》)

例9-25 乌头尚可白,黄河尚可碧。 (岳端《对酒》)

前例中的"乌薪"是指黑色的木炭,后例中的"乌头"指黑色的头发。

义项2:黑色的乌鸦。共有46条语料,占含"乌"语料总数的31.9%。例如:

例9-26 每到细烟生水上,晚乌啼出隔墙花。(袁枚《宿苏州蒋氏复园题赠主人》)

例9-27 怪道乌台牙放早,几人怒马出长安? (龚自珍《己亥杂诗第八十八首》)

前例中的"乌"指黑色的乌鸦,后例中的"乌台"指的是御史台,其得名也与乌鸦有关。御史台是封建时代纠察官吏的机构,《汉书·朱博传》:"是时御史府吏舍百余区,井水皆竭;又其府中列柏树,常有野乌数千,栖宿其上,晨去暮来,号曰'朝夕乌'。"后人因此称御史台为乌台[②]。

[①] 鸿洋.中国传统色彩图鉴[M].北京:东方出版社,2010:120.
[②] (清)龚自珍著,刘逸生,周锡馥校注.龚自珍诗集编年校注[M].上海:上海古籍出版社,2013:690.

(四)苍(黑)

清诗语料库中含有颜色词"苍(黑)"的语料有98条,可归纳为1个义项。

义项1:青黑色的,非纯黑。在诗句中常用作形容词,为原型义。例如:

例9-28 特遣**苍**头扶白发,更将书舫换乌篷。 (袁枚《越溪舟中喜晤李晓园太守》)

"苍头"最早指以青黑色头巾裹头的士兵,《史记·项羽本纪》:"少年欲立婴便为王,异军苍头特起。"裴骃集解引应劭曰:"苍头特起,言与众异也。苍头,谓士卒皂巾,若赤眉、青领,以相别也。"后来又指奴仆,清诗语料库中的"苍头"都是指奴仆。《汉书·鲍宣传》:"使奴从宾客浆酒霍肉,苍头庐儿皆用致富。"颜师古注引孟康曰:"汉名奴为苍头,非纯黑,以别于良人也。"①"苍"是青黑色,"头"指人的头部部位,"苍头"整体转喻士兵或奴仆。

此外,"苍(黑)"还可以修饰各种动物,例如:

例9-29 不闻凡鸟喧,摩空羡**苍**鹘。 (英和《游栖霞》)

例9-30 寒蝉饮清露,**苍**蝇集腥膻。 (纳兰性德《效江醴陵杂拟古体诗二十首》)

例9-31 窜身冷翠间,自笑同**苍**鼠。 (袁枚《到韶州……至锦石岩》)

(五)玄

清诗语料库中含有颜色词"玄"的语料有78条,可归纳为6个义项。

义项1:赤黑色的,后泛指黑色的。在诗句中常用作形容词,共有31条语料,占含"玄"语料总数的39.7%,为原型义。例如:

例9-32 长弓大矢佩刀剑,**玄**衮赤舄垂葱珩。 (吴伟业《题刘伴阮凌烟阁图》)

例9-33 台星方熠熠,**玄**发未华颠。 (袁枚《赠裴观察四十韵》)

例9-34 应客有**玄**鹤,惊人无白骢。 (龚自珍《能令公少年行》)

"玄鹤"指黑色的仙鹤。崔豹《古今注·鸟兽》:"鹤,千岁化为苍,又千岁变为黑,

---

① 宗福邦等主编.故训汇纂[Z].北京:商务印书馆,2003:1959.

所谓玄鹤是也。"①

义项 2：转喻黑色的事物。共有 8 条语料，例如：

例 9-35　箪壶夹道路，筐篚馈玄纁。　（纳兰性德《效江醴陵杂拟古体诗二十首》）

例 9-36　玄黄得失有谁凭，上品还推国手能。　（吴伟业《观棋六首其五》）

前例中的"玄"指黑色的布帛；后例中的"玄黄"分别是天和地的颜色，在此转喻天和地。《易·坤》："夫玄黄者，天地之杂也，天玄而地黄。"《汉书·扬雄传上》："灵祇既乡，五位时叙，絪缊玄黄，将绍厥后。"颜师古注："玄黄，天地色也。"②

义项 3：深厚的。这是"玄"的隐喻用法，共有 4 条语料，例如：

例 9-37　喜无玄霜侵，永辞白日照。　（袁枚《游紫云金鼓诸洞》）

该例中的"玄霜"即是指深厚的霜。

义项 4：深奥的、高深的、玄妙的。这也是"玄"的隐喻用法，共有 15 条语料，例如：

例 9-38　花笺寄遥夕，玄理谈萧斋。　（袁枚《寄师健中丞》）

该例中的"玄理"指高深的道理。

义项 5：转喻深奥的道理。主要指道家的学说，共有 12 条语料，例如：

例 9-39　玄从王子谈，理同谢公辨。　（纳兰性德《效江醴陵杂拟古体诗二十首》）

该例中的"玄"指道家学说。

义项 6：与北方或水相关的。这是社会文化赋予"玄"的意义，共有 8 条语料。例如：

例 9-40　马借飞龙厩，旗张玄武旛。　（袁枚《曹地山少宰……入山索诗》）

例 9-41　以故惊蛰时，拗转玄冥律。　（文昭《廿四日雪》）

前例中的"玄武"是古代神话中的北方之神，其形为龟，或龟蛇合体。《楚辞·远

---

① （清）龚自珍著，刘逸生，周锡馥校注.龚自珍诗集编年校注[M].上海：上海古籍出版社，2013：117.

② 宗福邦等主编.故训汇纂[Z].北京：商务印书馆，2003：1437.

游》:"时暧曃其曈蒙兮,召玄武而奔属。"王逸注:"呼太阴神,使承卫也。"洪兴祖补注:"玄武,谓龟蛇。位在北方,故曰玄。身有鳞甲,故曰武。"[①]后例中的"玄冥"指古代神话中的水神。由此可见,"玄"与北方或水有关。

(六)黭

清诗语料库中含有颜色词"黭"的语料有40条,可归纳为3个义项。

义项1:因光线昏暗而呈现出的黑色。所表示的颜色一般亮度比较低,浓度比较高,共有19条语料,占含"黭"语料总数的47.5%,为原型义。例如:

例9-42 春波黭黭春山碧,千古风流一片石。 (顾太清《画眉石次夫子韵》)

例9-43 黭淡青山远,苍茫白鸟来。 (纳兰常安《秋阴》)

前例中的"黭黭"指的是春水的颜色因光线少而呈现出黑色;后例中的"黭淡"指因天阴而使青山呈现出的淡黑色。

义项2:使……光线变暗。动词用法,共有3条语料。例如:

例9-44 暝色黭遥原,蓬门烟火起。 (文昭《田间晚霁》)

例中的"黭"指傍晚时候的天色光线暗淡,使远处的原野也光线变暗,呈现出黑色来。

义项3:指人没有神采,心情感伤沮丧。为"黭"的隐喻义,共有18条语料,例如:

例9-45 别泪未挥心已黭,骊歌欲唱句难裁。 (尹继善《送彭翰文少司马归里即用留别韵》)

例9-46 已矣幽明隔,临风一黭然。 (纳兰常安《重阳前一日哭女》)

两例中的诗人分别因送别和悼亡而心情感伤沮丧。

(七)绿(黑)

清诗语料库中含有颜色词"绿(黑)"的语料有30条,可归纳为1个义项。

义项1:黑色的。常常指人的须发乌黑有光泽,例如:

例9-47 白雪暗中欺绿鬓,丹砂明处惜朱颜。 (纳兰常安《小闲杂吟》)

[①] 宗福邦等主编.故训汇纂[Z].北京:商务印书馆,2003:1438.

例 9-48 人坐小窗开,照见眉须绿。 （文昭《紫幢轩杂植十二首竹》）

表示黑色的"绿"在清诗中主要用来修饰人的鬓发,与上文的"青鬓"相似,"绿鬓"或"绿发"也容易让人联想到年轻、有活力。

(八)翠(黑)

清诗语料库中含有颜色词"翠(黑)"的语料有 17 条,可归纳为 1 个义项。

义项 1:带有光泽的黑色。例如:

例 9-49 花信春来渐袭裾,倚栏乍觉翠眉舒。 （纳兰常安《春闺怨》）

例 9-50 翠墨淋漓茧纸香,余亦装潢縢瘵鹤。 （龚自珍《周信之……小诗报之》）

前例中的"翠眉"指古代女子用青黛所画的眉毛,颜色为青黑色并带有光泽;后例中的"翠墨"指"拓本在拓印时所用漆黑有光的上等墨"[①],"翠"同样表示带有光泽的黑色。

(九)骊

清诗语料库中含有颜色词"骊"的语料有 15 条,可归纳为 1 个义项。

义项 1:纯黑色的。"骊"最早指深黑色的马,后来成为颜色词,表示纯黑色,常用来修饰各种动物。例如:

例 9-51 已投车辖井阑边,更执骊驹薄暮天。 （袁枚《留别南溪太守》）

例 9-52 东海骊龙颔下珠,阳侯持献效区区。 （纳兰常安《蒙赐东珠恭纪》）

(十)皂

清诗语料库中含有颜色词"皂"的语料有 13 条,可归纳为 2 个义项。

义项 1:黑色的。作为形容词修饰衣物和动物,共有 10 条语料,占含"皂"语料总数的 76.9%,为原型义。例如:

例 9-53 晚脱皂衣归邸舍,玉堂回首不胜情。 （袁枚《谒长史毕归而作诗》）

例 9-54 书生礼乐修玄雁,诸将弓刀掣皂雕。 （吴伟业《赠淮抚沈公清远》）

前例中的"皂衣"指清代县令所穿的黑色的官服;后例中的"皂雕"指的是一种

[①] （清）龚自珍著,刘逸生,周锡馥校注.龚自珍诗集编年校注[M].上海:上海古籍出版社,2013:139.

黑色的大型猛禽,两例中的"皂"都是表示黑色。

义项2:转喻穿着黑色衣服的差役。共有3条语料。例如:

例9-55 钩党诸名贤,子孙为皂隶。 (吴伟业《读史杂诗四首其一》)

《集韵·晧韵》:"皂,贱人。"《左传·昭公七年》:"天有十日,人有十等。下所以事上,上所以共神也。故王臣公,公臣大夫,大夫臣士,士臣皂,皂臣舆,舆臣隶,隶臣僚,僚臣仆,仆臣台。"由此可见,"皂"和"隶"都是周代政府部门中的工作人员,二者地位都在"士"之下。《汉书·货殖传》:"昔先王之制,自天子公侯卿大夫士至于皂隶抱关击柝者……小不得僭大贱不得逾贵。"颜师古注:"皂,养马者也。"①可见,皂最早指穿着皂色衣服的养马者,后来泛指衙门中的差役。

(十一)缁

清诗语料库中含有颜色词"缁"的语料有12条,可归纳为2个义项。

义项1:浅紫黑色的。常用作形容词,共有9条语料,占含"缁"语料总数的75%,为原型义。例如:

例9-56 协谋博得君王宠,惭愧缁衣换少师。 (顾太清《清明……过姚少师塔马上口占三绝句》)

例9-57 如今始信无愁地,除却缁衣是粉侯。 (文昭《田家即事六绝句》)

两例中的"缁衣"是指僧侣所穿的浅紫黑色的衣服。"缁衣:僧徒之服,系'紫而浅黑'者。《僧史略》:'缁衣者何状貌?''紫而浅黑,非正色也'。"②前例中的"缁衣"整体转喻僧侣,后例中的"缁衣"指浅紫黑色的衣服。

义项2:转喻僧侣。共有3条语料,例如:

例9-58 回首长安城,缁素惨不欢。 (吴伟业《清凉山赞佛诗四首其三》)

该例中的颜色词"缁"和"素"分别转喻僧人和俗人,因为僧侣平时所穿的衣服为"缁衣",而素衣是平常人所穿的衣服。

(十二)黔

清诗语料库中含有颜色词"黔"的语料有10条,可归纳为1个义项。

---

① 汉语大字典编辑委员会.汉语大字典(第二版)[Z].武汉:湖北长江出版集团,2010:2830.
② 李澎田.顾太清诗词天游阁集[M].长春:吉林文史出版社,1989:156.

义项1:黑色的。常用作形容词,为原型义。例如:

例9-59　即君貌酷似,丰下而微<u>黔</u>。　(吴伟业《吴门遇刘雪舫》)

例9-60　<u>黔</u>首交相贺,金陵倍有缘。　(袁枚《赠希裴观察四十韵》)

前例中的"微黔"指人的脸色稍微有些发黑;后例中"黔首"转喻平民百姓,与前文的"苍头"类似,其中的颜色词"黔"表示黑色的。《汉书·艺文志》:"以愚黔首"。颜师古注:"秦谓人为黔首,言其头黑也。"《说文·黑部》:"秦谓民为黔首,谓黑色也。周谓之黎民。"①

(十三)黎(黧)

清诗语料库中含有颜色词"黎(黧)"的语料有4条,可归纳为1个义项。

义项1:黑中带黄的颜色。常用作形容词,例如:

例9-61　欲期发再黄,<u>黎</u>色面如苟。　(敦诚《南村夜坐感赋》)

例9-62　时逾貌变<u>黧</u>,焰尽土成赭。　(英和《龙沙秋日十二声诗土灶拨灰》)

前例中的"黎"指面色黑中带黄;后例中的"黧"指用土灶烧火拨灰而使脸色变成黄黑色。"黎"和"黧"都表示黄黑色,侯立睿(2007)认为,"黧"产生较晚,是从"黎"分化出来的,是"黎"的俗字。但是,"黧"的义符"黑"具有较强的表义性,故在唐代时就渐渐取代"黎"表示"体色黄黑"义②。因此,本书将二者集中进行探讨。

(十四)黝

清诗语料库中含有颜色词"黝"的语料有4条,可归纳为1个义项。

义项1:浅青黑色的。《说文·黑部》:"黝,微青黑色。"《尔雅》:"地谓之黝。"段玉裁注:"谓微青之黑也,微轻于浅矣。"③常用作形容词,例如:

例9-63　其色<u>黝</u><u>黝</u>瑕环黑,其声逢逢音节古。　(袁枚《藤鼓》)

该例中的"黝黝"即是指藤鼓的颜色是青黑色的。

(十五)卢

清诗语料库中含有颜色词"卢"的语料有3条,可归纳为1个义项。

---

① 宗福邦等主编.故训汇纂[Z].北京:商务印书馆,2003:2628.
② 侯立睿.古汉语黑系词疏解——古汉语颜色词研究之一[D].浙江大学,2007:69-71.
③ 汉语大字典编辑委员会.汉语大字典(第二版)[Z].武汉:湖北长江出版集团,2010:5063.

义项1：黑色的。在清诗语料库中常用来修饰水色,例如：

例9-64 水黑名曰<u>卢</u>,不流名曰奴。 （袁枚《病起游罗浮得诗五首》）

例9-65 地形连紫塞,山气接<u>卢</u>沟。 （文昭《永定河》）

前例对"卢"进行了解释,其用来表示水的黑色。《后汉书·光武帝纪》:"拔卢奴。"李贤注引《水经注》曰:"水黑曰卢,不流曰奴。"①前例对"卢"的解释可能来源于此;后例中的"卢"也表示黑色,与前句中的"紫"形成对应。

(十六)骁

清诗语料库中含有颜色词"骁"的语料有3条,可归纳为1个义项。

义项1：黑色的。在语料库中都用来修饰矢,例如：

例9-66 天子亲为插彤弓,<u>骁</u>矢千条弢一卣。 （袁枚《送虞山少宰从驾热河》）

例中的"骁矢"常用来专指皇帝所用的黑色的箭。

(十七)焦

清诗语料库中含有颜色词"焦"的语料有2条,可归纳为1个义项。

义项1：黄黑色的。例如：

例9-67 深夜不熟睡,早起颜色<u>焦</u>。 （袁枚《所见》）

例9-68 舍南一团<u>焦</u>,云以饭黄犊。 （吴伟业《西田招隐诗四首其二》）

前例中的"焦"指脸色是黄黑色,后例中的"焦"指小牛皮毛的颜色。

(十八)元

康熙帝名玄烨,"玄"字是常用字,清代避讳"玄"字的办法,或是缺最后一笔,或是用"元"字代替,清代社会文化赋予了"元"表黑色的意义。清诗语料库中含有颜色词"元"的语料有2条,可归纳为1个义项。

义项1：黑色的。例如：

例9-69 朱草浅罗三面网,<u>元</u>珠深孕九重渊。 （奕绘《观海六首》）

(十九)黳

清诗语料库中含有颜色词"黳"的语料有1条,可归纳为1个义项。

---

① 宗福邦等主编.故训汇纂[Z].北京:商务印书馆,2003:1539.

义项1:黑色的。常用来修饰头发又黑又密,具有美感,例如:

例 9-70 朱颜瞬息改,鬒发须臾素。 (纳兰性德《效江醴陵杂拟古体诗二十首》)

该例中的"鬒发"即指具有美感的又黑又密的头发。

9.2 黑色范畴语用颜色词描写分析

(一)黛

"黛"本指古代女子用来画眉的青黑色的矿物颜料,在清诗中被用来表示像黛一样的青黑色。清诗语料库中含有语用颜色词"黛"的语料有 41 条,例如:

例 9-71 黛色苍茫里,携童试一过。 (英和《松林步月》)

例中的"黛色"指夜晚松林的青黑色。此外,"黛"还可以被表程度的"浅""微"等修饰,表现出语义颜色词的一些特点,例如:

例 9-72 远山浅黛如含笑,爽气朝酣宿雨晴。 (顾太清《端阳……病车中口占》)

(二)墨

"墨"本指人们写字绘画时所用的黑色颜料,在清诗中被用来表示像墨一样的黑色。清诗语料库中含有语用颜色词"墨"的语料有 40 条,例如:

例 9-73 如梯路向山头转,似墨云从箐底生。 (尹继善《和孙端人学使赠别韵》)

例 9-74 墨云一角钟山坳,忽然长幔将天包。 (袁枚《南楼观雨歌》)

例 9-75 无心垂墨绶,作意向疏篱。 (纳兰常安《里路过黔阳吟二章赠之》)

前两例中的"墨"都是用来修饰黑色的云,只不过后者与"云"直接结合,带有语义颜色词的特点,第三例中的"墨绶"指印钮上的黑色丝带,与语义颜色词的用法类似。

(三)鸦

"鸦"作为名物词是指一种全身多为亮黑色的鸟类,在清诗中被用来表示像乌

鸦羽毛一样带有光泽的黑色,多修饰人的鬓发。清诗语料库中含有语用颜色词"鸦"的语料有 8 条,例如:

例 9-76 **鸦**鬓翠腻云三绕,鸾镜光涵月一套。 (顾太清《以文拟闺词四题各限韵对镜簪花》)

例 9-77 可怜**鸦**色新盘髻,抹作巫山两道云。 (吴伟业《偶见二首其二》)

(四)漆

"漆"是落叶乔木,树皮内富含树脂,与空气接触后呈褐色,即"生漆",可制涂料,在清诗中被用来表示像漆器一样的亮黑色。清诗语料库中含有语用颜色词"漆"的语料有 4 条,例如:

例 9-78 风吹县官面似**漆**,太阳赫赫烧衣裳。 (袁枚《捕蝗曲》)

该例中的"漆"即指晒黑发亮的面部颜色。

(五)铁

"铁"本指一种灰黑色的金属,在清诗中被用来表示像铁一样的灰黑色。清诗语料库中含有语用颜色词"铁"的语料有 2 条,例如:

例 9-79 **铁**色精且坚,足抵青琅玕。 (袁枚《黄岩阻雨……游城外委羽山》)

该例中的"铁色"即用来表示雨中山的灰黑色。

(六)栗

"栗"作为名物词是指一种坚果,其外壳为紫黑色。在清诗中被用来表示像栗子壳一样的紫黑色,共有 1 条语料,例如:

例 9-80 茧形**栗**色小刓团,老蔓如蛇上树蟠。 (文昭《自题画册二首胡芦》)

该例中的"栗色"用来指葫芦的紫黑色。

由上可见,语用颜色词本身表示名物,在清诗中临时用来表示颜色,因此只有一个义项。有的语用颜色词(如铁、栗)的临时表色性比较明显,语料也比较少;有的语用颜色词(如黛、墨)可以直接修饰事物,并且可以被表示程度的"微"和"浅"等修饰,体现出一定语义颜色词的用法特点。此外,黑色范畴的五个语用颜色词,在清诗语料中都有"颜色词+色"的组合形式,如铁色、墨色等。这些都丰富了清诗颜色词的使用形式,体现出语用颜色词向语义颜色词转化的趋势。实际上从历史角度来看,语义颜色词也大多来自于表事物的词语,具有"借物呈色"的特点。

9.3 黑色范畴复音节颜色词描写分析

9.3.1 由"黑"构成的复音节颜色词

表 31 由"黑"构成的复音节颜色词描写分析

颜色词	出现次数	例句	意义
昏黑	5	昏黑生烟雾	指光线不足造成的天色黑暗。
漆黑	3	漆黑不比涂鸦粗	形容颜色极黑。
纯黑	1	纯黑色无二	指没有掺杂其他颜色的深黑色。
黝黑	1	黝黑声訇稜	指青黑色。
黑淋淋	1	怒研徽墨黑淋淋	形容液体的黑。
黑洞洞	1	两头黑洞洞	形容黑暗的样子。

9.3.2 由"黛"构成的复音节颜色词

表 32 由"黛"构成的复音节颜色词描写分析

颜色词	出现次数	例句	意义
青黛	2	或黄、或白、或紫或青黛	指青黑色。
浅黛	1	远山浅黛如含笑	指浅青黑色。

9.3.3 由"墨"构成的复音节颜色词

由"墨"构成的复音节颜色词只有一个,即"淡墨",共出现 3 次,如"古柏荒祠叫暮鸦,春云淡墨压平沙",其中的"淡墨"表示淡灰黑色。

9.3.4 由"乌"构成的复音节颜色词

由"乌"构成的复音节颜色词也只有一个,即"纯乌",共出现 1 次,如"纯乌粧蜀锦,一味服隃糜"。"纯乌"表示不掺杂其他颜色的黑色。

9.4 黑色范畴含彩词语描写分析

在本书语料库中,出现次数多于十次的带有"青(黑)"的含彩词语只有"青眼"。

青眼:共出现 16 次,指对人喜爱或器重。"青眼"来源于阮籍能为青白眼的典故,人正视事物时黑色的眼珠在眼眶中间,因此"青眼"表示喜爱或重视,它与表示轻视的"白眼"相对。例如:

例 9-81 <u>青眼</u>予何好,白眼予何恶。 (纳兰性德《效江醴陵杂拟古体诗二十首》)

例 9-82 惭非国士蒙<u>青眼</u>,惜傍龙门已白头。 (袁枚《到清江赠李香林先生》)

9.5 黑色范畴颜色词对比分析

在黑色范畴颜色词语义描写分析的基础上,本节我们对该范畴颜色词进行对比分析,主要涉及颜色词语义显著度、颜色词语义广义度、颜色词色彩属性三个部分。

9.5.1 黑色范畴颜色词语义显著度分析

黑色范畴颜色词共有 25 个成员,其中包含 19 个单音节语义颜色词和 6 个语用颜色词,根据颜色词的出现频率,它们各自的语义显著度如表 33 所示:

表 33 黑色范畴颜色词成员语义显著度

颜色词类型	颜色词	义项总数	语义显著度最高的义项	所占比例
语义颜色词	黑	9	像墨或煤的颜色。	71.8%
	青(黑)	1	黑色的或青黑色的	100%
	乌	2	暗而浅的黑色	68.1%
	苍(黑)	1	青黑色的	100%
	玄	6	赤黑色的,后泛指黑色的	39.7%
	黯	3	因光线昏暗而呈现出的黑色	55%
	绿(黑)	1	黑色的	100%
	翠(黑)	1	带有光泽的黑色	100%
	骊	1	纯黑色的	100%
	皂	2	黑色的	76.9%
	缁	2	浅紫黑色的	75%
	黔	1	黑色的	100%
	黎(黧)	1	黑中带黄的颜色	100%
	黝	1	浅青黑色的	100%
	卢	1	黑色的	100%
	骓	1	黑色的	100%
	焦	1	黄黑色的	100%
	元	1	黑色的	100%
	冀	1	黑色的	100%
语用颜色词	黛	1	像黛一样的青黑色	100%
	墨	1	像墨一样的黑色	100%
	鸦	1	像乌鸦羽毛一样带有光泽的黑色	100%
	漆	1	指像漆器一样的黑亮色。	100%
	铁	1	像铁一样的灰黑色	100%
	栗	1	像栗子壳一样的紫黑色	100%

由上表可以看出,黑色范畴各颜色词语义显著度最高的义项都是表示黑色。语用颜色词和大部分语义颜色词基本上只有一个义项，因此语义显著度最高的义项就是表示黑色的义项。“玄”和“黯”显著度最高的表色义项所占的比例相对较低,都没有超过 60%,这说明二者表黑色的用法已相对减少,与颜色义项有关的其他用法逐渐增多。有些颜色词甚至会失去表颜色的义项,例如“幽”,“至迟在东汉,幽、黝已经完成了替换,幽的颜色义被黝替代”,在清诗颜色词语料库中我们也没发现一例“幽”表示颜色的用法。

9.5.2 黑色范畴颜色词语义广义度分析

黑色范畴颜色词各成员的语义广义度如表 34 所示：

表 34 黑色范畴颜色词成员语义广义度

颜色词类型	颜色词	语义类							
		天象类	地理类	人体类	植物类	动物类	服饰类	建筑类	日用类
语义颜色词	青(黑)(146)		4.1%	35.6%		21.9%	4.1%	0.5%	33.5%
	指向示例		铁	鬓		蝇	裙	墙	琴
	黑(117)	25.6%	26.5%	15.4%	2.6%	12.8%	2.6%	6.8%	7.7%
	指向示例	雾	石	须	树	貂	衣	窗	稍
	乌(98)	9.1%	5.8%	2.9%	6.7%	30.4%	37.3%		7.8%
	指向示例	云	石	头	柏	骓	靴		船
	苍(黑)(98)			79.6%		20.4%			
	指向示例			头		鹰			
	玄(31)	9.7%		16.1%		41.9%	9.7%		22.6%
	指向示例	云		发		鹤	裳		珠
	绿(黑)(30)			93.3%		6.7%			
	指向示例			鬓		熊			
	黯(22)	18.2%	22.7%	9.1%	13.6%			13.6%	22.8%
	指向示例	云	波	颜	菊			楼	滴漏

续表

颜色词类型	颜色词	语义类							
		天象类	地理类	人体类	植物类	动物类	服饰类	建筑类	日用类
语义颜色词	翠(黑)(17)		21.4%	28.6%					50%
	指向示例		峰	眉					墨
	骊(15)					66.7%			33.3%
	指向示例					驹			珠
	皂(10)					40%	40%		20%
	指向示例					雕	帽		囊
	黔(10)			80%		10%	10%		
	指向示例			貌		鲦	袜		
	缁(9)			22.2%	22.2%		55.6%		
	指向示例			须	花		衣		
	黎(黧)(4)			75%					25%
	指向示例			面					酒壶
	黝(4)		50%	25%					25%
	指向示例		石	眼					鼓
	卢(3)		100%						
	指向示例		沟						
	镞(3)								100%
	指向示例								矢
	焦(2)			50%		50%			
	指向示例			颜色		牛犊			
	元(2)								100%
	指向示例								珠
	冀(1)			100%					
	指向示例			发					
	黛(41)	2.4%	51.2%	31.7%	14.7%				

续表

颜色词类型	颜色词	语义类							
		天象类	地理类	人体类	植物类	动物类	服饰类	建筑类	日用类
语用颜色词	指向示例	烟	峰	鬟	松				
	墨(40)	60%	5%		12.5%	7.5%			15%
	指向示例	云	浪		梅	蝇			绶
	鸦(8)					100%			
	指向示例			鬟					
	漆(4)					100%			
	指向示例			眼					
	铁(2)		100%						
	指向示例		山						
	栗(1)				100%				
	指向示例				葫芦				

由上表所见,黑色范畴中颜色词"黑"在表示颜色义时,其语义指向全部八种语义类,说明"黑"在该范畴颜色词中的广义度最高,这也从一个侧面说明"黑"作为黑色范畴原型颜色词的合理性。颜色词"乌"的广义度也比较高,其语义指向除建筑类外的七种语义类,但是主要集中在动物类和服饰类,因此语义广义度不如"黑"高。

此外,语料数量多的颜色词一般广义度也高,但是也有例外,比如语义颜色词"黯"表颜色义的语料只有 22 条,但是能够指向多达六种语义类,而"苍(黑)"有 98 条语料,却只能指向两种语义类。语用颜色词中的"墨"也是如此,能指向五种语义类型,能被"浅"等形容词修饰,具有了语义颜色词的一些用法。

9.5.3 黑色范畴颜色词色彩属性分析

黑色范畴颜色词成员色彩属性如下表所示:

表 35 黑色范畴颜色词成员色彩属性比较表

颜色词类型	颜色词	浓度值	亮度值	辅色	其他内容
语义颜色词	黑	0	0		原型颜色词
	乌	1⁻	1⁻		
	青(黑)	0	0	±[青色]	
	苍(黑)	0	0	[青色]	
	玄	0	0	[赤色]	
	黳	1⁺	1⁻		
	绿(黑)	0	1⁺		有光泽,常用来修饰鬓发
	翠(黑)	0	1⁺	[青色]	有光泽
	骊	0	0		
	皂	0	0	[灰色]	
	缁	1⁻	0	[紫色]	
	黔	0	0		
	黎(黧)	0	0	[黄色]	
	黝	1⁻	0	[青色]	
	卢	0	0		
	骉	0	0		常用来修饰弓
	焦	0	0	[黄色]	"玄"的避讳形式
	元	0	0	[赤色]	
	鬒	0	0		有美感,常用来修饰稠密的黑发
语用颜色词	黛	0	0	[青色]	
	墨	0	0		
	鸦	0	1⁺		有光泽,常用来修饰鬓发
	漆	0	1⁺		有光泽
	铁	1⁻	0	[灰色]	
	栗	0	0	[紫色]	

第 10 章　白色范畴颜色词语义描写分析

在清诗颜色词语料库中,白色范畴颜色词的语料数为 3141 条,是七大颜色范畴中最多的。该范畴颜色词成员共有 24 个,其中单音节语义颜色词 10 个,语用颜色词 14 个。"白"在白色范畴颜色词中出现的次数最多,为 1868 次,它在白色范畴颜色词中的显著程度最高,应当为该范畴的原型颜色词。白色范畴语用颜色词数量也较多,总出现次数多达 680 次,可见白色范畴语用颜色词表色能力比较突出。

10.1 白色范畴语义颜色词描写分析

(一)白

清诗语料库中含有颜色词"白"的语料有 1868 条,可归纳为 9 个义项。

义项 1:形容颜色像霜或雪。在诗句中用作形容词,修饰各类事物,共有 1556 条语料,占含"白"语料总数的 83.3%,为原型义。

例 10-1　谁肯栽培木一章,黄泥亭子白茅堂。　(龚自珍《己亥杂诗第二十四首》)

例 10-2　溪边随事有桑麻,白石参差类犬牙。　(文昭《宿独树村》)

例 10-3　高堂白发在,归心时忡忡。　(袁枚《寄雅抚军》)

例 10-4　总为先朝怜白象,岂知今日误黄巾。　(吴伟业《洛阳行》)

前例中的"白茅"指一种叶茎顶端长有白色毛穗的植物,古代平民多用来铺盖房屋,有遮雨的作用。第二例中的"白石"指白色的石头,第三例中的"白发"整体转

喻头发花白的父母,最后一例中的"白象"指白色的大象。这四例中的"白"都是表示白色的意思。又如:

例10-5 西山翠屏插天起,太湖白浪升堂来。 (袁枚《六十看梅邓尉……题诗留赠》)

例10-6 白波侵旧岸,碧树插清湍。 (纳兰常安《由章江……因易小艇》)

例10-7 裕衣沾白露,深草起青磷。 (顾太清《东山杂诗九首》)

纯净的波浪和露水等事物本身没有颜色,但是它们在阳光的照射下给人的感觉是白色的,故用颜色词"白"对其进行修饰。

义项2:光线明亮的。共有44条语料,占含"白"语料总数的2.4%。例如:

例10-8 城上黑云屯,城下白昼昏。 (岳端《入塞曲》)

例10-9 烛影摇红终不白,柴家兄弟近如何。 (顾太清《己未十二月初二……香头记之》)

两例中的"白"都是光线明亮的意思。

义项3:白色。在诗句中用作名词,共有60条语料,占含"白"语料总数的3.2%。例如:

例10-10 下照万山一片白,有人看月万山中。 (纳兰常安《中秋广武山看月》)

例10-11 山花受月红成白,池水如人浅不深。 (袁枚《仿剑南小体诗》)

义项4:变白,使……变白。在诗句中常用作动词,共有105条语料,占含"白"语料总数的5.6%。例如:

例10-12 问比昔年台宕返,髭须又白几多些? (袁枚《留别杭州故人》)

例10-13 孤花红远浦,一鹭白遥天。 (纳兰常安《伫看》)

前例中的"白"指"变白",后例中的"白"的意思是"使……变白"。

义项5:具有白色属性特征的事物。共有46条语料,占含"白"语料总数的2.5%。

1.指白色的花。例如:

例10-14 一川风露自春秋,千朵白红谁甲乙。 (顾太清《荷花生日……漫成四律》)

例 10-15　淡白娇红映晓霞,虞分姿格不争差。　（纳兰常安《虞美人》）

该例中的"白"转喻白色的荷花,后例中的"白"指白色的虞美人花。

2.指白色的鱼。例如:

例 10-16　红鳞金陆离,白小影摇曳。　（袁枚《玉泉观鱼》）

3.指白发。例如:

例 10-17　令伯亲垂白,中郎女及笄。　（吴伟业《途中……即事言怀》）

例 10-18　年颜渐老鬓添白,冷淡如初菊又黄。　（纳兰常安《病中玩菊》）

4.指白色的大米。例如:

例 10-19　共饮仓中一勺水,顷刻白粲成青铜。　（袁枚《南漕叹》）

义项 6:空无的。共有 21 条语料,例如:

例 10-20　早破城中数百家,芦田白售无人问。　（吴伟业《芦洲行》）

例 10-21　白描高手追魂笔,留住南朝一朵云。　（袁枚《和李松云太守重修莫愁湖诗》）

例 10-22　风定青松院,人敲白板门。　（文昭《春日即事》）

前例中的"白"指没有补偿的、廉价的,"白售:廉价出售。"①第二例中的"白"指没有修饰的,"白描"是指绘画中仅用墨线勾勒,不加颜色渲染的画法。后例中的"白"指门板没有涂漆而露出本来的颜色。

义项 7:纯洁高尚的。常用作形容词,共有 14 条语料。例如:

例 10-23　持躬居廉白,生产资禄俸。　（英和《哭故少司农额八约斋》）

该例中的"白"是指人品性的纯洁高尚。

义项 8:清楚明了的。共有 12 条语料,例如:

例 10-24　精神直与松筠匹,坦白襟怀总如一。　（尹继善《娄毓青……为赋长歌》）

例 10-25　楚金非之作系辞,部居别白穷锱铢。　（袁枚《谦斋印谱歌》）

两例中的"白"都指清楚的、明了的。

义项 9:五行文化中与西方或秋季相对应的颜色。这是社会文化赋予"白"的意

---

① （清）吴伟业著,叶君远选注.吴梅村诗选[M].北京:人民文学出版社.2000:151.

义,共有10条语料。例如:

例10-26 人情应笑青云改,版籍全归<u>白</u>帝封。 (袁枚《咏雪》)

例10-27 凉风鸣<u>白</u>藏,四望正苍苍。 (纳兰常安《秋色》)

在中国古代的五行思想中,"白"与"西方"和"秋季"等相配。前例中的"白帝"指的是古代五天帝之一的西方之神,后例中的"白藏"指秋季。

(二)素

清诗语料库中含有颜色词"素"的语料有260条,可归纳为8个义项。

义项1:白色的。在诗句中用作形容词,修饰各类事物,共有115条语料,占含"素"语料总数的44.2%,为原型义。例如:

例10-28 谁识寒女与<u>素</u>丝,<u>素</u>丝掩映寒女姿。 (纳兰常安《白丝行》)

例10-29 偶探紫气出函关,不信新婚亦<u>素</u>冠。 (袁枚《秦中杂感》)

例10-30 垒罇泻露清珠晓,簟枕浮光<u>素</u>月凉。 (顾太清《回文四首》)

前例中的"素丝"原指未染色的、本色的丝,后泛指白丝。第二例诗句后作者自注曰:"秦人新婚亦戴白帽。"可见"素冠"在此指白色的帽子。后例中的"素月"指皎洁明亮的月亮,其给人的感觉也是白色的。三例中的"素"都是白色的意思。

义项2:白色的事物。共有37条语料,占含"素"语料总数的14.2%。例如:

例10-31 任教窗外成堆<u>素</u>,明日凭阑好细看。 (顾太清《雪夜围炉》)

例10-32 此处疑仙源,快意兼缁<u>素</u>。 (吴伟业《游石公归……天王寺看牡丹》)

前例中的"素"指白色的雪花,后例中的"缁"和"素"分别转喻僧人和俗人,因为僧侣平时所穿的衣服为"缁衣",而素衣是平常人所穿的衣服。

义项3:本色质朴的、不加修饰的。共有28条语料,占含"素"语料总数的10.8%。例如:

例10-33 <u>素</u>面肯为沧海客,白衣犹似避秦人。 (奕绘《敬瞻……白描观音像》)

例10-34 从古求贤贵拔茅,<u>素</u>门平进有英豪。 (袁枚《从古》)

前例中的"素"指本色的、不施加粉黛的,后例中的"素门"指未油漆的门,常指贫寒之士的住所。

义项 4：本心、本性。常用作名词，共有 16 条语料，占含"素"语料总数的 6.2%。例如：

例 10-35　此味既已尝，可以反吾素。　（袁枚《随园杂兴》）

例 10-36　村落参差势不齐，民情质朴安其素。　（纳兰常安《到黔》）

两例中的"素"都是本心、本性的意思。

义项 5：纯洁的、高尚的。共有 35 条语料，占含"素"语料总数的 13.5%。例如：

例 10-37　俗眼谁能识玉璞，素心久已托冰壶。　（多隆阿《闲情》）

例 10-38　身业先畴废，家风素德传。　（吴伟业《送王子彦南归四首其一》）

前例中的"素心"指纯洁的心地，后例中的"素德"指清白高尚的美德。

义项 6：向来、一向。常用作副词，共有 14 条语料，例如：

例 10-39　素爱名山如好友，又携好友赏名山。　（尹继善《再和袁子才游摄山韵》）

例 10-40　章公素晓青乌术，苦为慈亲谋丙穴。　（袁枚《章观察挂车山丙舍图》）

义项 7：空无的。共有 8 条语料，例如：

例 10-41　素王张三世，元始而麟终。　（龚自珍《题吴南芗东方三大图图为……曲阜圣陵》）

例 10-42　恩施格外已多端，日咏河干愧素餐。　（纳兰常安《恩赐食物》）

前例中的"素王"是对孔子的尊称，指其有帝王之德，但并不在位。后例中的"素餐"指无功而食，"素"同样指空无的。

义项 8：五行文化中与秋天相对应的颜色。共有 7 条语料，例如：

例 10-43　白下风烟接素秋，三年鸿爪纪同游。　（袁枚《送上元令……兼呈其五兄悟仙》）

例 10-44　丹桂当风香次第，素商应律夜凄清。　（岳端《无题五首》）

两例中的"素秋"和"素商"都是指秋季的意思，"秋"在五行文化中属金，对应的颜色是白色。

（三）苍(白)

清诗语料库中含有颜色词"苍(白)"的语料有 132 条，可归纳为 2 个义项。

义项 1:灰白色的。在诗句中用作形容词,主要修饰人的毛发,共有 79 条语料,占含"苍(白)"语料总数的 59.8%,为原型义。例如:

例 10-45　先生今鹤发,弟子亦<u>苍</u>须。　（袁枚《投尹六公子似村》）

例 10-46　浊酒如淮歌慷慨,<u>苍</u>髯似戟论纵横。　（吴伟业《赠淮抚沈公清远》）

两例中的"苍"都是指人毛发花白的颜色。

义项 2:苍老的。共有 53 条语料,占含"苍(白)"语料总数的 40.2%。例如:

例 10-47　停骖笑向<u>苍</u>颜问,比岁西成果若何。　（尹继善《恭和御制清和道中杂咏元韵》）

毛发花白的人多是老人,所以"苍"进一步发展出苍老的意思。前例中的"苍颜"指苍老的容颜,整体转喻老人。

(四)皎

清诗语料库中含有颜色词"皎"的语料有 63 条,可归纳为 2 个义项。

义项 1:洁白明亮的。在诗句中用作形容词,主要修饰月亮,共有 47 条语料,占含"皎"语料总数的 74.6%,为原型义。例如:

例 10-48　<u>皎</u>月斜辉度绮窗,不眠子夜照银缸。　（岳端《分赋晚秋》）

例 10-49　大江浮天月<u>皎皎</u>,小舟系树风丝丝。　（袁枚《闲遣》）

两例中的"皎"都是指月亮的洁白明亮。此外,"皎"还可以指其他事物的洁白明亮,例如:

例 10-50　离离梅绽蕊,<u>皎皎</u>鹤梳翮。　（龚自珍《纪游》）

例 10-51　盈筐<u>皎皎</u>如霜雪,何必殷红斗陆离。　（纳兰常安《白丝行》）

前例中的"皎皎"指白鹤羽毛洁白明亮,后例中的"皎皎"指白丝的洁白明亮。这四例中的"皎"都是洁白的意思,并且亮度比较高。

义项 2:纯洁的、高尚的。共有 15 条语料,占含"皎"语料总数的 25.4%。例如:

例 10-52　寸心如月<u>皎</u>,万事随风旋。　（袁枚《送潘筠轩学士还会稽》）

例 10-53　宠利不居殚尽诚,其心<u>皎</u>如白日朗。　（英和《普度寺》）

两例中的"皎"都是指人心灵的纯洁高尚。

(五)皓

清诗语料库中含有颜色词"皓"的语料有 47 条,可归纳为 2 个义项。

义项 1：洁白明亮的。在诗句中用作形容词，主要修饰月亮共有 43 条语料，占含"皓"语料总数的 91.5%，为原型义。例如：

例 10-54　皓月迟迟相照处,满池花影伴幽人。　（顾太清《次日云姜书来……成诗五首》）

例 10-55　入夜溪山静,遥空皓魄生。　（纳兰常安《对月》）

前例中的"皓"指月光洁白明亮,后例中的"皓魄"本指明亮有光,在此整体转喻月亮。又如：

例 10-56　中山有女娇无双,清眸皓齿垂明珰。　（吴伟业《听女道士下玉京弹琴歌》）

例 10-57　红日一丈柴门开,庞眉皓首两叟来。　（袁枚《许沧亭观察……喜作两叟歌》）

前例中的"皓"指牙齿的洁白明亮,后例中的"皓"指老人头发既白又有光泽。

义项 2：老翁。共有 4 条语料,占含"皓"语料总数的 8.5%。例如：

例 10-58　少微无光客星暗,四皓衣冠只如此。　（吴伟业《退谷歌》）

该例中的"四皓"指"秦末隐居商山的东园公、甪里先生(甪,一作角)、绮里季、夏黄公。四人须眉皆白,故称商山四皓"[①]。后来,泛指隐居不仕、年高望重的人。

(六) 华

清诗语料库中含有颜色词"华"的语料有 43 条,可归纳为 1 个义项。

义项 1：灰白的。在诗句中用作形容词,修饰人的头发。例如：

例 10-59　萧萧华发不胜簪,明岁应为周甲吟。　（尹继善《自嘲二首》）

例 10-60　台星方熠熠,玄发未华颠。　（袁枚《赠希裴观察四十韵》）

两例中的"华"都指人的头发斑白的颜色。

(七) 皤

清诗语料库中含有颜色词"皤"的语料有 20 条,可归纳为 1 个义项。

义项 1：白色的。在诗句中常用作形容词,修饰人的鬓发。例如：

例 10-61　罗施将三载,赢得两鬓皤。　（纳兰常安《中秋卧病口占》）

[①] 详见《汉语大词典》第 3 卷(上)592 页"四皓"词条。

例 10-62 有妻宛尔香骢驮,有母皤然板舆护。 (袁枚《送裘叔度同年归亲》)

两例中的"皤"都指老人鬓发的白色。

(八)缟

清诗语料库中含有语用颜色词"缟"的语料有 15 条,可归纳为 2 个义项。

义项 1:白色的。在诗句中常用作形容词,共有 11 条语料,占含"缟"语料总数的 73.3%,为原型义。例如:

例 10-63 卮酒洒荒郊,缟衣泣少妇。 (纳兰性德《杂诗七首》)

例 10-64 霜林披缟色,天籁共悲鸣。 (文昭《大行皇太后挽歌词三章》)

前例中的"缟衣"指古代居丧或遭其他凶事时所穿的白色衣服,后例中的"缟色"也指树木因带霜而显露出白色。

义项 2:白色的事物。共有 4 条语料,占含"素"语料总数的 26.7%。例如:

例 10-65 恸哭六军俱缟素,冲冠一怒为红颜。 (吴伟业《圆圆曲》)

例中的"缟素"指白色的丧服。

(九)皑

清诗语料库中含有颜色词"皑"的语料有 8 条,可归纳为 1 个义项。需要说明的是,这 8 条语料中的"皑"都是重叠式用法,即用作"皑皑"。

义项 1:洁白明亮的。在诗句中常用作形容词,例如:

例 10-66 采采黄花餐落英,皑皑白雪泛茶铛。 (纳兰常安《守愚歌》)

例 10-67 灵囿鹿麌麌,灵台鹤皑皑。 (纳兰性德《效江醴陵杂拟古体诗二十首》)

前例中的"皑皑"分别指白雪和白鹤羽毛的洁白。

(十)皙

清诗语料库中含有颜色词"皙"的语料有 5 条,可归纳为 1 个义项。

义项 1:白色的。常指人的皮肤白净,具有美感。例如:

例 10-68 道逢五侯骑,顾皙为卿兄。 (吴伟业《吴门遇刘雪舫》)

10.2 白色范畴语用颜色词描写分析

(一)银

"银"本指古代一种带有光泽的贵重金属,又称"白金",在清诗中被用来表示像银一样的亮白色。清诗语料库中含有语用颜色词"银"的语料有205条,例如:

例10-69 恍惚澄江铺白练,依微云汉翻<u>银</u>涛。 (纳兰常安《中秋夜小集一泉亭即事》)

例10-70 虹梁初卧地,<u>银</u>海不通潮。 (袁枚《雪桥十二韵》)

前例中的"银涛"指明月映照下的银白色的波涛,后例中的"银"指积雪的亮白色,"银海"指大量的积雪。

(二)玉(白)

"玉"为一种有光泽的,略透明的宝石,其色偏绿或偏白,我们分别将其表示为"玉(绿)"和"玉(白)"。"玉(白)"在清诗中被用来表示像玉一样的白色,具有一定的美感。清诗语料库中含有语用颜色词"玉(白)"的语料有108条,例如:

例10-71 控缰回<u>玉</u>腕,舞袖露水肤。 (奕绘《明妃曲一百韵》)

例10-72 扫地静焚香,侍者颜如<u>玉</u>。 (袁枚《遣怀》)

两例中的"玉"都指人皮肤的白皙光润。

(三)霜

"霜"指接近地面的水蒸气在摄氏零度以下时凝结成的微细冰粒,在清诗中被用来表示像霜一样的亮白色,清诗语料库中含有语用颜色词"霜"的语料有100条,例如:

例10-73 延陵卓子驭马猛,前有<u>霜</u>刃后有梃。 (袁枚《延陵马》)

例10-74 <u>霜</u>髯见锋骨,老将东瓯汤。 (吴伟业《过南厢园叟感赋八十韵》)

前例中的"霜刃"指亮白色的锋利的刀刃,后例中的"霜髯"指白色的胡须。

(四)粉

"粉"为古代女子妆饰用的粉末,多为白色。在清诗中被用来表示像粉一样的白色,清诗语料库中含有语用颜色词"粉"的语料有96条,例如:

例10-75 小眼红窗初见月,及肩粉壁半藏林。 (文昭《春雨晚晴时修葺屋宇粗了》)

例10-76 可怜思妇楼头柳,认作天边粉絮看。 (吴伟业《圆圆曲》)

前例中的"粉壁"指白色的墙壁,后例中的"粉絮"指白色的柳絮。

(五)雪

"雪"指天空中的水蒸气在摄氏零度以下时凝结成的白色结晶体,在清诗中被用来表示像雪一样的亮白色,清诗语料库中含有语用颜色词"雪"的语料有88条,例如:

例10-77 诗坛文社皆陈迹,雪鬓霜髯各半生。 (英和《喜晤继莲龛总戎》)

前例中的"雪鬓"即指雪白色的鬓发。

(六)丝

"丝"本指蚕丝,在清诗中被用来表示像蚕丝一样的亮白色,多用来修饰鬓发。清诗语料库中含有语用颜色词"丝"的语料有39条,例如:

例10-78 愁见绛帷卢子干,季长丝鬓已苍浪。 (袁枚《过锡山访嵇少宰不值》)

该例中的"丝鬓"即指白色带有光泽的鬓发。

(七)鹤

"鹤"本指一种鸟类,羽毛颜色多为白色。在清诗中被用来表示像白鹤羽毛一样的雪白色,清诗语料库中含有语用颜色词"鹤"的语料有14条,全都修饰"发"。例如:

例10-79 真人号铁竹,鹤发长生客。 (纳兰性德《送施尊师归穹窿》)

(八)秋

"秋"本指秋季,在五行文化中与白色相对应。"秋"在清诗中被用来表示秋季所代表的白色,清诗语料库中含有语用颜色词"秋"的语料有11条,例如:

例10-80 秋肌出钏凉珑松,梦不堕少年烦恼丛。 (龚自珍《能令公少年行》)

例 10-81 客散我有思,伫立瞻**秋**河。　（敦诚《九日宜闲馆……兼有感怀》）

前例中的"秋肌"指白皙的肌肤,后例中的"秋河"指银河,即晴天夜晚天空中呈现的银白色的光带,看起来像一条河,实际上是由无数恒星组成的。两例中的"秋"都指秋季所代表的白色。

(九)星星

"星星"本指夜晚天空中闪烁发光的天体,在清诗中被用来表示细而小的白点儿,特别是须发花白的样子,共有 7 条语料,例如:

例 10-82　才看青青色,旋露**星星**貌。　（袁枚《染须》）

例 10-83　蟾光皎皎翻林影,萤火**星星**隐稻花。　（奕绘《明妃曲一百韵》）

(十)冰

"冰"本指水因冷而凝结的固体,在清诗中被用来表示像冰一样的白色,清诗语料库中含有语用颜色词"冰"的语料有 5 条,例如:

例 10-84　控缰回玉腕,舞袖露**冰**肤。　（奕绘《明妃曲一百韵》）

该例中的"冰肤"指年轻女子洁白温润的皮肤。

(十一)绵

"绵"本指白色蚕丝结成的片或团,在清诗中被用来表示像丝绵一样的白色,共有 3 条语料,例如:

例 10-85　四壁新糊白似**绵**,幽居如在白云边。　（文昭《午窗乐事》）

该例突出了"绵"表示颜色的属性。

(十二)藕丝

"藕丝"本指藕中的纤维,在清诗中被用来表示像藕丝一样的纯白色。唐代李贺的《天上谣》:"粉霞红绶藕**丝**裙,青洲步拾兰苕春。"叶葱奇注曰:"藕丝即纯白色。"[①]清诗语料库中含有语用颜色词"藕丝"的语料有 2 条,例如:

例 10-86　风鬟雨带**藕丝**裙,素手传笺寄暮云。　（袁枚《题柳毅祠》）

(十三)雪兰

"雪兰"本指一种兰草,其花色多为白中带微红,在清诗中被用来表示像雪兰花

[①] 详见《汉语大词典》第 9 卷(上)600 页"藕丝"词条。

一样的白中带微红的颜色。清诗语料库中含有语用颜色词"雪兰"的语料有 1 条,例如:

例 10-87 仙荔红香刚我到,雪兰肤色与卿同。 (袁枚《寄钟姬》)

(十四)纸

"纸"在清诗中被用来表示像宣纸一样的米白色,共有 1 条语料。例如:

例 10-88 拍拍群鸥扶浪起,彼此相看面如纸。 (袁枚《夜渡彭蠡风浪大作》)

作者和朋友因乘船遇风浪,受到惊吓,面色煞白,例中突出了"纸"表颜色的属性。

10.3 白色范畴复音节颜色词描写分析

10.3.1 由"白"构成的复音节颜色词

表 36 由"白"构成的复音节颜色词描写分析

颜色词	出现次数	例句	意义
白皙	10	少年白皙翩翩者	表示人的皮肤洁白细润,具有美感。
淡白	5	晓日初升犹淡白	指彩度较低的白色。
雪白	5	竹根雪白延晴光	指像雪那样的白色。
斑白	4	怀中襁抱今斑白	指头发黑白相杂。
洁白	4	晶莹洁白才入仓	指洁净的白色。
纯白	3	白羽之白非纯白	指未掺杂其他颜色的白色。
浅白	2	浅白轻红媚玉除	指彩度较低的白色。
镶白	1	镶白认旗色	清代八旗之一,旗色白色镶红。
粉白	1	粉白何如雪白	指像化妆用的白粉一样的白色。
白皑皑	4	涧冰白皑皑	形容霜、雪、冰等洁白。

10.3.2 由"苍(白)"构成的复音节颜色词

表 37 由"苍(白)"构成的复音节颜色词描写分析

颜色词	出现次数	例句	意义
斑苍	2	勿徒须鬓矜斑苍	指须发花白。
苍浪	5	季长丝鬓已苍浪	指须发花白。

10.3.3 由"素"构成的复音节颜色词

在清诗语料库中,由"素"构成的复音节颜色词只有一个,即"纯素",共出现 1 次,如"欲以希知生郑重,故因纯素得芳馨"。其中的"纯素"指未掺杂其他颜色的白色。

10.3.4 由"粉"构成的复音节颜色词

表 38 由"粉"构成的复音节颜色词描写分析

颜色词	出现次数	例句	意义
淡粉	1	淡粉嫣红手自栽	指带有些许红色的浅白色。
轻粉	1	落来轻粉粘书帙	指带有些许红色的浅白色。

10.4 白色范畴含彩词语描写分析

在本书语料库中,带有"白"的含彩词语主要有以下几个:

白骨:共出现 49 次,主要意思有两个。

1.指尸骨,枯骨。例如:

例 10-89 我乃弯弓射杀之,但见撑天白骨光皢皢。 (袁枚《泛海行为林为山题画》)

例中的"白骨"即指死人的骨头。

2.人死之后尸身腐烂，只留下白色的骨头，因此"白骨"在清诗中常转喻死去的人。例如：

例 10-90　八十慈亲扶白骨，一群稚子哭黄昏。　（袁枚《哭侍御王星望先生》）

例 10-91　黄泉母子痛，白骨弟兄殇。　（吴伟业《思陵长公主挽词》）

白眼：共出现 11 次，同"青眼"一样，都来源于阮籍能为青白眼的典故。人在斜视时，眼睛露出较多的白色部分，因此"白眼"表示轻视或厌恶。例如：

例 10-92　黄金议买价难定，白眼相看驭者谁？　（袁枚《骏马行》）

白屋：共出现 10 次，指不施色彩、露出本材本色的房屋，也有人认为是指白茅覆盖的房屋，为古代平民或寒士所居。①例如：

例 10-93　白屋雨声清，披衣坐四更。　（英和《深夜听雨》）

该诗为作者发配黑龙江时所作，因官职被革除，因此称自己所居住的房屋为"白屋"。

10.5 白色范畴颜色词对比分析

在白色范畴颜色词语义描写分析的基础上，本部分我们对该范畴颜色词成员进行对比分析，主要涉及颜色词语义显著度、颜色词语义广义度、颜色词色彩属性三个部分。

10.5.1 白色范畴颜色词语义显著度分析

白色范畴颜色词共有 24 个成员，其中包含 10 个单音节语义颜色词和 14 个语用颜色词，根据颜色词的出现频率，它们各自的语义显著度如表 39 所示：

---

① 详见《汉语大词典》第 8 卷 186 页"白屋"词条。

表 39 白色范畴颜色词成员语义显著度

颜色词类型	颜色词	义项总数	语义显著度最高的义项	所占比例
语义颜色词	白	9	像霜或雪的颜色	92.1%
	素	8	白色的	44.2%
	苍(白)	2	灰白色的	59.8%
	皎	2	洁白明亮的	74.6%
	皓	2	洁白明亮的	91.5%
	华	1	灰白的	100%
	皤	1	白色的	100%
	缟	1	白色的	73.3%
	皑	1	洁白明亮的	100%
	晳	1	白色的	100%
语用颜色词	银	1	像银一样的亮白色	100%
	玉(白)	1	像玉一样的白色	100%
	霜	1	像霜一样的亮白色	100%
	粉	1	像粉一样的白色	100%
	雪	1	像雪一样的亮白色	100%
	丝	1	像蚕丝一样的亮白色	100%
	鹤	1	像白鹤羽毛一样的雪白色	100%
	秋	1	秋季所代表的白色	100%
	星星	1	表示细而小的白点儿	100%
	冰	1	像冰一样的白色	100%
	绵	1	像丝绵一样的白色	100%
	藕丝	1	像藕丝一样的纯白色	100%
	雪兰	1	像雪兰花一样的白中带微红的颜色	100%
	纸	1	像宣纸一样的米白色	100%

由上表可以看出,白色范畴各颜色词语义显著度最高的义项都是表示白色。其中颜色词"素"表白色义的显著度比较低,只有 44.2%,这说明该颜色词表示白色的用法已相对减少,与颜义项有关的不表白色的用法逐渐增多,与此类似的还有"苍(白)"。

10.5.2 白色范畴颜色词语义广义度分析

白色范畴颜色词各成员的语义广义度如表 40 所示:

表 40 白色范畴颜色词成员语义广义度

颜色词类型	颜色词	语义类							
		天象类	地理类	人体类	植物类	动物类	服饰类	建筑类	日用类
语义颜色词	白(1721)	27.1%	9.8%	40.3%	5.8%	10.1%	2.2%	3.3%	1.4%
	指向示例	云	石	骨	草	马	衣	塔	酒
	素(115)	16.5%	3.5%	14.8%	12.2%		27.8%	11.3%	13.9%
	指向示例	月	波	手	兰		冠	壁	车
	苍(白)(79)			100%					
	指向示例			须					
	皎(47)	85.1%				6.4%	8.5%		
	指向示例	月				鹤	绡		
	皓(43)	67.4%		30.2%			2.4%		
	指向示例	月		齿			绢		
	华(43)			100%					
	指向示例			鬓					
	皤(20)			100%					
	指向示例			发					
	缟(11)				6.7%		93.3%		
	指向示例				林		袂		
	皑(8)	50%		37.5%		12.5%			
	指向示例	雪		骨		鹤			

续表

颜色词类型	颜色词	语义类							
		天象类	地理类	人体类	植物类	动物类	服饰类	建筑类	日用类
	皙(5)			100%					
	指向示例			肤					
语用颜色词	银(205)	50.7%	16.6%	3.9%	3.4%	3.4%	0.9%		21.1%
	指向示例	天河	沙	鬓	木棉	鳞	袍		烛
	玉(白)(108)	6.5%	64.8%		18.5%	3.7%	1.9%		4.6%
	指向示例	雪		手	藕	燕	中单		烛
	霜(100)	14%		55%	3%	2%	5%		21%
	指向示例	月		鬓	草	毛	纨		灯光
	粉(96)			35.4%	12.5%	7.3%		38.5%	6.3%
	指向示例			腮	柳絮	蝶		壁	箧
	雪(88)	4.5%	10.2%	47.7%	18.2%	8%	2.3%		9.1%
	指向示例	月	浪	鬓	花	羽	丝		灯光
	丝(39)			100%					
	指向示例			鬓					
	鹤(14)			100%					
	指向示例			发					
	秋(11)	18.2%		63.6%			9.1%	9.1%	
	指向示例	天河		鬓			甲	洞房	
	星星(7)			100%					
	指向示例			发					
	冰(5)			100%					
	指向示例			肤					
	绵(3)	66.7%						33.3%	
	指向示例	霭						壁	
	藕丝(2)					100%			

续表

颜色词类型	颜色词	语义类							
^	^	天象类	地理类	人体类	植物类	动物类	服饰类	建筑类	日用类
语用颜色词	指向示例						裙		
^	雪兰(1)			100%					
^	指向示例			肤					
^	纸(1)			100%					
^	指向示例			面					

由上表所见,白色范畴中颜色词"白"在表示颜色义时,其语义指向全部八种语义类,说明"白"在该范畴颜色词中的广义度最高,这也从一个侧面说明"白"作为白色范畴原型颜色词的合理性。语义颜色词"素"的广义度也比较高,其语义指向除动物类外的七种语义类。语用颜色词"银"和"雪"的语义广义度也比较高,同样能指向七种类型的语义类。

从该表我们还能看出,白色范畴颜色词多指向人体类和天象类,如"白云""皓月""霜鬓""白骨"等,这些都是清诗中常常出现的意象。

10.5.3 白色范畴颜色词色彩属性分析

白色范畴颜色词成员色彩属性如表41所示：

表41 白色范畴颜色词成员色彩属性比较表

颜色词类型	颜色词	浓度值	亮度值	辅色	其他内容
语义颜色词	白	0	0		
^	素	0	0		
^	苍(白)	1−	0	[灰色]	
^	皎	0	1+		洁白
^	皓	0	1+		
^	华	1−	0	[灰色]	多用来修饰鬓发

续表

颜色词类型	颜色词	浓度值	亮度值	辅色	其他内容
语义颜色词	皤	0	0		多用来修饰鬓发
	缟	0	0		
	皑	0	1+		有光泽
	皙	0	0		具有美感
语用颜色词	银	0	1+		有光泽
	玉(白)	0	0		具有美感
	霜	0	1+		多用来修饰鬓发
	粉	0	0	±[红色]	
	雪	0	1+		多用来修饰鬓发
	丝	0	1+		多用来修饰鬓发
	鹤	0	0		多用来修饰头发
	秋	0	0		
	星星	1−	0	[黑色]	
	冰	0	0		
	绵	0	0		
	藕丝	0	0		
	雪兰	0	0	[红色]	
	纸	0	0	[黄色]	

10.6 清诗颜色词语义分析小结

在前面几章中,我们对清诗七大颜色范畴中的60个单音节语义颜色词、48个语用颜色词,以及构词形式比较固定的124个复音节颜色词进行了描写分析,下面我们简单作一总结。

10.6.1 颜色词语义描写分析

通过对上述颜色词和含彩词语进行描写分析,我们得到了以下结论或启示:

首先,我们在分析清诗颜色词语义时必须立足于诗句语境,诗句语境为颜色词意义的产生和理解提供了前提和线索。奥斯汀(1979)认为:"说一个词或短语'有意义'也就是说它们所在的句子'有意义';要想知道某个词或短语的意义,就需要知道它们所在句子的意义。"[1]结合诗句语境来理解颜色词语义,有助于发现颜色词语义的细微差别,体会文学语言含蓄典雅的艺术特点。

其次,我们在详细分析诗句中颜色词具体语境意义的基础上,进一步抽象概括出颜色词的义项。义项划分是词汇语义研究中的一个难题,胡明扬(1982)主张"在意义联系最薄弱的地方划分义项"[2],然而这一主张并不是一个客观的、容易操作的标准。因此本书在划分颜色词义项时,不仅参考了多部词典,还参考了大量诗歌集注以及色彩方面的专书等,尽量做到既详细准确描写出该颜色词的语义,又要使颜色词的义项具有一定的概括性,反映出颜色词在清诗中的语义特征。

此外,含彩词语分为保留颜色义的含彩词语与颜色义模糊的含彩词语两大类,前者中的颜色成分直接参与了含彩词语整体意义构成,含彩词语的意义可以看作是其构成部分的意义之和,即"某色之某物",例如"黄沙""白云"等;后者的整体意义不能简单看作是构成部分意义之和,其中颜色成分的意义在整体意义中弱化或脱落,理据性比较模糊,需要我们进行考释,例如"白眼""红颜""黄籍""紫塞"等。

最后,我们对所有单音节语义颜色词和语用颜色词都进行了详细分析,并归纳概括出颜色词的义项。从义项数量来看,原型颜色词的义项数量相对较多,例如颜色词"白""黑""红"都有8个及以上义项,其他原型颜色词也有4个及以上义项,大部分语义颜色词的义项只有1个。根据语用颜色词的定义,语用颜色词在语料中临时用于表示颜色,或者凸显了其表颜色的属性,因此语用颜色词的义项都只有1个。

---

[1] J.L.Austin,J.O.Urmson,G.J.Warnock,The Meaning of a Word [A].Philosophical Papers[C]. Oxford:Oxford University Press,1979:55—77.

[2] 胡明扬等.词典学概论[M].北京:中国人民大学出版社,1982:130.

每个范畴的原型颜色词都有下位的复音节颜色词,并且其数量多于同范畴其他成员的,例如红色范畴有 30 个复音节颜色词,其中 28 个是由"红"构成的。清诗语料库中的很多语用颜色词都有类似语义颜色词的用法,"墨"可以直接修饰名物,如"墨绶""墨云""墨竹"等,还可以成为被修饰的对象,构成双音节颜色词,表示不同浓度的黑色,如"淡墨"等。可见语义颜色词和语用颜色词并非截然分开的,很多语用颜色词可以向语义颜色词转化,这也从一个方面体现出颜色表达具有一定的模糊性,一些颜色词(如"墨""黛"等)可能处于语义颜色词和语用颜色词的交叉边界上。

10.6.2 颜色词语义对比分析

本书从颜色词语义显著度、颜色词语义广义度和颜色词色彩属性三个方面,对同一范畴中的不同颜色词成员进行了比较研究。

通过分析颜色词的语义显著度,我们能够确立出各颜色词的原型义,即显著度最高的义项。我们发现,所有颜色词显著度最高义项都是表示颜色义,只不过不同颜色词显著度最高的义项所占的百分比并不相同。对于义项数量为两个和两个以上的语义颜色词来说,其表颜色的义项所占的比例大都在 60% 以上;而对于只有一个义项的语义颜色词和语用颜色词而言,其语义显著度最高的义项所占的比例都是 100%。

通过分析颜色词的语义广义度,我们发现,同一范畴颜色词成员在表示颜色义时,其所指向的语义类的数量和比例不同。一般来说,出现次数多的颜色词,其所能指向的语义类数量也多,每个范畴的原型颜色词(如"红""白"等)大多能指向全部八大语义类。因此颜色词的语义广义度是我们确立各范畴原型颜色词的主要标准。此外我们还发现,不同范畴颜色词指向的语义类也有所侧重,白色范畴颜色词多指向天象类和人体类,青 – 蓝色范畴颜色词多指向天象类和地理类,而绿色范畴颜色词多指向地理类和植物类,这跟所修饰事物的固有色彩有关。

通过分析颜色词的色彩属性,我们对同一范畴颜色词所表示的色彩有了更直观的了解。我们借鉴前人研究,设置了浓度值、亮度值和辅色三个主要参数,对同一颜色范畴颜色词的色彩属性进行对比。需要说明的是,有些颜色词,如"红"等,能表示各种明度和彩度的颜色,因此本书中的色彩属性指的是一般情况下该颜色词所表示的色彩,具有一定的主观性,这再次反映出颜色词语义具有模糊性。

10.6.3 范畴原型确立问题再思考

在 3.1 中我们探讨了各颜色范畴原型颜色词的确立问题,提出了原型颜色词应当满足的五条标准,认为清诗各颜色范畴及其原型颜色词分别为:黑[黑]、白[白]、红[红]、黄[黄]、绿[绿]、青—蓝[青(蓝)]、紫[紫]。下面我们结合这几条标准,对七大颜色范畴原型颜色词确立的理由再次进行说明。具体如下:

①这七个原型颜色词在各颜色范畴中都是词形最简单的单音节语义颜色词。单音节颜色词是清诗颜色词的基本形式,双音节和多音节颜色词基本上都是在单音节颜色词的基础上产生出来的,可以被视作下位颜色词,即李红印(2007)所说的指色词和描色词。七个原型颜色词都能构成数量不等的复音节颜色词。

②除"绿"外,其他六个原型颜色词在其所属范畴中的出现次数都是最高的。在绿色范畴中,颜色词"绿"的出现次数低于"青(绿)"的,前者为 780 次,后者为 1031 次。我们认为,这种现象出现的原因与颜色词"青"的正色地位以及古典诗歌的传承性有重要关系。《礼记·玉藻》:"衣正色,裳间色。"孔颖达疏引皇侃曰:"正,谓青、赤、黄、白、黑五方正色也;不正,谓五方间色也,绿、红、碧、紫、骝黄是也。"[①]可见,"青"为传统的正色,而"绿"在传统意义上为间色。此外,表示绿色的颜色词"青"所构成的词语多为"青山""青松""青苔"等,这些都是古代诗歌中非常常见的意象,具有很强的传承性,"绿"的广义度高于"青(绿)",因此虽然在绿色范畴中,颜色词"青(绿)"的出现次数高于"绿"的,但是该范畴的原型颜色词仍然应当是"绿"。

③七个原型颜色词都具有较高的语义显著度,其表颜色义的义项在所有义项中所占比例最高,都为原型义。

④七个原型颜色词在其所属范畴中的语义广义度都是最高的,除"绿""青(蓝)"外,其他五个颜色词在表颜色义时都能指向全部八种语义类。

⑤七个原型颜色词表示的颜色都是单纯的,没有混入其他颜色,而且可以被用来描述范畴内其他成员的色彩属性。

[①] (唐)孔颖达撰.影印南宋越刊八行本礼记正义[M].北京:北京大学出版社,2014:856.

第 11 章　清诗颜色词非原型义产生机制分析

清诗中颜色词的意义实际上是一种多义现象,认知语言学研究表明:"多义现象(包括不同义项和不同词性)是通过人类认知手段(如隐喻、转喻)由一个词的中心意义或基本意义向其他意义延伸的过程,是人类认知范畴和概念化的结果。"[1]我们将清诗颜色词的语义分为原型义和非原型义,非原型义是在原型义的基础上产生的,其产生途径主要是隐喻、转喻和社会文化赋予三种机制。

11.1 隐喻机制

11.1.1 从语义颜色词来看

隐喻是一种人类普遍使用的思维手段和认知方式,其"本质是通过一种事物来理解和体验另一种事物（The essence of metaphor is understanding and experiencing one kind of thing in terms of another）"[2]。一般认为,隐喻是从一个比较熟悉、易于理解的源域到一个不太熟悉、较难理解的目标域的映射。源域和目标域之间存在着一定的相似性,这种相似性构成了隐喻的认知基础。

在颜色隐喻认知方面,孙毅（2013）认为:"当我们用颜色范畴去表达和解释其

---

[1] 赵艳芳.认知语言学概论[M].上海:上海外语教育出版社.2001:36.
[2] George Lakoff & Mark Johnson. Metaphors We Live by. University of Chicago Press. 2003:6.

他认知域的范畴时,便形成了颜色隐喻认知。语义冲突和心理相似性是颜色隐喻构成的两个基本条件。"①隐喻是颜色词非原型义产生的重要机制,语义冲突和心理相似性同样也是颜色词隐喻义产生的两个重要条件。颜色作为源域是易于感知的,目标域则是一些抽象的概念,触发的机制是两个认知域之间的相似性。下面我们即以清诗中具体的语义颜色词为例,对此予以详细说明:

例 11-1 酸咸以外无多嗜,廉白之间好自居。(英和《浭阳陈牧沆香以长律四章存问次答其一》)

该例中的"白"指人的品行清白高尚,属于"白"的非原型义,颜色词"白"的原型义表示"白色的",颜色和人的品行属于不同的认知域,因此具有语义上的冲突性。同时二者又有心理上的相似性,即都具有"干净纯洁"的特点,这样,"白"就通过隐喻机制产生了"品行清白高尚"的非原型义。又如"黑"修饰"风"或"浪",表示突然而猛烈的、狂暴的,带有贬义,也是一种隐喻义。

例 11-2 黑风吹海天地青,四野八荒云昼暝。(敦诚《立秋前一日……长歌下之》)

"黑"和"白"是对立的颜色,所以二者常常被放到一起使用,"汉英语中白色与 white 都象征着纯净,黑色与 black 都象征着污浊、不正当、不光明"②,这体现出人类的思维具有共通性。

例 11-3 黑白太分古所戒,虐老荣幼难为情。(袁枚《镊须》)

在该例中,"黑"和"白"表面上是指胡须的颜色,实际上作者用颜色隐晦地隐喻是非和善恶,颜色的对立与是非善恶对立具有心理上的相似性。

例 11-4 天宝洗儿悲白发,景龙撒帐忆青年。(袁枚《再咏钱》)

该例中的"青"指人年轻,属于颜色词"青"的非原型义,它是在表示绿色的"青"的原型义的基础上发展而来的。在这里颜色和人的年纪同样属于不同的认知域,具有语义冲突性。二者的心理相似性是都有"充满生机活力"的特点,因此隐喻机制使颜色词"青"产生了"人年轻"的非原型义。"青"在中国古代文化中对应于春季,春季

---

① 孙毅.认知隐喻学多维跨域研究[M].北京:北京大学出版社,2013:211.
② 解海江,章黎平.汉英语颜色词对比研究[M].上海:上海辞书出版社,2004:263.

万物勃发,欣欣向荣,这与人类年轻的生命具有相似性。需要注意的是,"与隐喻相关的唯一相似性是经验相似性,而不是客观相似性"(the only kind of similarities relevant to metaphors are experiential, not objective similarities)[1],也就是说这种相似性是我们在体验和感知事物时产生的,并不是事物之间本身具有这种相似性。此外,"红"表示华丽,"丹"表示内心忠诚,"黄"表示成熟,"玄"表示晦涩难懂等意义也都来自于隐喻机制。

复音节颜色词在清诗中所起的作用主要是指明色彩和描写色彩,但是一些复音节颜色词同样具有隐喻意义,例如:

例 11-5 我梦游仙辨厥因,齐庄精白听我云。 (龚自珍《辨仙行》)

例 11-6 罡风多事妬花开,顿使娇红委绿苔。 (顾太清《悼……某氏》)

例 11-7 口箝目眣心漆黑,释文虽具谁咨诹。 (袁枚《天开岩观屼嵝碑》)

在第一个例句中,"精白"指纯白或洁白,但是根据诗后面的解释,它在诗句中的隐喻义是精神方面的无杂念和专一;"娇红"同样在诗句中隐喻年轻貌美的女性,即诗人悼念的对象;"漆黑"在诗句中同样不是指颜色,而是指作者不明白碑文内容,心里迷惑不解。

从上面的例子可以看出,人类对外部事物的感知是一个从已知到未知、从感性到理性的逐渐发展的过程。在认识陌生的、无形的、抽象的概念时,人们常常参照他们熟知的、有形的、具体的概念,从而形成了一种不同认知域之间相互关联的认知方式。人的品行和年纪等属于抽象的概念,而颜色相对来说属于具体和可感知的,两种认知域之间存在心理上的相似性,这就使颜色词产生了非原型义。可见隐喻是清诗颜色词非原型义产生的一种重要机制。随着时代发展,现代汉语中的颜色词发展出更多的隐喻义,如红色代表了革命、进步,黄色指事情失败或计划不能实现,绿色象征了健康环保等。Sweetser(2002)也指出,英语用白色(white)表示"善",用黑色(black)表示"恶",用灰色"grey"表示"道德的边缘地带"[2],人类认知思维具有一定

---

[1] George Lakoff & Mark Johnson. Metaphors We Live by. University of Chicago Press. 2003:154.

[2] Eve Sweetser. 从语源学到语用学:语义结构的隐喻和文化内涵[M]. 北京:北京大学出版社,2002:8-9.

的相通性。

11.1.2 从含彩词语来看

在我们的语料库中,很多含彩词语的意义并不是字面意义的简单相加,而是通过隐喻机制产生了新的意义。例如:

例 11-8　春声撩耳鸟啼树,<u>红雨</u>满身僧折花。　(袁枚《同华公子……登巾山》)

例中的"红雨"不能简单理解为红色的雨,而是指飘落的花朵。这一意义是通过隐喻机制而产生的。花朵常常是红色的,"雨"则隐喻了飘落的状态,因此落花被称为"红雨"。

"红妆"整体隐喻艳丽的花卉等,这也是基于相似性而产生的隐喻义。

例 11-9　千盏银灯照花睡,夜深何处不<u>红妆</u>。　(袁枚《春日即事》)

同样,"绿云"也并非指绿色的云,因为自然界中的云没有绿色的。该词语实际上是指葱茂的绿色植物,因其形态像云,故称为"绿云"。"绿云"的意义也是通过隐喻机制产生的。例如:

例 11-10　世世青山<u>绿云</u>里,好风好雨住江南。　(袁枚《劝农歌》)

"绿蚁"则在清诗中常用来指新酿的酒。刚酿造的酒在未滤清时,酒面浮起酒渣,色微绿,细如蚁,因此称为"绿蚁","绿蚁"是酒渣的形象表述,在此基础上又转喻新酿的酒,可见"绿蚁"意义的获得可以看作是一种隐喻基础上的转喻手法。例如:

例 11-11　<u>绿蚁</u>频斟铜漏永,红炉共拨烛花妍。　(纳兰常安《守岁》)

"青云"也不能简单理解为青色的云,而是指青天上的云,在清诗中也常常指显要的地位或高远的志向,也是"青云"的隐喻义,显要的地位、高远的志向与青天上的云具有相似性,都有"高"的特点。例如:

例 11-12　肯送幽人登华顶,胜扶寒士到<u>青云</u>。　(袁枚《留别天台令钟醴泉明府》)

例 11-13　葆君<u>青云</u>心,勿吟招隐吟。　(龚自珍《春日有怀山中桃花因有寄》)

11.2 转喻机制

11.2.1 从语义颜色词来看

转喻同样也是一种人类普遍使用的思维手段和认知方式,Lakoff(1987)认为:"转喻是认知的基本特征之一。人们常常采用某一事物易理解或领悟的方面,来表示该事物的整体或该事物的其他部分或方面。"[①]也就是说,转喻是在同一认知域内,用某一凸显的概念实体从心理上激活与之相关的另一个概念实体,邻近性和凸显性是转喻机制最重要的认知基础。

一般来说,颜色是事物最显著的特征。因此,用颜色可以转喻带有该颜色的事物,这是清诗颜色词非原型义产生的一种最常见的方式。例如:

例11-14 剩红犹自酣,嫩绿纷如织。 (文昭《立夏后一日雨霁成咏》)

该例中的颜色词"红"和"绿"分别转喻花和叶,红色和绿色是花和叶的典型属性,它们之间具有邻近性。读者在阅读该诗句时,凸显的颜色属性能够激活与其相关的事物,这样就使颜色词产生了转喻义。又如:

例11-15 瓦盎移来云水乡,小庭一夜绽新黄。 (敦诚《南溪上人赠菊数盆小诗寄谢》)

例11-16 手中辟地一千里,麾下偏裨半金紫。 (袁枚《老将行》)

例11-17 黑白分明全局在,输赢终竟自知难。 (袁枚《观弈》)

前例中的颜色词"黄"转喻黄色的菊花,第二例中的颜色词"紫"转喻紫色的官服,后例中的颜色词"黑"和"白"分别转喻黑色和白色的棋子,这些颜色词的转喻义概括起来说都是"带有某种颜色的事物"。需要注意的是,语境因素在转喻机制的发

[①] 乔治·莱科夫著,梁玉玲等译.女人、火与危险事物:范畴所揭示之心智的奥秘[M].台北:桂冠图书股份有限公司,1994:109.

生过程中具有重要的作用,我们要想知道某个颜色词在诗句中具体转喻什么事物,就常常需要从全诗的语境中去寻找答案。

许多复音节颜色词也具有转喻意义,例如:

例 11-18 袅袅<u>鹅黄</u>帖地柔,秋千扶影出墙头。 (袁枚《春柳》)

例 11-19 屋角堆<u>浓绿</u>,帘前缀浅黄。 (文昭《桐花》)

前例中的"鹅黄"指淡黄色的东西,在诗句中是春天的柳树枝条;后例中的"浓绿"和"浅黄"同样是指具有这种颜色的事物,具体来说是梧桐树叶和花朵。受古典诗歌文体限制,每句诗一般只有五个字或七个字,诗人大量使用颜色词转喻用法可以节省字数,同时也能突出色彩之美,给读者以美好的视觉享受和充分的想象空间。

虽然许多语义颜色词最早源于事物(如"丹""葱"等),但是清诗语义颜色词原型意义都是形容词性的,修饰各种事物,如"红"的原型义是形容颜色像鲜血或石榴花。在前文中我们谈到,许多学者都认为词性变化是转喻认知机制的结果。如赵艳芳(2001)认为:"在所有语言中,词性之间无论有无形式变化都是可以互相转换的,这是自然认知的结果。""名词是人在认知上把所指对象当作事物来对待;而动词则是凸显其动作的一面,所以,词类的定义与人的认知,与表达信息的凸显面有关。"此外,文中进一步认为,"春风又绿江南岸"中的"绿"由于凸显了动作的一面而成为使动词。[①]张辉和卢卫中(2010)也指出:词类转换类构词都是转喻式的,转换词性的词类转换主要包括名动转换、动名转换、形动转换和形名转换四类。[②]

本书在分析颜色词义项时,参考某些词典做法[③],将用作动词和名词的颜色词非原型语义单独列出来,并且认为它们是通过转喻机制,从该颜色词原型义中发展而来的。清诗中颜色词本身的形容词性没有发生改变,但是其在一定的诗句中为了凸显相应的信息,而使颜色词的意义发生变化,进而产生非原型语义,这同样是转

[①] 赵艳芳.认知语言学概论[M].上海:上海外语教育出版社,2001:145.

[②] 张辉,卢卫中.认知转喻[M].上海:上海外语教育出版社,2010:72.

[③] 例如《汉语大字典》中"黄"的义项有"变黄"(详见《汉语大字典》4896 页);《汉语大词典》中"绿"的义项有"变为绿色;使变绿"(详见《汉语大词典》第 9 卷 914 页)

喻机制发挥作用的结果。例如：

例 11-20　入门异所见,草木绿犹存。　（岳端《入塞曲》）

例 11-21　百尺阑干边,萋然芳草绿。　（袁枚《仿曹子建白马王体六首送香亭弟之寿春》）

两例中的"绿"分别用作名词和动词,前者凸显了事物性,将草木的绿色看作一个整体,后者则凸显了动态性,这是"由句子的信息结构以及该词在句法中的功能决定的"[①]。

11.2.2　从语用颜色词来看

清诗中的语用颜色词基本上都是名物词,代表了客观的事物,但是这些语用颜色词在诗句中突显了表颜色的属性。这些语用颜色词的原型义是具体的事物,而非原型义则是其代表的颜色,颜色属性是该事物的众多属性之一,用事物整体代表事物的颜色属性,这实际上也是转喻认知机制在起作用。这样的例子很多,我们以"墨"为例：

例 11-22　一夜江云如墨色,知君同在浪花中。　（袁枚《洲上寄同官许南台》）

例 11-23　帘外春阴酿墨云,歌声都阁酒初醺。　（文昭《二十九日……听歌四绝句》）

例 11-24　古柏荒祠叫暮鸦,春云淡墨压平沙。　（敦诚《南村雨中二首》）

"墨"是古人写字绘画时所用的黑色颜料,在清诗中被用来表示像墨一样的黑色。虽然直到现在,"墨"的原型义仍然是表示事物,但是其表颜色的用法也早已深入人心。在清诗中,"墨"可以在"如/似"等词语后表示颜色,也可以加上"色"表示颜色,还可以直接修饰事物（如墨云、墨蝇）,甚至可以被"浓/淡"等表程度的词语修饰。可见,"墨"表颜色的非原型义来自于其原型义,即具有颜色等属性特征的事物。只不过与"金""银""玉"等语用颜色词相比,它还有一些语义颜色词的用法。

[①] 赵艳芳.认知语言学概论[M].上海:上海外语教育出版社,2001:145.

11.2.3 从含彩词语来看

清诗中含彩词语具有转喻义的例子也有很多,例如"红颜"整体转喻美丽的女子:

例 11-25　恸哭六军俱缟素,冲冠一怒为红颜。　(吴伟业《圆圆曲》)

此外还有"红袖"和"红裙",本来指女性的衣物,在诗句中也整体转喻穿着这种衣物的美丽女子,属于部分转喻整体。例如:

例 11-26　浮生笔墨怜红袖,阅世风霜壮白须。　(奕绘《读随园诗》)

例 11-27　春明池上绿衣郎,曾被红裙看欲狂。　(袁枚《催妆》)

整体转喻美丽女子的还有"红妆"。

例 11-28　全家白骨成灰土,一代红妆照汗青。　(吴伟业《圆圆曲》)

除了红色范畴以外,其他颜色范畴的含彩词语还有"黄口"和"青云"等,例如:

例 11-29　喃喃黄口嫩,几度刷乌衣。　(纳兰常安《赋得雏燕试初飞》)

例 11-30　花开荆树遥分气,雁到青云不让行。　(袁枚《闻香亭举京兆》)

雏鸟的嘴多为黄色,因此称刚孵化的幼鸟为"黄口"。"青云"指青天上的云,进一步转喻天空。可见,清诗中的含彩词语大多作为部分来转喻整体,这样做同样既能节省字数,又能给读者创造良好的想象空间。

11.3 社会文化赋予机制

隐喻和转喻机制是清诗颜色词非原型义产生的两种重要途径,相比较而言,转喻机制的应用面更广泛一些。除了隐喻和转喻机制以外,社会文化赋予机制同样也是颜色词非原型义产生的重要途径。本书中的社会文化是指与颜色词有关的中华民族所特有的思想和文化,其中最重要的就是五行思想。

作为中国古代哲学思想的一个重要内容,五行思想萌芽于殷商时期,认为世界是由金、木、水、火、土这五种物质元素组成的。《尚书·洪范》:"五行:一曰水,二曰火,三曰木,四曰金,五曰土。水曰润下,火曰炎上,木曰曲直,金曰从革,土爰稼穑。"① 后来,古代阴阳家们又在此基础上提出了"五行相生""五行相胜"理论。战国末期阴阳家邹衍集五行思想之大成,将阴阳与五行结合起来,提出了阴阳五行学说,极大地丰富了五行思想的内容。此后,五行思想逐渐渗透到人们日常生活的方方面面,并在此基础上产生了大量的"五"数之说,如下表所示:

表 42 五行与部分"五"数观对应表

五行	木	火	土	金	水
五色	青	赤	黄	白	黑
五候	春	夏	季夏	秋	冬
五脏	肝	心	脾	肺	肾
五声	羽	徵	角	商	宫
五方	东	南	中	西	北
五宫	青龙	朱雀	黄龙	白虎	玄武
五帝	青帝	赤帝	黄帝	白帝	黑帝

下面我们结合清诗中的颜色词,对社会文化赋予机制予以说明。

例 11-31　<u>青</u>阳裁辞春,<u>赤</u>炜方孕暑。　(袁枚《后五日谈沈两门生来置酒得种字》)

根据上表,颜色词"青"与春季相对应,"赤"与夏季相对应,例句中的"青阳"和"赤炜"分别指春季和夏季。

例 11-32　九月犹未终,<u>黑白</u>已瓜代。　(文昭《立冬日雨》)

与上例相似,该例中的颜色词"黑"指冬季,"白"指秋季,"黑白已瓜代"是指冬季和秋季的交替。此外,在前面的分析中我们指出,颜色词"黄"和"紫"在清诗中除了表示颜色义外,还分别带有皇权文化和道教文化的意义,我们同样可以将此看作是社会文化机制赋予二者的意义。

---

① 李学勤.尚书正义[M].北京:北京大学出版社,1999:297—301.

需要说明的是,同一范畴的不同颜色词常常具有相同的社会文化赋予义,体现出一定的系统性。例如:

例 11-33 迢遥古道入<u>朱</u>垠,太息人生聚散频。 (岳端《林凤冈……次韵答之》)

例 11-34 丹桂当风香火第,<u>素</u>商应律夜凄清。 (岳端《无题五首》)

前例中颜色词"朱"表示红色,与"南方"相配,该例中的"朱垠"指南方极远之地。后例中的"素"和"商"都与秋季相对应,"素商"即指秋季。可见,"朱"的社会文化义与"红"的相同,"素"的社会文化义与"白"的也相同,这两组颜色词都属于同一颜色范畴。语用颜色词"秋"表示白色,也是由社会文化赋予机制带来的。

此外,受清代避讳文化影响,"元"替代"玄"表示颜色,这也是由于社会文化赋予机制而产生的非原型义。中国古代的日常生活中有种种忌讳,其中最普遍也是最重要的一种忌讳就是对尊者、长者、贤者的名字不能直接说出或写出,人们将这种忌讳称作避讳。避讳的方法很多,至少有改字、空字、缺笔等七种。[①]康熙帝名玄烨,为了避讳,人们用"元"字代替"玄"字,清代社会文化因此赋予了"元"表黑色的意义。例如:

例 11-35 朱草浅罗三面网,元珠深孕九重渊。 (奕绘《观海六首》)

例子中的"元珠"与"朱草"相对,表示黑色的珠子。

[①] 何忠礼.略论历史上的避讳[J].浙江大学学报(人文社会科学版),2002,(1):82-88.

第 12 章　清诗颜色词语用分析

人类生活在一个五彩斑斓的世界中，事物的各种色彩带给了人们独特的审美感受。马克思曾说："色彩的感觉是一般美感中最大众化的形式。"[①]可见，色彩美感是人类审美感受中的一种最常见形式，它广泛存在于人类的各种艺术门类中，其中以诗歌和绘画最为典型。

汉语古典诗歌与古典绘画之间具有一定的艺术相融性，"诗中有画，画中有诗"便是这种特性的形象表述。二者在"通过特定的色彩想象去绘彩表情方面"具有相同之处，但是由于它们所采用的媒介及手段不同，二者"所创造出的色彩画面又具有了质的区别"。[②]与绘画直观展现色彩画面不同，诗歌利用表示色彩的言语符号来构建虚拟画面，以此引发读者对色彩的美感联想，这里的言语符号就是本书所探讨的颜色词。

在古典诗歌这种最纯粹的文学语言形式中，颜色词具有非常重要的作用，能够体现出诗歌语言含蓄典雅的艺术风格。因此，除了详细描写颜色词的语义外，我们还有必要对各类颜色词在古典诗歌中的语用价值进行研究。需要说明的是，这里的"语用"是从广义角度来说的，并非研究指示语、预设、会话结构和会话原则等的狭义语用学。"语用"就是指语言的实际使用或运用，语用学也因此"可以被定义为研

[①]（德）马克思著，中共中央马克思、恩格斯、列宁、斯大林著作编译局译．政治经济学批判[M]．北京：人民出版社，1962：145．

[②]张亭亭．文学与色彩[M]．郑州：河南人民出版社，1994：21．

究语言使用的学科"[1]。本章我们将结合诗歌的文体性,对颜色词在清诗中的实际使用情况进行探讨。

12.1 颜色词在清诗中的语用价值

叶军(2001)指出:色彩在实际的生活中有着特殊的应用价值。"当色彩作为所指对象与一定的语音形式结合成为色彩词以后,色彩所具有的这些应用价值就会在一定的语境中表现为色彩词的语用价值"。"色彩词帮助创作者实现了其与读者之间的某种共鸣,并最终使色彩的应用价值表现为一定语境中色彩词的语用价值。"[2]根据文学语用学的观点,文学作品的创作和接受可以被看作是一个互动的交际过程,并且受到特定社会文化语境的影响[3]。我们可以结合具体的诗句,对颜色词在清诗中的语用价值进行探讨。

本书将清诗中的颜色词分为语义颜色词和语用颜色词两大类,语义颜色词是传统意义上的颜色词,其在清诗语料中所占的比例较大,学界对其语用价值的探讨成果也比较多。语用颜色词在描摹景物、传情达意方面同样也具有不可忽视的作用。下面我们对二者在诗句中的语用价值分别进行论述。

12.1.1 语义颜色词的语用价值

在清诗语料库中,单音节语义颜色词共有 60 个,其中黑范畴的成员数量最多,有 19 个(详见表 3);含有语义颜色词的语料共有 11297 条,占总语料数的 91.3%。可见语义颜色词在清诗颜色词中具有主体地位。此外,清诗语义颜色词具有多种表现形式,既有单音节语义颜色词,同时还有大量双音节和多音节的下位颜色词(详见表 4)。语义颜色词的语用价值突出体现在描摹性、构象性、表情性和音乐性四个

---

[1] 胡壮麟.语言学教程(修订版中译本)[M].北京:北京大学出版社,1999:192.
[2] 叶军.现代汉语色彩词研究[M].呼和浩特:内蒙古人民出版社,2001:168-170.
[3] 王欣.九十年代语用学研究的新视野——历史语用学、历时语用学和文学语用学[J].外语教学与研究(外国语文双月刊),2002,(5):317-323.

方面。

12.1.1.1 描摹性

色彩是客观事物的一种重要属性,古典诗歌中的色彩描写大多是描摹人物、物体或景色的色彩特征,目的便是使描摹的对象真实、生动、形象、具有美感。李劲荣(2014)认为,"形容词的生动形式主要具有描绘性、调量性和凸显性这三个语用价值",其中描绘性是"最基本也是最核心的"[①]。我们认为,清诗中的语义颜色词同样具有描摹性这一语用价值。例如:

例 12-1 水摇天地白,山入混茫青。（袁枚《过洞庭》）

例 12-2 衫红桃雨染,鬓绿柳丝飘。（袁枚《琴田小照》）

前例描写了作者乘船过洞庭湖时所见的景色,颜色词"白"和"青"具体描绘出湖水和山峰的颜色,使读者体会到景色的美感。后例中的颜色词"红"和"绿"也描绘出主人公的外貌特征,使读者如见其人。

常用的一些单音节语义颜色词(如"红"等)能够表示各种深浅的颜色,还有一些颜色词(如"青"等)能够表示一种以上的颜色,因此在描摹事物时有时会比较模糊。与单音节语义颜色词相比,清诗双音节和多音节语义颜色词的描摹性更强一些。例如:

例 12-3 淡黄恰印三分月,浓绿惟遮半幅蕉。（文昭《卷窗》）

例 12-4 将军老树色黯黯,仙人石洞光皑皑。（袁枚《送裘叔度同年归亲》）

例 12-5 岩松青郁郁,涧石白皑皑。（尹继善《恭和御制千尺雪杂咏元韵》）

第一例中诗句描写了作者卷窗帘时的所见,颜色词"淡黄"和"浓绿"具体描摹出月亮和芭蕉树的色彩特征。第二例中颜色词的重叠形式"黯黯"和"皑皑"也详细描绘出事物的颜色,其描摹性也强于单音节的语义颜色词。第三例中的颜色词"青郁郁"的意思是"形容颜色深青"[②],"白皑皑"是"形容霜、雪等洁白"[③]。二者也都具体描绘出松和石的颜色,它们与上例中的"黯黯"和"皑皑"都可以看作是颜色词的

[①] 李劲荣.现代汉语形容词生动形式的语用价值[M].北京:中国社会科学出版社,2014:5.
[②] 章银泉.色彩描写词典[Z].银川:宁夏人民出版社,1988:301.
[③] 章银泉.色彩描写词典[Z].银川:宁夏人民出版社,1988:6.

重叠形式。

石锓(2010)指出:"言语交际要求状态形容词不断强化描写性,可状态形容词发展的总趋势是描写性的不断弱化。这种语用矛盾导致了形容词重叠的产生。""纵观汉语形容词重叠形式的历史发展,语用强化是最重要的动因。"[①]可见颜色词重叠形式产生的重要原因之一就是增强形容词的描摹性。这也从一个方面说明,与单音节语义颜色词相比,颜色词的重叠形式在状物写景、刻画人物等方面具有更强的描摹性。

12.1.1.2 构象性

意象是汉语古典诗歌艺术最重要的元素之一,古代诗人们常常借用各种意象来抒发自己的思想情感。古典诗歌实际上"就是由无数的五光十色的意象构成的","古典诗歌境界实际上是意象的世界"[②]。古典诗歌艺术的本质可以说是一种意象经营的艺术。

意象也是中国古代文艺理论中的一个重要概念,然而它与古代文艺理论中的许多概念一样,"既没有确定的含义,也没有一致的用法"[③]。袁行霈将其定义为"融入了主观情意的客观物象,或是借助客观物象表现出来的主观情意"。可见,意象不等于具体的物象,经过诗人审美加工后进入诗中的物象才是意象。例如,"云"这个词表示一种客观的事物,它有形状和颜色,当诗人对其进行主观加工,融入了自己的人格情趣、美学理想时,它就成为诗歌的意象。"一个物象可以构成意趣各不相同的许多意象","同一个物象,由于融入的情意不同,所构成的意象也就大异其趣"[④]。

"白云"意象常常带有自由不羁、高举脱俗、洁白无瑕的意趣,是隐者清高风度和品格的最好象征;"青云"意象则与高官显位、仕途畅达有关,带有积极进取、努力向上的精神;"碧云"则常常与离别、哀思等情趣相关;"紫云"则与帝王之气或祥瑞征兆有关;"黑云"出现预示着风雨将至或不好的事情即将发生;"黄云"常常出现在

[①] 石锓.汉语形容词重叠形式的历史发展[M].北京:商务印书馆,2010:311.
[②] 严云受.诗词意象的魅力[M].合肥:安徽教育出版社,2003:序.
[③] 袁行霈.中国诗歌艺术研究(增订本)[M].北京:北京大学出版社,1996:51.
[④] 袁行霈.中国诗歌艺术研究(增订本)[M].北京:北京大学出版社,1996:54.

边塞诗中,带有慷慨悲凉的意蕴;而古典诗歌中的"绿云"往往并不是指真正的云,而是一种隐喻手法,常用来隐喻植物繁盛稠密的绿叶,出现在山水田园类作品中,带有淡泊宁静、志趣高远的意趣。例如:

例 12-6　<u>白</u>云游空天,来去亦无故。　(袁枚《随园杂兴》)

例 12-7　殿上几回歌白雪,诗人俱已到<u>青</u>云。　(袁枚《闻同年裘叔度沈归愚廷试高等骤迁学士喜赋一章》)

例 12-8　惆怅隔墙人不见,<u>碧</u>云初合夜初昏。　(纳兰常安《旅社闻邻歌》)

例 12-9　遥瞻楼阁里,霭霭<u>紫</u>云浮。　(纳兰常安《秋日圆明园候旨》)

例 12-10　谁知白日堂堂去,<u>黑</u>云一阵风来处。　(袁枚《春雨楼题词为张冠伯作》)

例 12-11　霜飞白草沙场暮,日冷<u>黄</u>云毳帐秋。　(纳兰常安《秋日出塞》)

例 12-12　全家鸡犬分明在,世上遥看但<u>绿</u>云。　(袁枚《春日杂诗》)

由上可见,颜色词在构成古典诗歌意象中发挥着重要的作用。正是因为有了颜色词的参与,古典诗歌中才会产生丰富多彩和意蕴深远的意象,从而更好地抒情达意,创造出情景交融的艺术境界。这些意象在汉语古典诗歌中常常出现,反复使用,渐渐成为人们普遍认同的文化符号,具有明显的传承性和深刻而丰富的内涵,体现出诗歌语言含蓄典雅的艺术风格。

"语词是诗意象的物质外壳"[①]。在诗人构思诗歌的过程中,意象在其脑海中由模糊渐渐趋向明晰,同时借助语词固定下来。读者在欣赏诗歌的时候,则通过艺术联想和想象,将这些辞藻还原为生动的意象,从而能够体会出诗人的内心情感,实现读者与作者的情感交流。

12.1.1.3 表情性

古典诗歌中的语义颜色词除了能描摹出事物的客观色彩,还能成为传达作者主观情感的工具,具有表情功能。刘云泉(1988)指出:"作家通过描写色彩,还能够引导人们去感受色彩所蕴含的情感和意义。"色彩的表情性"是以生理感受为基础

[①] 严云受.诗词意象的魅力[M].合肥:安徽教育出版社,2003:343.

的",并且"与一定民族的历史、文化、心理密切相关"①。语义颜色词的表情性在大量平实的叙写中就能够得到体现,例如:

例 12-13　孤峰半榻霜颠白,清磬一声山叶黄。　(吴伟业《哭苍雪法师二首》)

例 12-14　最晚逢君偏早别,泪痕空洒白杨枝。　(袁枚《哭沈补萝》)

例 12-15　谁怜如蕙如兰体,只葬穷边白草原。　(岳端《哭六妹》)

例 12-16　孽子孤孙泣冰雪,素车白马度朝昏。　(敦诚《送周导之扶立翁先生枢归滇南二首》)

四例句所属诗歌的主题都是悼亡诗,并且都含有颜色词"白"(例 12-16 还含有表示白色的颜色词"素")。在中华传统文化中,白色常常与死亡联系在一起,能够传递出凄凉忧伤的情感,具有表情性。需要注意的是,四例中的作者既有汉族诗人,又有满族诗人,这反映出两个民族在颜色词"白"的表情功能方面具有一定的共识。颜色词带有诗人其他方面情感的例句如:

例 12-17　青山送我回头远,红日迎人对面生。　(袁枚《定远喜晴》)

例 12-18　绿抽沙渚芦芽短,黄暖春波雏鸭肥。　(敦诚《雨中泛舟》)

前例中的诗句描写了诗人在旅行途中久雪初晴后的心情,颜色词"青"和"红"很好地传达出作者的喜悦之情。后例中的颜色词"绿"和"黄"则表达了诗人闲适愉悦的心情。两例中的颜色词表面上是描摹了景物的色彩,实际上"一切景语皆情语",景物色彩描写的根本目的是为了制造氛围,从而更好地传情达意。

古典诗歌中的色彩描写常常带有诗人强烈的主观情感,这正如王国维在《人间词话》中所说的:"有我之境,以我观物,故物皆著我之色彩。"②例如:

例 12-19　汤饼黯无色,贺客词亦寡。　(袁枚《三月二十四日又生一女》)

例 12-20　盘堆霜实擘庭榴,红似相思绿似愁。　(龚自珍《己亥杂诗第二五一首》)

例 12-21　惆怅书生万事非,赭衣今抵旧乌衣。　(吴伟业《别维夏》)

第一例中的诗句描写的是作者在 55 岁时又生一女后的沮丧心情(诗人直到

---

① 刘云泉.语言的色彩美[M].合肥:安徽教育出版社,1988:52-53.

② (清)王国维著,滕咸惠译评.人间词话[M].长春:吉林文史出版社,2004:5.

63岁才得一子),颜色词"黯"带有强烈的主观性,在诗人眼中,无子这一事实让汤饼都变得暗淡无光。第二例中的颜色词"红"和"绿"同样带有作者的主观情感,"红似相思绿似愁"的意思是:"果实的红色象征相思,绿色象征哀愁。"[①]在作者的主观世界里,颜色带有了丰富的情感。第三例中的"赭衣"本为古代囚犯所穿的衣服,作者在诗句中借指自己,体现出作者内心对自己的屈节仕清极为欷疚的情感,颜色词"赭"在诗句中同样也带有诗人的主观情感。

此外,很多复音节的颜色词语也蕴含感情,并且大部分是诗人的喜爱之情,例如"洁白""娇红""姹紫""嫣红""憨红""碧溶溶""红冉冉"等,它们大多属于暖色调。也有一些颜色词语带有消极的色彩,如"黯淡""黯惨""惨绿""寒碧""冷翠""碧森森""碧沉沉"等,这些大多属于冷色调,根据色彩心理学,"颜色不仅与人的视觉有关,还对人的情绪和行为有影响"[②]。刘勰在《文心雕龙·物色》中指出"春秋代序,阴阳惨舒,物色之动,心亦摇焉"。景色和物色都离不开色彩,因为它给人最直观、最深刻的印象,人的悲欢离合与外界环境产生共鸣,情景交融,颜色词语必然或多或少地带有诗人的主观感情色彩。

12.1.1.4 音乐性

中国古典诗歌与音乐有着密切的联系,音乐美是古典诗歌语言的一个重要特征,这在作为诗歌语言构成材料的语义颜色词上能够得到充分的体现。袁行霈(1996)指出:中国古典诗歌语言的音乐美主要包括节奏、音调和声情三个方面,其中押韵是"形成中国诗歌节奏的一个要素"[③]根据统计,在本文语料库中,语义颜色词在诗句中押韵的语料数为1208条,占语义颜色词语料总数的9.8%。这从一个侧面反映出,清诗语义颜色词的一个重要语用价值就是音乐性。例如:

例12-22 松声晴亦雨,山色断还青。 (袁枚《即事》)

例12-23 临歧遍索阿连诗,梦草春枯秋变紫。 (龚自珍《题龚蓬生倚天图》)

---

① (清)龚自珍著,刘逸生,周锡馥校注.龚自珍诗集编年校注[M].上海:上海古籍出版社,2013:903.

② 林仲贤.颜色视觉心理学[M].北京:中国人民大学出版社,2011:214.

③ 袁行霈.中国诗歌艺术研究(增订本)[M].北京:北京大学出版社,1996:105.

两例中的颜色词"青"和"紫"在诗句中都是韵脚,根据《佩文诗韵》,二者分别押上声纸韵和平声东韵。袁行霈(1996)指出:押韵是字音中韵母部分的重复,按照规律在一定的位置上重复出现同一韵母,就形成韵脚和产生节奏,这种节奏可以把涣散的声音组织成一个整体[①]。语义颜色词在韵脚位置的大量使用使其具有了音乐性这一语用价值。

音乐性在语义颜色词的叠字形式上更能得到充分的反映。叠字,又名"重言",是指由两个相同的字组成的词语。叠字在诗歌中的语用价值早就引起学者的关注,叶梦得在《石林诗话》中指出:"诗下双字极难,须使七言五言之间,除去五字三字外,精神兴致全见于两言,方为工妙。"[②]本文所涉及的颜色词叠字形式主要包括三种类型,一种是单音节颜色词的重叠形式,如青青、苍苍等,我们用 AA 型表示;第二种是由颜色词词根加叠音后缀构成,如白皑皑、青的的等,我们用 ABB 型表示;第三种形式在现代汉语中比较少见,如淡淡红等,我们用 BBA 型表示。三者虽然性质不同,但是都具有叠字形式,且与颜色词使用有关,因此我们在此集中探讨。例如:

例 12-24 家园回首情何极,春草青青满暮田。 (纳兰常安《舟中寒食》)

例 12-25 岩松青郁郁,涧石白皑皑。 (尹继善《恭和御制千尺雪集咏元韵》)

例 12-26 杏花开处白云笼,花衬云光淡淡红。 (岳端《杏》)

三例中的颜色词叠字形式分别是 AA、ABB 和 BBA 式,这些叠字形式在渲染环境、描摹事物、传递情感等方面具有其他形式颜色词难以替代的语用价值,因此在诗歌作品中得以广泛使用。此外,颜色词叠字形式还能够补足音节,增强诗歌节奏感。两个声韵调都相同的音节复现,可以在诗句中形成一个单独的音步,具有急促、跳跃、回环往复的声律特点,读起来自然顺口,悦耳动听,能够使读者体会到诗歌的音乐美感,进一步理解作者在诗句中所抒发的情感。

---

① 袁行霈.中国诗歌艺术研究(增订本)[M].北京:北京大学出版社,1996:105.
② (宋)叶梦得.石林诗话[M].北京:中华书局,1981:411

12.1.2 语用颜色词的语用价值

清诗语用颜色词多为表名物的词,其原型义表示名物,但是在语料中临时用于表示颜色,凸显了其表颜色的属性。语用颜色词在清诗中的数量比较多,本书语料库中,语用颜色词有 48 个,其中白色范畴中的成员数量最多,有 14 个(详见表 3);含有语用颜色词的语料共有 1072 条,占总语料数的 8.7%。语用颜色词在清诗中同样具有重要的作用,其语用价值主要有以下几个方面。

12.1.2.1 描摹性

在表达色彩义方面,语用颜色词同样具有很强的描摹性,是语义颜色词的有益补充,具体体现在以下几个方面。

第一,与抽象的单音节语义颜色词相比,语用颜色词所表达的色彩义更加生动、客观和具体。清诗语用颜色词所代表的事物绝大部分是日常生活中常见的,这些事物的色彩性比较突出,为人们所熟知。而常用的单音节语义颜色词,如"黑"等,能够表示各种深浅的黑色,因此在表达事物的色彩义方面比较抽象。例如:

例 12-27 墨云涨天凝不流,千林万壑俄如秋。 (纳兰常安《苦雨》)

例 12-28 黑云夭矫结层阴,潮长秋江九派深。 (顾太清《题无名氏画鲤鱼》)

例 12-29 才喜甘霖又喜晴,黑云翻墨霎时成。 (顾太清《题南谷清风阁次夫子韵》)

前例中的"墨云"不仅表示像墨一样的浓黑色的云,色彩义客观具体,还传达出云所具有的深浅错落的形象特点,描摹性更加丰富。后两例中的"黑云"都仅表示黑色的云,其色彩义比较抽象,缺少形象性,因此第三例中又用"翻墨"来增强其形象性。

又如,在下例中如果仅仅用颜色词"黄"和"白",其颜色义就比较抽象,但是诗人用了"酒"和"银",这能让读者更清楚地了解黄芽菜的颜色。

例 12-30 嫩芽黄似酒,老梃白于银。 (文昭《黄芽菜》)

第二,语用颜色词除了能很好地描绘出事物的颜色特征外,还能传达出其他特征意义来,如光泽、温度、触感等质感特征意义。语义颜色词基本上只能描写事物的颜色特征,事物的其他特征意义则无法表达。这说明语用颜色词在描摹事物特征方

面非常细致,表达出的意义很丰富,具有良好的表达效果。例如:

例 12-31 秋漾金波照客明,相思枕上恨秋声。　（纳兰常安《秋夕》）

例 12-32 撕开紫绵袄,褪出雪肌肤。　（袁枚《荔枝二十六韵》）

例 12-33 殿中谁劝将军酒,皇后雍容双玉手。　（袁枚《唐昭宗和陵》）

前例中的语用颜色词"金"不仅描写了水的颜色,同时也描绘出夕阳照射下的水具有像金子一样的光泽性,如果替换为语义颜色词"黄",则没有这样好的表达效果。第二例中的"雪"同样不仅描绘出荔枝的颜色特征,同时"雪"还能使读者联想到其冰凉的质感特征,这与吃荔枝时的触感类似。后例中的语用颜色词"玉"则形象生动地表现出女子双手所具有的洁白温润的特点。由此可见,语用颜色词在描摹事物方面具有丰富的内涵。

第三,语用颜色词在表达色彩义方面具有一定的含蓄性,能够给人以无尽的遐想空间。"含蓄作为诗歌表达的基本原则,与直露、一览无余相对立,意味着一种富于暗示性的、有节制的表达。"[①]与语义颜色词相比,清诗中大量语用颜色词的色彩义都比较隐晦,读者必须在语境中通过分析才能获得,这体现出诗歌语言含蓄蕴藉和富有张力的艺术特征。例如:

例 12-34 今宵月圆昨宵缺,此日黑头他日雪。　（纳兰常安《中秋广武山看月》）

例 12-35 花开槐市枝枝火,霜满江潭树树金。　（吴伟业《橘灯》）

前例中的语用颜色词"雪"指人头发的白色,这委婉地反映出人的年老状态。后例中的语用颜色词"火"和"金"则分别指花的红色和树叶的黄色,该色彩同样需要读者通过分析才能获得。这三个语用颜色词不仅出描摹事物的颜色特征,同时还具有含蓄蕴藉的特点,包含了丰富的诗意和韵味,给人以广阔的遐想空间。

第四,语用颜色词(成分)可以构成大量双音节和多音节的下位颜色词,从而更准确地描摹事物的色彩特征。刘云泉(1988)指出:"从色彩词的发展看,唐诗中已出现了双音节色彩词的雏形,尽管它尚未定型。而到了明、清两朝,双音节、多音节的

[①] 蒋寅.古典诗学的现代诠释[M].北京:中华书局,2009:107.

色彩词却大量使用。"它们的"产生和发展不仅反映了词汇的丰富、纷繁,更说明了人类文明的发展"[1]。

我们在表4中总结了清诗颜色词的组合形式,其中事物成分构成的双音节颜色词有两种:一种是事物成分+颜色成分,如雪白、鹅黄、豆青等;另一种是事物成分+"色",如墨色、栗色、蜡色等。叶军(2001)认为这两类色彩词分别是"运用说明和比拟两种造词方法创造出来的"[2]。事物成分构成的三音节颜色词有一种,即事物成分+"色",如葵花色、胭脂色等,这也是运用叶军所说的"比拟"法创造出来的。

实际上,这些双音节和三音节颜色词并不都是严格意义上的"词",有些更像是"短语",本书对此不作严格区分,认为它们都是清代诗人在诗歌中表达色彩概念的语词符号,它们与单音节的语义颜色词一样,都是清代诗歌中的颜色词。在前文中,我们将这些事物成分归纳为语用颜色词,并对其语义进行了详细分析。由语用颜色成分构成的双音节和三音节颜色词具有很强的描摹性,例如:

例12-36 野蔷薇喜没人到,雪白小花开一庭。 (袁枚《偶题》)

例12-37 或乃琵琶形,或乃鹦鹉格;或乃瓜皮青,或乃蕉叶白。 (英和《座主刘石庵先生斋中观砚》)

例12-38 玉色中单椹色袍,黄琮钩钮缚茸绦。 (文昭《咏绦赠玉生》)

例12-39 羽琌山馆三百墨,妒君一纸葵花色。 (龚自珍《李中丞宗瀚……狂书一诗》)

前例中的"雪白"指野蔷薇花的洁白如雪的颜色,除了表示颜色外,"雪白"还指野蔷薇的品格高洁,这是单用语义颜色词"白"所不能传达的意义。第二例中的"瓜皮青"和"蕉叶白"具体描绘出所收藏砚台的颜色,"瓜皮青"指像西瓜皮一样的青绿色,"蕉叶白"则指像新长出的蕉叶颜色,即白中带青黄的颜色,单用语义颜色词很难直观形象地描绘出砚台的这种混合色彩。第三例中的"椹色"指袍子的深黑紫色,第四例中的"葵花色"指拓本的淡黄色,二者所表示的颜色义同样是单用语义颜色词很难准确表达出的。在四例中,语用颜色词(成分)"雪""瓜皮""蕉叶""椹""葵花"

---

[1] 刘云泉.语言的色彩美[M].合肥:安徽教育出版社,1988:221.

[2] 叶军.现代汉语色彩词研究[M].呼和浩特:内蒙古人民出版社,2001:161.

都传达出色彩义,这也从一个方面反映出语用颜色词在描摹事物色彩方面的重要作用。这些语用颜色词所表示的事物都是生活中常见的,因此可以用来表示色彩意义。

12.1.2.2 表情性

语用颜色词在表达色彩义时,常常带有作者的各种主观情感,具有表情性的特点。下面我们以袁枚诗歌中修饰"鬓"的白色范畴颜色词来具体说明。

在袁枚诗歌中,鬓发常常成为诗人描写的对象,其颜色的黑与白能够反映出人物年龄的老与轻。然而诗人并不是简单地用单音节语义颜色词"黑"和"白"去修饰鬓发,而是采用了大量其他的颜色词来进行说明,具体情况如下表所示:

表43 袁枚诗歌中修饰"鬓"的颜色词使用情况

颜色范畴	"白"范畴								"黑"范畴			
颜色词	霜	丝	苍白	华	白	雪	皤	银	秋	绿黑	青黑	鸦	黑
出现次数	23	16	11	11	9	9	4	1	1	8	3	2	1

如上表所示,袁枚在诗歌中运用了多达13种颜色词来修饰"鬓",这些颜色词属于"黑"和"白"两个颜色范畴,共出现99次。其中修饰"鬓"的白色范畴语义颜色词是苍白、华、白、皤,语用颜色词有霜、丝、雪、银、秋,二者分别出现35次和50次,语用颜色词无论在种类还是在数量上都多于语义颜色词,这主要是因为语用颜色词除了能表达颜色义外,还常常带有作者的各种主观情感,具有较好的表达效果,而单音节语义颜色词,如"白",却很少有平实描色之外的意义。例如:

例12-40 妻妾鬓发<u>白</u>,儿童头角露。 (袁枚《腹疾久而不愈……不限韵》)

该诗是作者74岁时因得痢疾腹痛,自感来日无多,乃自作挽歌并邀请好友唱和而作。该诗一开始便写道:"人生如客耳,有来必有去。其来既无端,其去亦无故。"反映出作者豁达乐观的人生态度,中间又对自己的人生"成就"作了总结:"弱冠登玉堂,早献凌云赋。飞凫到江左,民吏俱无恶。山居四十年,虚名海内布。著书一尺高,梨枣俱交付。"作者认为自己即使来日无多也没有什么遗憾,进一步体现出作者洒脱的人生态度。紧接上文的便是上面的例句,所以例句中修饰鬓发的颜色词"白"

并没有让人感到凄凉悲苦,更多的是一种平实的描述,但是修饰"鬓"的语用颜色词却不然,例如:

例 12-41　于今萧萧两鬓霜,日饵云母弹清商。　(袁枚《老将行》)

例 12-42　落魄江湖两鬓秋,男儿未报是恩仇。　(袁枚《枕剑图为李开周作》)

例 12-43　皋里先生鬓似银,草衣山人白裕巾。　(袁枚《侯夷门贰尹五十初度即席索诗》)

前例所属的诗歌描写了一个年轻时在边关出生入死、建功立业,年老却晚景凄凉、壮志未酬的老将形象,修饰"鬓"的语用颜色词"霜"不仅描写了老将军头发花白,更使读者由"霜"冰冷的属性联想到老将军凄凉的人生处境,实际上是一种通感的艺术手法。全诗也蕴藉了作者的人生不平之意,"霜"的使用增强了诗歌的感染力。

第二例中"秋"的使用与古代的"五行"文化有关,秋天对应的颜色是白,因此与前例相似,本例用"秋"来修饰鬓发,不仅描绘出鬓发的颜色,更能使读者由秋天的萧瑟联想到诗中主人公艰难的人生,语用颜色词"秋"同样具有表情性。

后例中的语用颜色词"银"除了描绘出鬓发的颜色外,更多的是凸显了鬓发的质感和光泽,可以看作是对鬓发的美称,表现出作者的赞美喜爱之情,这同样是语用颜色词表情性的体现。又如:

例 12-44　忽然笑天上,玉齿流电光。　(袁枚《杂诗三首》)

例 12-45　银袍鹄立晓风清,定有人呼小宋名。　(袁枚《闻香亭举京兆》)

前例中的"玉齿"指主人公洁白美丽的牙齿,后例中的"银袍"指主人公银白色的袍子,同样带有美感,两例中的语用颜色词"玉"和"银"都具有表情性,能够使作者更好地表达出赞美喜爱之意。

语用颜色词也有一定程度的构象性,例如"金波""雪鬓"等就是清诗中常常出现的意象。但是由于语用颜色词在表示颜色义时具有临时性,其所搭配的语义类比较有限,因此语用颜色词的构象性语用价值不是很突出。此外,与语义颜色词相比,语用颜色词的音乐性也不是很明显,在此我们不再详细论述。由上可见,语义颜色词和语用颜色词都在不同程度上具有描摹性、表情性、构象性和音乐性这四种语用价值,其中描摹性和表情性的重要性更为突出一些。

12.2 颜色词在诗句不同位置上的语用效应

骆寒超(2009)认为:诗性语言是一种"点面感发类隐喻语言体系",它不同于作为一般社会交际手段的文言,"不仅在词法上词性不稳、人称缺失、时态含混,句法上也语序错综、成分省略、关联断隔"[1]。正因为如此,汉语古典诗歌的语言才表现出内涵丰富、情致无限的艺术风格,才能带给读者独特的审美感受。在诗歌鉴赏过程中,我们需要对古典诗歌"偏离"于一般语言的表达形式予以重点关注,这些"特殊"的表达方式常常是诗人有意为之,具有一定的语用效应。

例如,成分异置(又叫语序错位、语序颠倒、倒装等)是汉语古典诗歌中一种重要的句法变异现象,也是古代诗论中谈论较多的一项重要内容。早在两宋时期就有很多诗学家都对此予以关注,例如范晞文在《对床夜语》中就提出过"以颜色字置第一字"的句式并予以提倡。袁枚在《诗学全书》中的"句法"部分也对倒装句进行过研究,他指出:"倒装句者,事不错综,则不成文章。此即诗家炼句法。若顺叙则直率而少蕴藉。"[2]启功(1980)也指出:"汉语中并非绝无可以倒装的部分,只是倒装之后,语义或语意的侧重点就不同了。"[3]

本书不专门探讨颜色词在古典诗歌中的句法分布和功能,仅对清诗中涉及到颜色词的特殊表达形式进行研究,重点关注这些表达形式的语用效应。我们按照颜色词在诗句中的位置分为颜色词在句首、颜色词在句尾、颜色词在句中三种类型,下面我们对此进行详细分析。

12.2.1 句首颜色词的语用效应

蒋绍愚(2008)将唐诗中颜色词"异置"到句首的诗句,如"绿垂风折笋,红绽雨

---

[1] 骆寒超.汉语诗体论·语言篇[M].北京:人民文学出版社,2009:1.
[2] (清)袁枚著,潘中心,韩建芬校点.诗学全书[M].贵阳:贵州人民出版社,1990:313.
[3] 启功.古代诗歌、骈文的语法问题[J].北京师范大学学报,1980,(1):33-44.

肥梅"和"翠深开断壁,红远结飞楼"等,称为"特殊判断句"。并且指出:在这些诗句中,诗人首先把自己直接感受到的颜色写出来,然后解释这种颜色是什么东西,诗句的节奏是"一四"。因为这种表达形式在散文中很少出现,所以称之为"特殊判断句"[1]。清诗中颜色词位于诗句句首的例子也很常见,例如:

例12-46 绿垂溪畔柳,红映峡中花。 （纳兰常安《过杨老驿》）

例12-47 绿抽沙渚芦芽短,黄暖春波雏鸭肥。 （敦诚《雨中泛舟》）

两例诗句描写的都是作者所见的景色,颜色词位于句首具有良好的语用效果。作者在诗句中都首先点出了自己看到的颜色,然后再对这种颜色予以详细说明。例如,"绿垂溪畔柳"意思即"绿色是溪畔垂下的柳树"。按照一般的语序,"绿"应当在"柳"之前起修饰作用,即"绿柳垂溪畔",提到句首后,颜色词"绿"能够给人强烈的视觉冲击力,具有丰富的内涵和新鲜感,下句的"红"也是如此。又如:

例12-48 红摇赤水珊瑚明,翠凝碧瓦琉璃厚。 （袁枚《商丁孙尊歌为素将军作》）

该诗句突出表现了素将军所收藏商尊的色泽特征,根据全诗的内容,该诗句的大概意思为:(商尊的)红如同明亮的红珊瑚在赤水中摇动一般,(商尊的)翠就像厚重的绿琉璃凝聚到碧瓦上一样[2]。作者首先看到的是商尊的颜色,然后对其进行描绘,并且突出了商尊色泽的动态性,这符合人类的一般认知规律。

颜色词本为形容词,常用作定语修饰名物,但是在上面三例中,颜色词被用作名词,成为了诗句陈述的对象,具有了话题性。这在古代诗论中属于"化虚为实"的手法,南宋范晞文在《对床夜语》中指出:"老杜多欲以颜色词置第一字,却引实字来,如'红入桃花嫩,青归柳叶新'是也,不如此,则语弱而气亦馁。"[3]启功(1985)指出,古人将"字"(即指今之所谓词)划分为"实字"和"虚字",一般来说,"实字即包括

---

[1] 蒋绍愚.唐诗语言研究[M].北京:语文出版社,2008:184-186.

[2] 因为该商尊实物不复存在,所以它的具体颜色无从考证。但是根据常识,商尊由青铜作成,其内外可能被绿色的铜锈覆盖,所以该商鼎的内部颜色为诗句中所说的"翠";而根据下文诗句"召良工某刷作瓶,月洗黑云光照牖",素公可能让人把商尊的表面油漆成红色,因此商鼎的外部颜色为诗句中所说的"红"。

[3] 刘云泉.语言的色彩美[M].合肥:安徽教育出版社,1988:95.

今之所谓名词;虚字即包括今之所谓动、状、附、介、叹等类"①。可见,颜色词置于句首位置后,具有了充当动作行为主体的功能,紧随其后的动词使颜色词又具有了"生命力",这就使诗句的语势更加矫健有力。

除了语义颜色词外,处于句首位置的颜色词还可以是双音节颜色或颜色词的重叠形式,例如:

例 12-49 嫩绿忍将茗碗试,清香先向齿牙生。 (袁枚《谢南浦太守》)

例 12-50 嘻嘻妇子乐,青青野麦攒。 (袁枚《太守蔡公长沄》)

前例诗句是作者为答谢太守赠送其雨前茶叶而作,诗句中的"嫩绿"修饰的是"茗碗",即茶碗中泡着的茶叶。作者同样将茶叶的颜色"嫩绿"放到句首予以强调,这样既能突出茶叶的颜色,又能使该诗句与后面的诗句在格式上保持一致,形成对仗的结构。

后例诗句为作者歌颂太守蔡长沄而作,描绘了一幅社会太平祥和,人民安居乐业,生活幸福美满的美好画面。该诗句正常的语序为"妇子乐嘻嘻,野麦攒青青。"颜色词"青青"异置到句首实际上是"攒"异置到句尾的结果,"攒"为平声寒韵,异置到句尾后正好可以充当韵脚。为了与"青青"对仗,出句也将"嘻嘻"前置,最终形成该例句。

由此可见,颜色词被置于句首后具有丰富的语用效用,其中最重要的便是突出强调事物的色彩性,这在语序正常的诗句中也能得到一定程度的体现。例如:

例 12-51 白云蓬蓬生足下,红日皎皎当胸前。 (袁枚《登最高峰》)

该诗句描写的是作者登上摄山最高峰时的所见,颜色词"白"和"红"都处在句首的位置,使读者在视觉上得到强烈的刺激,增强了诗句的画面美感。

12.2.2 句尾颜色词的语用效应

清诗颜色词"异置"到诗句末尾的例子也很常见,这样做的目的之一便是可以满足诗歌押韵的需求,更重要的是能够突出事物的色彩性,具有良好的语用效应。蒋绍愚(2008)认为一些与颜色词有关的"定语后置"诗句,其实是一种"特殊兼语

---

① 启功.有关文言文中的一些现象、困难和设想[J]. 北京师范大学学报,1985,(2):1-18.

式",如"内分金带赤,恩与荔枝青"的正常语序可以为"内分赤金带,恩与青荔枝",也可以将其看作是一种兼语式,即"内分金带而金带赤,恩与荔枝而荔枝青"。这种兼语式与散文中的不完全一样,因此称之为"特殊兼语式"①。例如:

例12-52 披出一衫青,张开两眼白。 (袁枚《题鲁星村小像》)

该诗句是作者为好友鲁星村而作,详细刻画出人物的外在特征。颜色词"青"和"白"正常的位置应当分别在"衫"和"眼"前,即"披出一青衫,张开两白眼",但是这种语序明显非常拙劣,没有诗意。颜色词位于句尾则不仅可以押韵,更重要的是凸显了事物的色彩特征,使人物形象栩栩如生。又如:

例12-53 霞蒸危壁赤,雨染古苔青。 (纳兰常安《春山》)

该诗句描写了春天山中的景色,同上一诗句一样,颜色词位于句尾后不仅可以满足押韵的需要,同时也突出了事物的颜色,增加了诗句的意蕴和画面美感。上述两例都可以理解为"特殊兼语式",此外,还有一些诗句不适合用"特殊兼语式"来解读,但是颜色词位于句尾依然能够突出事物的色彩特征,例如:

例12-54 杨柳堆墙绿,桃花夹屋繁。 (文昭《自余移入后室……以为宴息之所》)

例12-55 讼庭滋草碧,铃阁泫花红。 (纳兰性德《效江醴陵杂拟古体诗二十首》)

另外,在一些诗句中,处于诗句末端的颜色词具有了名词性,这种用法同样可以看作是"化虚为实"的手法。例如:

例12-56 雪消千亩白,草换一年青。 (奕绘《春日郊行》)

例12-57 翁亦惭头白,不称此花红。 (袁枚《感瓶中梅》)

可见,颜色词位于诗尾最重要的语用效应便是突出事物的色彩特征,这在许多语序正常的诗句中也都能得到体现,例如:

例12-58 人采莲子青,妾采梧子黄。 (吴伟业《子夜词三首》)

例12-59 几竿瘦竹摇寒碧,一角斜阳抹淡红。 (顾太清《消寒九首与少如湘佩同作》)

---

① 蒋绍愚.唐诗语言研究[M].北京:语文出版社,2008:182-183.

例 12-60　榴火照人<u>红</u>冉冉,秧针摇水<u>绿</u>盈盈。　　(袁枚《从江村冒雨至黄山汤口》)

李劲荣(2014)指出:"在汉语中,句子的末尾部分通常是句子的自然焦点所在,因为句子的信息编码往往是遵循从旧到新的原则,越靠近句末,信息内容越新。"[①]因此,位于诗句末端的颜色词具有突出事物色彩信息的语用效果。刘云泉(1988)也指出:"从音律上说,句调都落在最后一个音节上",因此,色彩词在句末"特别能突出色彩形象。"[②]《红楼梦》第四十八回中,香菱在谈学诗心得时说:"'日落江湖白,潮来天地青',这'白''青'两个字也似无理。想来,必得这两个字才形容得尽,念在嘴里倒像有几千斤重的一个橄榄。"[③]这"几千斤重的一个橄榄"或许可以看作是颜色词在句尾语用效应的形象反映。

颜色词在诗句开端和末尾都能突出事物的色彩特征,根据焦点理论,"最能够突出信息的是句子的两个极端位置,因此最为强调的信息往往落在这两个位置上"[④]。因此,颜色词在句首和句尾都有利于突出颜色词所携带的语义信息。不同的是,颜色词在句首容易话题化,从而成为诗句的表达重心;而颜色词在句尾则遵循了汉语句子未知信息在后的特点,自然也就成为常规的信息焦点。

12.2.3　句中颜色词的语用效应

郭锡良、李玲璞(2000)指出:在古代汉语中,有些词可以按照一定的表达习惯而灵活运用,在句子中临时改变它的词性和基本功能,这种现象就叫作词类活用[⑤]。李葆瑞(1981)指出:汉语古典诗词"一般说都是按古语法或文言语法写的",因此存在大量词类活用的现象[⑥]。清诗颜色词一般为形容词,基本功能是修饰和限定中心词,但是句中位置的颜色词常常可以根据表达的需要临时用作动词,使诗句中的色

[①] 李劲荣.现代汉语形容词生动形式的语用价值[M].北京:中国社会科学出版社,2014:184.
[②] 刘云泉.语言的色彩美[M].合肥:安徽教育出版社,1988:114.
[③] (清)曹雪芹.红楼梦[M].长春:吉林人民出版社,2006:157.
[④] 金立鑫.句法结构的功能解释[J].外国语(上海外国语大学学报),1995,(1):50-56.
[⑤] 郭锡良,李玲璞.古代汉语[M].北京:语文出版社,2000:385.
[⑥] 李葆瑞.诗词语言的艺术[M].长春:吉林人民出版社,1981:77.

彩表达具有动态感。例如：

例 12-61 疏雨过千里,夕阳红半村。 （袁枚《僧房》）

例 12-62 风月亭台添几座,主宾须鬟白千丝。 （袁枚《重过苏州褚园感赠主人》）

这两例中的颜色词"红"和"白"在诗句里都用作动词,分别与出句中的动词"过"和"添"相对。二者用作动词后,不仅使诗句对仗工整,增强了诗句的形式美,更重要的是使诗句具有了灵动的动态美,增强了句意的新鲜感,达到引人入胜的效果。尤其是前例中的"红",如果仅仅是被用作形容词来修饰"半村",那么它就是一种正常的叙写,但是活用为动词后,它就既保持了形容词的特性又具有了动词的用法,能够使诗句超越叙写的平实静态表现,顿然给人以新鲜感。同样,后例中的"白"用作动词后突出了须鬟变白的动态感,与上句亭台的增加一起凸显了前后两次游园的沧桑变化,从而自然地引出下文的往事回忆,使读者进入无尽的遐想空间。

两例中的颜色词用作动词还使施动者"夕阳"和"须鬟"具备了一种生命性,并且使诗句具有了拟人化功能,从而将诗句与日常交际用语区别开来,使诗句具有了非凡的表现力。颜色词在句中活用为动词后,常常会成为诗句的关键词,即传统诗论中常常所说的"诗眼"或者"句眼"。"诗眼即诗的眼目,是一句诗或一首诗中最精警传神的地方,是'一动万随'、能够揭示'全诗之指'的关键所在。"[①]清代其他诗人的作品中也有大量颜色词活用为动词的例子,例如：

例 12-63 孤花红远浦,一鹭白遥天。 （纳兰常安《伫看》）

例 12-64 春光青到柳,风色白飞沙。 （英和《奉使甘肃……留别一律》）

例 12-65 羁窗日夕无聊赖,买尽松醪赤客颜。 （敦诚《以宁归自塞上……作此寄谢》）

例 12-66 扬帆渐觉湖光远,一路寒山翠夕阳。 （尹继善《和张南华太史游近华浦》）

例 12-67 到眼花光红粉靥,映帘草色绿裙腰。 （奕绘《和岳焦园都门寄怀韵》）

上述五例中的颜色词在句中都用作动词,是诗句的"诗眼",使诗句具有独特的

[①] 范军.中国诗歌美学的重要概念[J].华中师范大学学报(哲社版),1993,(5):103-108.

色彩动态感。"诗眼"理论在隋唐五代就已出现,袁枚在《诗学全书》中曾专门对"诗眼"的实质、作用和位置等方面予以总结:

> 诗句中之字有眼,犹弈中之有眼也。诗思玲珑则有诗眼活,弈手灵活则有弈眼活。所谓眼者,指玲珑处言之也……但从来论诗者,五言以第三字为眼,七言以第五字为眼。诗眼用实字,自然老健;用响字,自然闳亮;用拗字,自然森挺。①

可见,"诗眼"是处于诗句关键部位的那个经过锤炼的关键词,是介于词法与句法之间用词选择的策略追求,一般说来,"诗眼"多处于五言诗句的第三字或七言诗句的第五字,当然其他位置上也可出现。骆寒超(2009)指出:明清时期动词基本上已被划归为"实字","响字"也被看作是动词的标志②。可见,诗眼多为动词,这也是清代诗歌中处于诗眼位置的颜色词活用为动词的主要原因。颜色词在诗句其他位置用作诗眼的例子也有不少,在此我们就不详细叙述了。

葛兆光(2008)指出:诗眼能"赋予诗句与意象以活泼的生命力,能使静态的事物活灵活现地运动起来,所以它被视为诗歌的眼睛,没有它,诗句就没有了生命"。可见,诗眼在汉语古典诗歌中具有重要的语用效应。颜色词在诗句中用作诗眼后,虽未颠倒诗句的语序,但是可以"消解或改变字词的'字典意义'而使诗句语义逻辑关系移位、断裂或扭曲",使得读者"非得拐几个弯或掉几次头才能体会到这个字眼中蕴含的深意"③。因此我们认为,颜色词用作诗眼可以看作是颜色词的一种特殊表达形式。

俄国形式主义派领袖什克洛夫斯基于上世纪初期提出了著名的"陌生化"理论,指出诗歌艺术的基本功能是对受日常生活的感觉方式支持的习惯化过程起反作用,诗歌的目的就是颠倒习惯化的过程,使我们如此熟悉的东西"陌生化","创造性地损坏"习以为常的、标准的东西,以便把一种新的、童稚的、生气盎然的前景灌输给我们④。余松(2000)指出:"陌生化"手法对形成诗歌语言的弹性效应和张力效

---

① (清)袁枚著,潘中心,韩建芬校点.诗学全书[M].贵阳:贵州人民出版社,1990:322.
② 骆寒超.汉语诗体论·语言篇[M].北京:人民文学出版社,2009:54.
③ 葛兆光.汉字的魔方——中国古典诗歌语言学札[M].上海:复旦大学出版社,2008:180-183.
④ (英)霍克斯著,瞿铁鹏译.结构主义和符号学[M].上海:上海译文出版社,1987:61.

应都具有重要的作用,诗歌陌生化语言的营构策略包括反常悖谬、语序错置、词性活用、动词的诗眼效应、通感手法等。[①]由此可见,与颜色词异置到句首或句尾一样,颜色词在句中活用为动词也能创造出一种新奇化的语用效果,目的便是营造不同于一般散文句子的陌生化的"诗家语",从而使诗歌语言由注重逻辑的表达型语言变为传达心志的表现型语言,具有了丰富的内涵和新鲜感。

12.3 颜色词在诗歌对仗中的语用考察

对仗是汉语古典诗词的重要语言现象。王力(2013)指出:诗词中的对偶,叫做对仗。古代的仪仗队是两两相对的,这是"对仗"这个术语的来历。对偶就是把同类或对立的概念并列,可句中自对,也可两句相对。[②]一般来说,对仗要求上下两句的句法结构相同或相近,字数相等,词性相同,平仄相协,意义相关或相反。

对仗的种类非常繁多,《文镜秘府论》列举出29种对仗,但是这些对仗"有的是名异而实同,有的名异而差别不大",蒋绍愚(2008)对其进行了归并和重新分类。从位置来看,对仗可以分为当句对、隔句对、续句对、交络对、双拟对和流水对。[③]续句对是诗歌对仗中最常见的形式,在格律诗中指一联诗句的出句和对句两两相对。例如:

例12-68 水摇天地白,山入混茫青。 (袁枚《过洞庭》)

例12-69 远山雪有一峰白,别浦枫余几树红。 (纳兰性德《拟冬日景忠山应制》)

两例中的对仗都是续句对,句中的形容词与形容词相对(白—青,白—红),动词与动词相对(摇—入,有—余),名词与名词相对(水—山,雪—枫),对仗形式非常工整。

清诗中有大量句式齐整、结构精美、声律和谐的诗歌佳作,本书仅对续句对中

---

① 余松.语言的狂欢[M].昆明:云南人民出版社,2000:222-238.
② 王力.诗词格律[M].北京:中华书局,2013:16-17.
③ 蒋绍愚.唐诗语言研究[M].北京:语文出版社,2008:59-67.

含有颜色词的对仗形式予以考察。我们借鉴刘云泉(1988)对古典诗歌中色彩对仗表达形式的分类成果,[①]认为清诗续句对中含有颜色词的对仗形式主要有四种,分别是色彩对、字面对、借音对和借物对。

12.3.1 色彩对

色彩对指"上下两句相对仗的是色彩词"[②],本书指含有语义颜色词的上下两个诗句彼此相对,这是色彩对仗的主要形式,清诗颜色词语料库中色彩对的例句有2836条。上文的两个例句便是色彩对的典型形式,例中上句的颜色词"白"分别与下句的颜色词"青"和"红"相对,属于无彩色和有彩色的对仗,对比效果"既大方又活泼"[③],色彩反差较大,给人以美的感受。又如:

例12-70 枫叶红虽在,芙蓉绿渐稀。 (袁枚《送秋二首》)

例12-71 绛树凭栏看独笑,绿衣传火照梳头。 (吴伟业《题画石榴》)

两例中都是红色与绿色相对,二者是具有强烈对比的色彩,属于互补色,这是清诗中常见的色彩配合形式,"红、绿同对对比,则红色更红,绿色更绿"[④],描绘出一幅色彩鲜明的画面,黑与白、黄与紫等也都构成互补色对仗,相关的诗句也有很多,而同一色相相对的例子则比较少见,例如:

例12-72 翠滴云外山,绿迷雨后树。 (英和《涞州道中口占》)

例中相对的颜色词"翠"和"绿"都表示绿色,属于同一颜色范畴,凸显出仲夏时节郊外一碧千里的美景。同类色相对比,"比较单纯、柔和、协调,色彩倾向鲜明、同一,注重色相的微妙变化"[⑤]。除了单音节语义颜色词外,清诗中还有大量双音节或三音节颜色词形式相对的诗句,例如:

例12-73 晓日初升犹淡白,微霜略染已深红。 (纳兰常安《芙蓉花》)

[①] 刘云泉.语言的色彩美[M].合肥:安徽教育出版社,1988:101-105.
[②] 刘云泉.语言的色彩美[M].合肥:安徽教育出版社,1988:101.
[③] 林茂海等.颜色科学与技术[M].北京:中国轻工业出版社.2019:7.
[④] 何国兴.颜色科学[M].上海:东华大学出版社.2004:36.
[⑤] 周婷.色彩构成与现代设计[M].福州:福建美术出版社.2007:30.

例 12-74 仰首望苍苍,卿月仍皎皎。　（袁枚《闻奇中丞……喜而有作》）

例 12-75 鹃啼红踯躅,蝶睡粉模糊。　（纳兰常安《早起》）

例 12-76 岩松青郁郁,涧石白皑皑。　（尹继善《恭和御制千尺雪杂咏元韵》）

以上色彩对仗的例子都是颜色词单独使用的形式,清诗中还有大量含彩词语相对的例子,这是色彩对的主要组成部分。例如:

例 12-77 疏林黄叶雨,远浦碧云秋。　（多隆阿《宁远道中》）

例 12-78 红叶落时随瀑布,白云开处见垂绅。　（纳兰常安《九日同……登东山》）

此外,清诗语料库中还有许多四个颜色词相对的例子,例如:

例 12-79 青山影里红藤杖,翠树阴中绿笋舆。　（英和《五月三日……道上偶作》）

例 12-80 朱嘴掠开秋水碧,翠翎点破夕霞红。　（纳兰常安《翡翠》）

两例既是当句对,又是续句对,例中的颜色词密集出现,对仗整齐,展现出一幅色彩绚丽的画面,给人以美的体验。

12.3.2 字面对

字面对指"色彩对仗里的色彩词（或语素）不是表示色彩的意义,而是借用了一个词的字面"①,《文镜秘府论》将这种对仗称为"字对","字对者,若'桂楫''荷戈','荷'是负荷之义,以其字草名,故与'桂'为对,但取字义为对也"②。清诗语料库中字面对的例子有 324 条,例如:

例 12-81 白发门墙登首席,青年词馆忆三生。　（袁枚《腊月五日……各赋四首》）

例 12-82 赤手差胜真我懒,白头应倍故吾怜。　（奕绘《自题拈毫小照》）

例 12-83 苌弘幻化血凝碧,杜宇啼残花染红。　（纳兰常安《翡翠》）

前两例中颜色词"白"表示颜色,"青"和"赤"不直接表示颜色义,而是表示与颜

---

① 刘云泉.语言的色彩美[M].合肥:安徽教育出版社,1988:102.
② 蒋绍愚.唐诗语言研究[M].北京:语文出版社,2008:64.

色相关的其他义,诗人借用其字来形成对仗。第三例下句中的"红"表示颜色,上句中的"碧"指碧玉,不表示颜色,诗人同样借"碧"字来与"红"形成对仗。又如:

例12-84 有室徒生白,无书可杀青。（袁枚《残冬》）

例12-85 举白连倾银凿落,培黄重裹土馒头。（文昭《清明前二日为女扫墓》）

两例中的"颜色字"在句中都不表示颜色义,而是指与颜色相关的转喻义,诗人同样借这些字的形体来形成对仗。此外,字面对中还有很多借专名的例子,例如:

例12-86 识面已头白,论心惟草玄。（吴伟业《赠刘虚受二首》）

例12-87 白下争看新使节,青山仍伴旧书生。（尹继善《余将赴金陵……依韵和之》）

例12-88 赤松采药神山隐,白鹤谈经古寺禅。（吴伟业《过淮阴有感二首》）

前例中的"玄"指扬雄所写的《太玄经》,第二例中的"白下"是地名,第三例中的"赤松"指传说中的仙人赤松子,三例中的"颜色字"在句中不表示颜色,诗人借字来构成对仗。实际上,字面对所借的是这些字的"颜色义",这些"颜色义"是读者根据字形联想到的,并不是其在诗句中的实际意义。

12.3.3 借音对

借音对指"出句和对句中的一句用的是色彩词,另一句借用一个与色彩词声音相同的词,也就是借色彩词的同音词相对"[①],《文镜秘府论》将这种对仗称为"声对","声对者,若'晓路''秋霜','路'是道路,与'霜'非对,以其与'露'同声故"[②]。清诗语料库中借音对的例子有78条,例如:

例12-89 眼凝清露重,眉敛翠烟深。（纳兰性德《折杨柳》）

例12-90 一曲清箫吹凤至,满城红叶送诗来。（袁枚《题蒋盘漪诗册》）

例12-91 风清钟鼓吴山出,云黑帆樯楚雨来。（吴伟业《寿座师李太虚先生四首》）

---

① 刘云泉.语言的色彩美[M].合肥:安徽教育出版社,1988:103.
② 蒋绍愚.唐诗语言研究[M].北京:语文出版社,2008:64.

上述三例中上句的"清"不表颜色,借音为"青"后就与下句的颜色词"翠""红""黑"相对。借颜色词"青"音的例子比较多,借其他颜色词音的例子还有:

例 12-92 左据青玉案,右拥鸿宝书。 （顾太清《游仙四首》）

例 12-93 鸟栖翠竹啼红雨,人坐篮舆度白云。 （纳兰常安《四月初八日……赴偏桥》）

两例中下句的"鸿"和"篮"不表颜色,在诗中分别借了颜色词"红"和"蓝"的音,分别与上句中的颜色词"青"和"翠"相对,使诗句具有整饬匀称之美。

12.3.4 借物对

刘云泉(1988)认为:借物对指"相对的两句中没有色彩词,诗人用有色彩的事物名词来相对。这些事物名词使人联想起它们的色彩"[①]。实际上,这些能够突出色彩的事物名词就是本书所说的语用颜色词,与刘云泉(1988)不同的是,本书所指的借物对还包括句中带有语义颜色词的情况,这样的语料有 56 条,例如:

例 12-94 撕开紫绵袄,褪出雪肌肤。 （袁枚《荔枝二十六韵》）

例 12-95 绛云薄染鲛绡幅,冰月低侵蜀锦机。 （纳兰常安《步副使冯叔益二色莲元韵》）

例 12-96 五出雪迷千树白,九秋霜炼一枝霞。 （奕绘《红梅花三首以题为韵》）

在上述三例中,上句都含有语义颜色词,下句都带有表示色彩的事物,即语用颜色词,分别是"雪""冰""霞"。三者同样描绘出事物的色彩特征,与上句的语义颜色词相对仗。上下诗句都含有语用颜色词的例子有 32 条,例如:

例 12-97 细缕千层玉,轻围一线金。 （纳兰常安《锦边莲》）

例 12-98 雪浪一条江上下,墨云万里粤西东。 （纳兰常安《雨中登独秀山》）

前例中的"玉"和"金"都是语用颜色词,在此突出了锦边莲的色彩特征,分别指绿色和黄色。后例中的语用颜色词"雪"和"墨"同样表示颜色,分别指白色和黑色。

总的来看,清诗续句对中含有颜色词的对仗形式主要有四种,分别是色彩对、

[①] 刘云泉.语言的色彩美[M].合肥:安徽教育出版社,1988:104.

字面对、借音对和借物对，共有 3326 条语料。其中，色彩对的诗句占 85.3%，字面对、借音对和借物对的语料仅占 14.7%，三者都属于比较特殊的对仗形式，丰富了色彩对仗的种类。这些含有颜色词的对仗都整齐匀称，色彩相映调和，描绘出一幅幅绚丽多彩的画面，给读者带来美的享受。

12.4 汉族与满族诗人颜色词使用对比分析

清朝是满族建立并统治全国的封建王朝，满族统治者为巩固政权，采取了积极的文化政策，主动接受并大力弘扬以儒学为核心的汉族传统文化，这不仅缓和了民族矛盾，同时也极大地促进了满族文学的发展。张佳生（1999）指出："在满族文学中，最早出现的汉文作品是诗歌"，"满族文学从诗歌兴起并不是一种偶然……因为诗歌自古以来就占有着正统的地位"①。

在此背景下，清代诗坛涌现出了数量众多的满族诗人。例如，清代铁保编撰的《熙朝雅颂集》就收录了清初至嘉庆初年 534 位八旗诗人的 6000 余首诗歌作品。②此外清代宗室成员也具有较高的诗词修养，仅收入到董文成等编写的《爱新觉罗全书·诗词撷英》中的宗室诗人就多达 120 人，③其中不少是满族诗坛中的名家，包括本书所涉及的诗人文昭、岳端、奕绘、敦诚。董文成（2000）指出："清代满族的书面文学创作队伍与其他少数民族不同，成就较大的作家多是满族上层贵族人物，平民作家较少。"④这一特点在古典诗词方面尤为显著，除了上述四位宗室诗人外，本书所涉及的其他六位满族诗人也都是上层贵族知识分子。

汉族和满族诗人共同构成了清代诗坛的创作主体，创造出光辉灿烂的艺术成就，使清代诗坛出现了繁荣昌盛的局面。下面我们将对汉族和满族诗人诗歌作品中颜色词的使用情况进行比较研究，以便更好地了解颜色词在清诗中的语用特点。

---

① 张佳生.满族文化史[M].沈阳：辽宁民族出版社，1999：280.
② （清）铁保辑，赵志辉校点.熙朝雅颂集[M].沈阳：辽宁大学出版社，1992.
③ 董文成.清代满族文学史论[M].北京：中国文联出版社，2000：46.
④ 董文成.清代满族文学史论[M].北京：中国文联出版社，2000：43.

12.4.1 总体概况对比分析

在本书语料库中，汉族诗人颜色词语料数为 5890 条，满族诗人颜色词语料数为 6478 条，分别占总语料数的 47.6% 和 52.4%。二者在数量和所占比例方面差别不大，这就为我们的比较研究提供了很好的客观条件。通过统计，我们总结出汉族与满族诗人诗歌作品中具体颜色词的使用数量，详见表 44：

表 44 汉族与满族诗人颜色词使用数量统计表

颜色范畴	颜色词类型	使用次数①
黑	语义颜色词	黑[80/83]、青(黑)[100/46]、乌[102/42]、苍(黑)[74/24]、玄[68/10]、黯[15/25]、绿(黑)[15/15]、翠(黑)[7/10]、骊[7/8]、皂[13/0]、缁[4/8]、黔[7/3]、黎(黧)[0/4]、黝[3/1]、卢[2/1]、骒[3/0]、焦[2/0]、元[0/2]、冀[0/1]
	语用颜色词	黛[10/31]、墨[16/24]、鸦[3/5]、漆[2/2]、铁[1/1]、栗[0/1]
白	语义颜色词	白[1018/850]、素[84/176]、苍(白)[77/55]、皎[17/46]、皓[18/29]、华[33/10]、皤[15/5]、缟[10/5]、皑[5/3]、暂[4/1]
	语用颜色词	银[123/82]、玉(白)[85/23]、霜[64/36]、粉[34/62]、雪[50/38]、丝[21/18]、鹤[7/7]、秋[8/3]、星星[3/4]、冰[1/4]、绵[0/3]、藕丝[2/0]、雪兰[1/0]、纸[1/0]
红	语义颜色词	红[612/792]、丹[224/105]、朱[88/114]、赤[90/79]、绛[100/48]、彤[16/23]、酡[1/12]、赪[7/4]、绯[2/7]、赪[2/5]、茜[1/5]、猩[0/6]、殷[0/5]、缥[3/1]、赧[0/1]
	语用颜色词	胭脂[9/6]、血[2/5]、火[2/2]、桃[1/2]、霞[1/1]、芙蓉[0/1]、檀[0/1]、杏[0/1]
黄	语义颜色词	黄[651/575]、缃[3/7]、黔[1/0]
	语用颜色词	金[76/55]、曈[21/26]、蜡[1/3]、酒[0/3]、土[2/1]、郁金[2/1]、褐[0/1]、葵花[1/0]、橘[0/1]、蜜[1/0]
绿	语义颜色词	青(绿)[506/525]、绿(绿)[213/567]、碧(绿)[174/390]、翠(绿)[113/396]、苍(绿)[45/103]、葱[6/17]、缥[0/1]
	语用颜色词	春[3/9]、草[4/5]、玉(绿)[5/2]、鸭头[0/4]、柳[1/0]

---

① 每个颜色词后面的中括号中有两个数字，分别是汉族和满族诗人使用该颜色词的语料数。例如，黑[80/83] 表示"黑"在汉族诗人诗歌作品中出现 80 次，在满族诗人诗歌作品中出现 83 次。

续表

颜色范畴	颜色词类型	使用次数
青-蓝	语义颜色词	青(蓝)[305/211]、碧(蓝)[86/99]、苍(蓝)[87/98]、蓝[8/23]、绀[4/5]
	语用颜色词	霁[0/13]、卵[0/2]、靛[0/2]
紫	语义颜色词	紫[183/283]、青(紫)[11/17]
	语用颜色词	椹[0/1]

总体来看,汉族诗人与满族诗人在颜色词使用数量方面的差异不是很大。根据上表,汉族诗人共使用了 88 个颜色词,其中包括 54 个语义颜色词和 34 个语用颜色词;满族诗人则使用了 98 个颜色词,包括 57 个语义颜色词和 41 个语用颜色词。满族诗人在语义颜色词、语用颜色词以及颜色词使用总数量上都略高于汉族诗人,这种情况的出现与满族诗人颜色词语料总数稍多有一定的关系。

此外,本书语料库中还有 10 个颜色词是汉族诗人使用而满族诗人未使用的,它们分别是皂、骓、焦、藕丝、雪兰、纸、黔、葵花、蜜、柳;有 20 个颜色词是满族诗人使用而汉族诗人未使用的,分别是黎(黧)、元、鬓、栗、绵、猩、殷、赧、芙蓉、檀、杏、酒、褐、橘、缥、鸭头、霁、卵、靛、椹。由于这些颜色词使用的频率都比较低,大多在 5 次以下("皂"和"霁"出现频率最高,为 13 次),具有一定的偶然性,因此它们的影响也可以忽略不计。具体到每个颜色范畴,汉族与满族诗人的使用情况有所差异。

从黑色范畴来看,汉族诗人使用的次数远远高于满族诗人。根据上表,黑色范畴颜色词在汉族诗人诗歌中共出现 534 次,在满族诗人诗歌中则仅出现 348 次。这反映出满族诗人可能不喜欢黑色或者日常生活中接触的黑色事物较少。例如"皂"在汉族诗人诗歌中出现了 13 次,在满族诗歌作品中则一次未出现。在本书语料库中,"皂"常常与衣物类搭配,"皂衣""皂帽"常常为汉族下层官员或知识分子所穿戴,"皂隶"则是穿着黑色衣服的差役,这些都是身居高位的满族诗人很少接触的。此外,满族诗人出于避讳考虑,使用"玄"的次数比汉族诗人少得多,并且使用了"元"来代替"玄",这种情况在汉族诗人作品中暂未发现。

从白色范畴来看,虽然白色是满族人崇尚的颜色,但是汉族诗人的使用次数也高于满族诗人,总数分别是 1681 次和 1460 次。其中颜色词"白"在汉族诗人诗歌中出现了 1018 次,在满族诗人诗歌中出现了 850 次。在清诗中,"白"所构成意象多为"白骨""白云""白发"等,带有凄凉萧瑟的情调,而满族诗人多为上层贵族,"诗歌的风格主要在雄浑豪放和清旷疏俊两个方面,用笔多清荡磊落,沉著刚隽"①,因此上述意象在满族诗歌中较少出现,这可能是颜色词"白"用得少的原因。

从红色范畴来看,汉族诗人与满族诗人使用的总数量相当,分别是 1161 和 1226 次。但是满族诗人使用了红范畴中 15 个语义颜色词和 8 个语用颜色词,而汉族诗人只使用了 12 个语义颜色词和 5 个语用颜色词,并且汉族和满族诗人使用"红"的次数分别是 612 和 792 次,这说明代表亮丽色彩的红色范畴颜色词可能更受满族诗人青睐。此外,颜色词"酡"表示饮酒后脸红的颜色,在汉族诗人作品中只出现 1 次,而在满族诗人作品中却出现了 12 次之多,这与满族诗人养尊处优、饮酒作乐的生活有一定的关系。袁枚不饮酒,曾作《不饮酒诗》二十首,所以我们在袁枚诗歌中未发现颜色词"酡"。又如"猩"多用于修饰贵重的丝织品,同样在满族诗人作品中出现次数较多。

从绿色范畴来看,满族诗人的使用次数远远高于汉族诗人的,前者使用了 2019 次,后者使用了 1070 次。满族诗人在该范畴六种语义颜色词上的使用次数全都高于汉族诗人,例如"绿(绿)"在满族和汉族诗人作品中的次数分别是 567 和 213 次,"碧(绿)"是 390 和 174 次,"翠(绿)"是 396 和 113 次,这一事实反映出满族诗人对绿色范畴颜色词的喜爱。绿色在清诗中常用来修饰山水、树木等自然景物,与汉族诗人相比,满族诗人生活优越,常纵情于山水之间,所以满族诗人诗歌作品中绿色范畴颜色词出现的次数更多一些。

从青—蓝色范畴来看,蓝色同样是满族诗人非常喜欢的颜色。汉族诗人只使用了该范畴的 5 个语义颜色词,满族诗人除了使用了语义颜色词外,还使用了 3 个语用颜色词。此外,除"青(蓝)"外,满族诗人在该范畴颜色词成员上的使用次数都多于

---

① 张佳生.清代满族诗词十论[M].沈阳:辽宁民族出版社,1993:180.

汉族诗人的,例如"蓝"在满族诗歌中出现了 23 次,在汉族诗歌作品中只出现了 8 次。一些复音节颜色词,如"蔚蓝""浅蓝""鸦青"等也基本只出现在满族诗人作品中。王业宏(2011)也指出:"满族对蓝色情有独钟","对蓝色的崇尚是一种习俗、一种文化心理结构"①。因此,与汉族诗人相比,满族诗人青—蓝色范畴颜色词的种类上更加丰富一些,汉族诗人更倾向于用"青"来表示蓝色,因此使用次数远远高于满族诗人。

在紫色范畴颜色词方面,满族诗人的使用次数也是全面多于汉族诗人的,特别是在"紫"的使用上,汉族和满族诗人使用次数范别是 183 和 283 次。前文中我们也提到过,清代时满族人特别是贵族同样对紫色情有独钟,普通的官吏军民不能随便使用。清朝存在严格的色彩等级制度,"官民等帽缨不得用红紫线,领披、系绳、荷包、腰带等不得用黄色","官吏军民不能用黄、紫两色的衣服","清前期,民间连女孩子扎头绳都不准用红紫色"②。

在黄色范畴方面,满族诗人的使用次数则少于汉族诗人的,分别是 673 和 759 次,并且多用于修饰植物、动物和地理事物等,差异性不是很明显。综上所述,满族诗人在诗歌中更倾向于使用色彩亮丽的颜色词,尤其是绿范畴中的颜色词;而汉族诗人则更倾向于使用素净淡雅的颜色词,例如黑色范畴和白色范畴中的颜色词。这种现象的出现与诗人生活环境、民族审美心理和清朝色彩制度等都有一定的关系。

12.4.2 使用形式对比分析

张佳生(2009)指出:就目前发现的资料看,满族在入关前没有产生文学价值很高的作品,用满文写作的文学作品数量也很少,真正能够代表满族文学成就的是入关后的文学作品。③在清朝满族文学中,最早出现的汉语文学作品便是诗歌,而且完全是按照汉族诗歌格律形式来写作,满族诗人在古典诗歌形式方面几乎没有突破,

---

① 王业宏,刘剑,童永纪."清"出于蓝——清代满族服饰的蓝色情结及染蓝方法[J].清史研究,2011,(4):110-114.

② 杨健吾·清代色彩民俗的流变及特点[J].盐城师范学院学报(人文社会科学版),2006,(10):63-67.

③ 张佳生.清代满族文学论[M].沈阳:辽宁民族出版社,2009:15.

许多满族诗歌具有较明显的模仿痕迹。

此外,满族和汉族诗人的联系非常紧密,许多满族文人的老师为汉族学者,例如文昭是王士禛的入室弟子,纳兰性德拜汉族学者徐乾学为师。满族诗人还常常与汉族诗人结为诗友,相互联吟酬唱,岳端曾有诗句描写他与孔尚任的友谊:"孔君与我交,诗文兼道义。孔君不挟长,我亦不挟贵。"在此影响下,汉族和满族古典诗歌的整体形式基本相同,诗中颜色词的使用形式也不例外。然而由于成长环境等方面的不同,满族诗人在颜色词的使用上更具多样性和灵活性,这主要体现在以下两个方面。

首先,有些使用形式只在满族诗歌作品中出现,未出现于汉族诗歌作品中。

(1)满族诗歌作品中出现过颜色词的 AABB 式,但是汉族诗歌作品中没有出现。例如:

例 12-99 白白红红锦不如,爱渠还倩众芳扶。 (文昭《瓶中杏花三首》)

李劲荣(2014)指出:"形容词 AABB 式的语法意义就是描绘性和生动性。"[①]例中的"白白红红"强调了杏花的颜色特征,具有较强的描绘性。

(2)满族诗歌作品中多次出现三种以上颜色词在一个句子中连用的形式,例如:

例 12-100 到门便觉香气扑人鼻,或黄、或白、或紫或青黛。 (英和《琴柯招同芜友芝轩长椿寺看菊》)

例 12-101 天之苍苍非正色,乃是青黄黑白赤。 (岳端《五色石子歌为顾卓赋》)

例 12-102 灿然五色俱,黄紫碧绿赤。 (文昭《咏柈中苹婆沙果莲蓬桃李等果》)

在上述三例中,一个句子都包含了五种颜色词,这种形式极大地增强了诗句的描摹性,具有一定的口语性。同一句子中三种颜色词连用的情况在汉族诗歌作品中只出现过一例,例如:

例 12-103 石色青黄朱,四时倏变化。 (袁枚《到韶州换小舟游丹霞至锦石

[①] 李劲荣.现代汉语形容词生动形式的语用价值[M].北京:中国社会科学出版社,2014:32.

岩》）

(3)满族诗歌作品中存在三种同色颜色词出现于一个句子的情况,汉族诗歌作品中则未发现。例如:

例 12-104　青山青到无青处,认取松声过短桥。　（顾太清《题王叔明听松图》）

例 12-105　白羽之白非纯白,孟子理被告子夺,新正贺年兼贺雪。　（奕绘《新正雪》）

例 12-106　白马白马雪色毛,生空谷兮性英豪。　（奕绘《白马篇》）

前两例中,一个句子包含了三个同样的颜色词。在后一例中,一个句子中出现了两次语义颜色词"白"和一次语用颜色词"雪",三者都属于白色。

其次,有些使用形式在满族诗歌作品中出现的次数远远高于其在汉族诗歌作品中的出现次数。

(1)颜色词的 ABB 式在满族诗歌中出现的次数比较高。在本书语料库中,颜色词的 ABB 式在满族诗歌中出现了 39 次,而在汉族诗歌中仅出现 10 次。杨爱姣(2005)指出:"由雅到俗的语体变化,促使近代汉语'ABB'式状态形容词大量增加。"[1]可见,颜色词的 ABB 式具有很强的口语性,"这种叠音词多出现在元、明杂剧的唱词里,可能与戏曲的曲调有关"[2]。颜色词的 ABB 形式在满族诗歌中还常常配对出现,例如:

例 12-107　松盖白层层,羊肠黄曲曲。　（英和《山行》）

诗句中的"白层层"和"黄曲曲"不仅具有很强的描摹性,更使诗句具有了口语性特点。

(2)颜色词的 ABC 式在满族诗歌中出现的次数也远远高于其在汉族诗歌中的次数。在满族诗歌作品中,颜色词的 ABC 形式出现了 27 次,而它在汉族诗歌中只出现了 3 次,并且都是在袁枚的诗歌中出现的。ABC 式同样是一种生动的具有较强描绘性的颜色词形式。此外,它还具有明显的口语化色彩。李凤英(2010)也指出:

---

[1] 杨爱姣.近代汉语三音词研究[M].武汉:武汉大学出版社,2005:30.
[2] 蒋冀骋.近代汉语词汇研究[M].长沙:湖南教育出版社,1991:46.

ABC 式形容词具有口语性,这种形式进入书面语的情况比较少,原因就在于其随意的口语色彩。①例如:

例 12-108　俗眼相逢疑带雪,怪他一片白模糊。　（岳端《飞白竹》）

(3)颜色词的 BBA 式在满族诗歌中出现的次数也比较多。根据统计,它在满族诗歌中出现了 15 次,在汉族诗歌中出现了 6 次。与 ABB 和 ABC 式类似,清诗中的 BBA 式也具有很强的描绘性和口语性。例如:

例 12-109　条枝丛发巨如指,逢春也作鲜鲜绿。　（文昭《邦均古槐歌》）

(4)两个相同颜色词连用的形式在满族诗歌中出现的次数也比较多。在本书语料库中,这种颜色词的使用形式在满族诗歌中出现了 32 次,在汉族诗歌中出现了 7 次。在汉语古典诗歌中,为避免重复,具有同一颜色的两种事物常常会使用两个不同的颜色词来修饰,例如:

例 12-110　诗坛文社皆陈迹,雪鬓霜髯各半生。　（英和《喜晤继莲龛总戎》）

例 12-111　柿叶半红梨叶赤,远山夕照近山阴。　（顾太清《廿一寻视田园疆界晚归》）

两例中都用了两个颜色词来修饰事物,这两个颜色词属于同一颜色范畴。满族诗歌中还常常出现同一个颜色词在句子中连续出现两次的情况,例如:

例 12-112　绕篱缓步拖藜杖,黄叶黄花半夕阳。　（文昭《宅后散步》）

例 12-113　青年忍共青春老,芳恨空随芳草生。　（岳端《春夜》）

两例中同一颜色词连续出现,这种表达方式看似"朴拙",却另有一番韵味。

此外,在满族诗歌作品中,许多包含颜色词的诗句都具有很强的口语性,例如:

例 12-114　仰视一色黑无极,霎时变化成三色:云干光白,日出光赤,天开光碧。　（岳端《望景忠山宿三屯营》）

例 12-115　无论白与红,染甲总能赤。　（英和《凤仙》）

例 12-116　过去未来缘,两头黑洞洞。　（奕绘《道喻十首》）

总体来看,在颜色词的使用形式上,满族诗人的作品更具有多样性和灵活性。而且在满族诗人的作品中,很多含有颜色词的诗句都具有率真质朴、明白晓畅的语

---

① 李凤英.论元曲中 ABC 式状态形容词[J].语文学刊,2010,(18):62-63.

言风格。我们认为,这种风格的产生主要有两方面的原因。

首先,满族诗人多为贵族子弟,生活条件优越,所以大多不必像汉族士子一样苦心钻研八股文和应制诗等,来应付科举或博取高官赏识。因此他们在写作时没有很强的功利性,所受的约束也相对较少,能够比较随心所欲地进行诗歌创作。

其次,王佑夫(1994)指出:满族诗论的核心是"性情说","崇真尚实,提倡自然天成是诗论家们共同的倾向和主张"。乾隆帝对满族的民族特性也作过概括:"满洲本性朴实,不务虚名。"这一深层的民族特性使得满族诗学系统具有现实主义的性质。[①]在此影响下,满族诗人的作品能够摆脱形式上的束缚,从而更专注于描摹真实景物,抒写内心情感。

12.5 清代诗歌与小说中的颜色词使用对比分析

为了全面了解清代颜色词的总体使用情况,我们既要对古典诗歌等韵文文学作品中的颜色词进行研究,同时也要对清代小说等非韵文文学作品中的进行研究,并且通过比较,我们能更好地把握颜色词在清诗中的使用特点。2022年,一位匿名评审专家在审阅我们团队的国家社科基金项目结项报告时也指出:"这些颜色词在诗歌中的用例,无论断代还是历时情况,书稿目前均在所选定代表性韵文作品集范围内,那么非韵文文献中的情况又如何呢? 恐怕两相比较才能看出诗歌用例的特点"。因此在本节中,我们将对清代诗歌与小说中的颜色词使用情况进行简要对比分析。

清代是中国小说史上继明代之后又一个创作和传播的高峰时代,清代文人作家创作了数量众多的优秀小说,其中最为后人称道的莫过于《红楼梦》。鲁迅曾说:"自有《红楼梦》出来以后,传统的思想和写法都打破了。"(《中国小说的历史的变迁》)作为中国四大名著之一,《红楼梦》"不仅以其艺术上的精致完美达到了中国古典小说的巅峰,并且以其深刻的人生悲哀,打动被莫名的伤感所笼罩着的世人的内

[①] 王佑夫.清代满族诗学的基本特征[J].民族文学研究,1994,(2):3-10.

心。"①"在《红楼梦》中充满着日常生活的描写,这些描写是那样的细腻、逼真……都是经过了作者精心的提炼,富有典型性和倾向性","《红楼梦》的语言最成熟,最优美。其特点是简洁而纯净,准确而传神,朴素而多采,达到了炉火纯青的境界"。②近年来,从语言本体角度对《红楼梦》研究的成果非常丰富,其中也包括了很多对《红楼梦》中颜色词研究的成果。在中国知网(CNKI)上,我们以"《红楼梦》颜色词"作为篇名共查到约50条文献(截至2022年12月),曹莉亚的博士论文《〈红楼梦〉颜色词计量研究》系统考察了《红楼梦》中的颜色词全貌,在此研究领域中具有重要的影响。我们便以《红楼梦》为例,借鉴曹莉亚的研究成果,对颜色词在古典诗歌和小说中的使用进行比较研究。

12.5.1 总体概况对比分析

首先,从颜色范畴数量来看,曹莉亚(2012)对《红楼梦》一百二十回的颜色词使用情况进行了全面而细致的计量分析,发现共使用颜色词228条,这些颜色词涉及红、黄、绿、蓝、紫、褐、黑、白、灰、杂等10个颜色范畴,在作品中共使用1845次。③与清诗颜色词语料库相比,《红楼梦》多了褐、灰、杂三个颜色范畴。根据文后附表,褐色范畴仅有一个成员,即酱色;灰色范畴有三个成员;而杂色范畴有39个成员,包括鲜艳、娇艳、彩色、锦、深、淡、斑等,由于对颜色词的界定稍有不同,在本书语料库中,我们未收录这些杂色范畴成员。可见,清诗和《红楼梦》颜色范畴大体一致,都有黑、白、红、黄、绿、蓝、紫七大颜色范畴,只不过由于表示蓝色的"青"使用数量多,在清诗语料库中,该范畴被叫作青—蓝色范畴。《红楼梦》颜色词语料库真正增加的只有褐色和灰色两个颜色范畴。

其次,从颜色词使用频率来看。前文说过,我们从约115万字的清诗中归纳出12368条语料,平均下来每万字的颜色词语料数约为107.5条。而曹莉亚(2012)以1982年红校本一百二十回《红楼梦》为语料来源,根据网上资料,《红楼梦》的确切

---

① 章培恒,骆玉明.中国文学史新著(下册)[M].上海:复旦大学出版社,2011:542.
② 游国恩等主编.中国文学史(修订本)(四)[M].北京:人民文学出版社,2002:292-293.
③ 曹莉亚.《红楼梦》颜色词计量研究[D].苏州大学,2012:188.

字数是 788451，①约为 79 万，而 10 个颜色范畴的语料数为 1845 次，每万字的颜色词语料数仅有 23.4 条，前者是后者的 4.6 倍。如果去掉《红楼梦》颜色词语料库中的杂色范畴语料，每万字的颜色词语料数将会更低。虽然魏继昭(1987)说"文学作品描绘色彩之丰富、生动、含情和寓意之深刻，莫过于《红楼梦》了，可谓前无古人，在近现代的中外文学作品中也没有能够与之媲美者"②，但是与清诗相比，颜色词在小说中的使用频率可谓非常低。我们再以《醒世姻缘传》为例，根据马苏彦(2020)的调查，《醒世姻缘传》中颜色词共有 146 个，涉及用例共 1044 例。③而该书近 100 万字，平均每万字的颜色词语料数仅有 10.4 条，不到清诗的十分之一，差距非常悬殊。颜色词在清诗中的使用频率极其高，这也充分反映出颜色词在古典诗歌语言中的重要性。

第三，从具体的颜色词成员来看。在清诗语料库中，我们统计出单音节语义颜色词 60 个，语用颜色词 48 个，同时对形式比较固定的 124 个复音节颜色词进行了描写分析，这些复音节颜色词也可以被视作颜色词。曹莉亚(2012)也将 228 个颜色词归属到十个颜色范畴中，详细对比情况如下表所示：

表 45 清诗和《红楼梦》颜色词语料库成员对比表

颜色范畴	《红楼梦》颜色词语料库成员	清诗颜色词语料库成员
黑	黑、黑色、黑亮、漆黑、魆黑、沉黑、粗黑、黑魆魆、黑冀冀、黑油油、黑漆漆、墨、墨烟、紫墨色、乌、乌油、乌压压、青③、青金、红青、铁青、烟青、缁、元、黳、皂、漆、翠②、绿②（共计 29 个）	黑、青(黑)、乌、苍(黑)、玄、黯、绿(黑)、翠(黑)、骊、皂、缁、黔、黎(黑)、黝、卢、骙、焦、元、黉、黛、墨、鸦、漆、铁、栗、昏黑、漆黑、纯黑、黝黑、黑淋淋、黑洞洞、青黛、浅黛、淡墨、纯乌（共计 35 个）
白	白、白净、白腻、雪白、苍白、洁白、素白、净白、白漫漫、白汪汪、白花花、白茫茫、	白、素、苍(白)、皎、皓、华、皤、缟、皑、皙、银、玉(白)、霜、粉、雪、丝、鹤、秋、星星、

---

① 《红楼梦》的字数与人数有多少？[EB/OL].[2019-1-15]. https://zhuanlan.zhihu.com/p/54877025

② 魏继昭.《红楼梦》的色彩意味初探[J].红楼梦学刊,1987,(3):165-170.

③ 马苏彦.《醒世姻缘传》颜色词研究[D].辽宁师范大学,2020:159.

续表

颜色范畴	《红楼梦》颜色词语料库成员	清诗颜色词语料库成员
白	白蜡、雪、霜、银、雪色、霜雪、银霜、素①、缟、缟素、纯素、玉、莹洁、粉②、脂②、苍③、瞵、皑皑、皎皎、新荔、秋（共计33个）	冰、绵、藕丝、雪兰、纸、白皙、淡白、雪白、斑白、洁白、纯白、浅白、镶白、粉白、白皑皑、斑苍、苍浪、纯素、淡兴、轻粉（共计39个）
红	红、红红(的)、红色、红晕、红潮、水红、大红、通红、微红、鲜红、嫣红、飞红、朱红、绛红、粉红、银红、猩红、桃红、梅红、海棠红、石榴红、杏子红、红扑扑、赤、红赤、绛、紫绛、猩、猩猩、丹、丹砂、朱、茜、粉①、血、血点、血色、霞、丹霞、玫瑰、酡、春色、荔色、藕合、藕合色、蜜合色、杨妃色、樱（共计48个）	红、丹、朱、赤、绛、彤、酡、赭、绯、赪、茜、猩、殷、纁、赧、胭脂、血、火、桃、霞、芙蓉、檀、杏、深红、娇红、小红、浅红、微红、猩红、轻红、嫣红、通红、淡红、殷红、酡红、鲜红、琥珀红、退红、艳红、妖/夭红、赪红、暗红、大红、憨红、酒红、烂红、榴红、白红、窃红、红润、红冉冉、微殷、大朱（共计53个）
黄	黄、黄黄、青黄、娇黄、黄金、金黄、鹅黄、柳黄、葱黄、黄澄澄、金、金晃晃、金纸、杏、松花、松花色、秋香色、土色（共计18个）	黄、缃、黅、金、曛、蜡、酒、土、郁金、褐、葵花、橘、蜜、淡黄、微黄、昏黄、鹅黄、流黄、青黄、黄白、浅黄、轻黄、金黄、深黄、嫩黄、杏黄（共计26个）
绿	绿①、青绿、水绿、油绿、闪绿、碧绿、葱绿、豆绿、柳绿、松绿、松花绿、碧、碧清、碧涧、浅碧、碧荧荧、翠①、翠翠、翠润、苍翠、翡翠、冷翠、青①、青青、莲青、苍①、菁葱（共计27个）	青(绿)、绿(绿)、碧、翠、苍、葱、缥、春、草、玉(绿)、鸭头、柳、青葱、微青、豆青、淡青、浓青、深青、鸭头青、青茫茫、青濛濛、青郁郁、嫩绿、浓绿、鸭(头)绿、惨绿、微绿、黄绿、苍绿、淡绿、重绿、寒绿、深绿、绿依依、绿盈盈、绿莓莓、绿萋萋、苍翠、浓翠、青翠、冷翠、寒翠、轻翠、幽翠、浅碧、重碧、深碧、嫩碧、碧鲜、活碧、澄碧、软碧、轻碧、碧油油、碧沉沉、碧森森（共计56个）
青—蓝	蓝、宝蓝、青②、趣青、石青、靛青、碧青、佛青、鬼脸青、月白、苍②、雨过天晴、玉色（共计13个）	青(蓝)、碧(蓝)、苍(蓝)、蓝、绀、霁、卵、靛、青苍、空青、鸦青、寒碧、绀碧、蔚蓝、浅蓝（共计15个）
紫	紫、红紫、青紫、蛇紫、玫瑰紫、茄色（共计6个）	紫、青(紫)、椹、红紫、蛇紫、丽紫、烂紫、丹紫（共计8个）
褐	酱色（共计1个）	/
灰	灰、灰色、纸灰（共计3个）	/

续表

颜色范畴	《红楼梦》颜色词语料库成员	清诗颜色词语料库成员
杂色	鲜、鲜亮、鲜妍、鲜明、鲜艳、艳、艳艳、光艳、娇艳、浓艳、彩、文彩、彩色、五彩、五采、锦、锦重重、花、花簇簇、深、淡、浓、素②、浅淡、浓淡、雅淡、惨淡、淡素、素淡、素净、五色、各色、杂色、靠色、宝色、陆离、灿烂、斑、果子铺（共计 39 个）	/

从上表可见，虽然清诗颜色词语料库中没有褐、灰和杂色三个颜色范畴，但是其总成员数与《红楼梦》中的基本相当。在二者共同拥有的七个颜色范畴中，清诗颜色词语料库中的成员都稍多于《红楼梦》中的，二者有一些共同的颜色词成员，也有很多对方没有的，具体可见上表。而在绿色范畴中，清诗颜色词成员远远多于《红楼梦》的，前者是后者数量的两倍多，这说明古典诗歌中绿色范畴颜色词使用频率非常高，诗歌中常常描摹绿树、绿草、绿水等自然景物，它们能引起人们的愉悦之情，因此出现次数较多。而《红楼梦》中的颜色词多用于描摹人物服饰等室内日常生活类物品，因此绿色范畴成员少也是理所应当的。

清代小说和古典诗歌中都会使用一些常见的颜色词，如"黄""鲜红"等，二者虽然在单音节颜色词的使用上比较相似，但是在复音节颜色词的使用上差异较大。给我们的启示是：要想全面了解清代颜色词使用全貌，仅仅考察古典诗歌作品或小说都是不够的，不同的文体在颜色词使用上有很大不同，这也反映出清代颜色词的丰富性，许多颜色词成员在《汉语大词典》等中并未出现，[①]我们需要建立更大的语料库才能全面反映清代颜色词使用情况。

虽然清诗和《红楼梦》颜色词语料库使用的颜色词成员数量相差不大，但是清诗颜色词语料库有 12368 条，而后者仅有 1845 条，以"白"为例，它在《红楼梦》中出

---

① 曹莉亚(2012)指出，在其总结出的 228 个颜色词中，有 47 个未见诸《汉语大词典》和《现代汉语词典》，约占总数的 20.61%。(详见文中 188 页)

现 123 次,而在清诗颜色词语料库中出现 1868 次;表示绿色的颜色词"绿"在《红楼梦》中仅出现 69 次,而在清诗语料库中出现高达 1031 次。可见,与《红楼梦》等清代小说相比,清代古典诗歌中的颜色词使用更加频繁,常用颜色词的复现频率也更高,而且因为仿古和用典等原因,还使用了许多清代之前的颜色词,如黑色范畴中的"玄""骊""卢""菸""黳"等,我们在《红楼梦》中并未发现这些词表颜色的用例。

12.5.2 使用形式对比分析

在清诗颜色词语料库中,颜色词在诗句中常以单音节的形式出现,在前文中我们也提到过,这样的语料数有 10924 条,占清诗总语料数的 88.3%。此外,从表 45 来看,在 232 个清诗颜色词语料库成员中,共有单音节颜色词 100 个,包括 60 个单音节语义颜色词和 40 个单音节语用颜色词,占总数的 43.1%。

而根据曹莉亚(2012)统计,《红楼梦》颜色词语音形式以双音节为主,共 137 条,约占总数的 60.09%;其次为单音节,共 61 条,约占 26.75%;三音节 29 条,约占 12.72%;四音节仅 1 条,约占 0.44%。从出现频次来看,《红楼梦》中有 61 条单音节颜色词,用例高达 1432 次,约占总使用例次的 77.62%,167 条多音节颜色词,用例仅 413 次,约占 22.38%。[①]

由上述数据可见,不管是在清诗中还是在《红楼梦》中,单音节颜色词语料都在总语料中占有较高的比例,分别是 88.3%和 77.62%,说明单音节颜色词的搭配能力较强,使用频率也高于复音节颜色词。但是与《红楼梦》相比,清诗单音节颜色词语料在总语料中的比例更高,而且单音节颜色词成员数量在颜色词总数量中的比例也更高。这种现象与文体不同有很大的关系,清诗多为绝句或者律诗,诗句字数受严格限制,加之古典诗歌具有很强的仿古性,所以单音节颜色词使用较多。而《红楼梦》语言较为通俗易懂,其"叙述语言是接近口语的通俗浅显的北方官话,它用词准确生动、新鲜传神、富有立体感"[②]。汉语词汇双音节化在《红楼梦》中有更好体现,因此《红楼梦》中的颜色词以双音节为主。

[①] 曹莉亚.《红楼梦》颜色词计量研究[D].苏州大学,2012:188.
[②] 袁行霈主编.中国文学史(第四卷)[M].北京:高等教育出版社,2003:407.

同样受文体的影响,很多清诗中常见的颜色词用法在《红楼梦》中很少出现(书中的古典诗词除外),其中最典型的便是前文提到的颜色词对仗形式,对仗是古典诗歌格律的表现手法之一,诗人通过将颜色词严格对仗,构成了色彩艳丽的生动画面,如"碧水金鞍照,红旂翠柳牵""朱扉临绿水,碧殿倚青松"等,颜色词出现得非常密集。清诗中还有很多颜色词连用形式,两个或三个以上的颜色词出现于一句话中,如"石色青黄朱,四时倏变化""碧海青天白日斜,生生世世帝王家""碧瓦朱宫紫翠房,琮琤石穴漾清漳"等,同样能使读者深切体会到色彩美感。清诗中甚至有五种颜色连用的例子,如"天之苍苍非正色,乃是青黄黑白赤""燦然五色俱,黄紫碧绿赤"等,描摹了一幅色彩绚丽多姿的美好画面,这固然是诗人刻意为之,但是也是受古典诗歌字数所限。上文诗句中出现的颜色词也都是单音节的,复音节颜色词对仗或连用比较少见。

为了使诗句朗朗上口,增强诗歌的音乐性,清诗颜色词还有很多的 BBA 形式,如"条枝丛发巨如指,逢春也作鲜鲜绿""杏花开处白云笼,花衬云光淡淡红"等,"鲜绿""淡红"作为复音节颜色词,在清代小说和现代汉语中都大量存在,但是"鲜鲜绿""淡淡红"却不是形式独立的颜色词,这种生动的形容词使用形式也只有在古典诗歌中才会出现。

此外,为了突出颜色词的色彩美感,清诗常常将颜色词故意放到句首或者句尾,如"绿抽沙渚芦芽短,黄暖春波雏鸭肥""红摇赤水珊瑚明,翠凝碧瓦琉璃厚""讼庭滋草碧,铃阁泛花红""人采莲子青,妾采梧子黄"等,这些诗句表面上看起来不太合乎正常的表达规范,但其实是别有韵味,属于文学作品中的"陌生化"表达手法,这种颜色词使用形式在《红楼梦》中也非常罕见。

《红楼梦》"以北方口语为基础,融汇了古典书面语言的精粹,经过作家高度提炼加工,形成生动形象、准确精炼、自然流畅、有生活气息和感染力的文学语言"[①]。《红楼梦》中的主要人物大多具有较高的知识水平,因此书中有一些古典书面语言,但是与诗歌相比更接近当时的口头语言,其颜色词的用法也大多比较常规,作为形

---

① 袁行霈主编.中国文学史(第四卷)[M].北京:高等教育出版社,2003:407.

容词写景状物,如"惟有白石阑围着一颗青草,叶头上略有红色""只见窗外竹影映入纱来,满屋内阴阴翠润"。但是与清诗颜色词直接修饰事物不同,《红楼梦》中的颜色词会加上结构助词"的",如"芳官只穿着海棠红的小棉袄""只见他(鸳鸯)穿着半新的藕合色的绫袄",用法与现代汉语完全相同。有的颜色词形成了"的"字短语,如"大红的须是黑络子才好看的""那个软烟罗只有四样颜色:……一样松绿的,一样就是银红的"。还有的颜色词可以作为补语修饰动词,如"贾母见他(熙凤)眼红红的肿了""只见晴雯独卧于炕上,脸面烧的飞红",这些颜色词用法都在清诗中没有出现过。

总之,《红楼梦》和清诗写作时代相同,因此在颜色范畴和主要的单音节颜色词使用上大同小异,但是由于文体不同,《红楼梦》语言更加口语化,接近现代汉语,所以在颜色词使用形式上二者还是有很多不同之处。

12.6 本章小结

本章我们对清诗颜色词的各种语用现象进行了详细探讨,重点分析了各类颜色词在清诗中的语用价值、颜色词在诗句不同位置上的特殊语用效应、颜色词在诗歌对仗中的语用情况、汉族与满族诗人颜色词使用异同、清代诗歌与小说中的颜色词使用对比等方面的内容。通过分析,本章得到以下几点结论:

第一,语义颜色词和语用颜色词在清诗中都具有语用价值,语义颜色词的语用价值是描摹性、构象性、表情性和音乐性;语用颜色词虽然也有一定程度的构象性和音乐性,但是其语用价值主要体现在描摹性和表情性上。

第二,颜色词在诗句中的使用位置与颜色词的语用效应之间存在一定的关系。颜色词在诗句开端和末尾能突出事物的色彩特征,颜色词在句首容易成为话题,从而成为诗句的表达重心;而颜色词在句尾则遵循了汉语句子未知信息在后的特点,自然也就成为常规的信息焦点。颜色词在句中则常常临时用作动词,成为"诗眼",从而使颜色词在诗句中具有色彩变化的动态感。与颜色词异置到句首或句尾一样,颜色词在句中活用为动词也能创造出一种"陌生化"的语用效果,从而使诗歌语言具有丰富的内涵和新鲜感。

第三,在清诗语料库中,含有颜色词的对仗诗句共有3326条,对仗的形式主要有色彩对、字面对、借音对和借物对四种。其中,色彩对占85.3%,是清诗颜色词对仗的主要形式,体现出颜色词在清诗中的语用特点。

第四,汉族和满族诗人共同构成清代诗坛的创作主体,彼此之间联系紧密。总体来说,二者在颜色词使用数量方面的差异不是很大,但是在具体颜色范畴成员的使用上具有一定的倾向性,这与诗人生活环境和民族审美心理等都有一定的关系。二者在颜色词的使用形式上也可谓大同小异。相对来说,在满族诗歌作品中,颜色词的使用形式更具灵活性、多样性和口语性。

第五,《红楼梦》和清诗颜色词语料库中都使用了大量颜色词,但是不管在七大颜色范畴成员数量上,还是在颜色词总语料数量上,清诗都领先于《红楼梦》。并且由于二者文体不同,在颜色词使用形式上也各具特色。要想全面了解清代颜色词使用情况,我们既需要调查清代古典诗歌,也要考察清代小说作品。

第 13 章　结论及其他

13.1 论著主要结论

颜色是自然界普遍存在的客观现象，人类对色彩的感知则是一种心理认知活动。从认知语言学角度来看，颜色词是色彩概念的语言表达形式，是人类对客观世界的色彩进行感知、范畴化并用自然语言编码的结果。颜色词研究一直是词汇语义学界的经典课题，汉语颜色词同样是汉语词汇语义学长期关注的内容之一。

清诗是汉语古典诗歌传承史上的集大成者，颜色词在清诗中数量巨大，含义丰富，使用形式灵活多样，具有鲜明的民族性和时代性。对清诗颜色词进行系统梳理和研究，不仅能丰富汉语颜色词研究成果，加深我们对于颜色词语义的认识，更有助于探索汉语古典韵文体文学语言颜色词研究的理论和方法，为颜色词历时演变研究打下扎实基础。

本书以范畴与原型理论、隐喻与转喻理论以及汉语词汇语义学相关理论为基础理论，以清诗颜色词为研究对象，逐一详细描写了清诗 232 个颜色词的语义，探讨了颜色词非原型义产生机制，比较了同一范畴中颜色词成员之间的差异，分析了颜色词在清诗中的语用现象。本书主要结论如下：

13.1.1 清诗颜色词总体概况

从总体数量来看，本书以清代 13 位汉族和满族诗人近 115 万字的诗歌作品为语料来源，建立起清诗颜色词语料库，从中甄选出 232 个颜色词，其中包括 60 个单音节语义颜色词、48个语用颜色词以及124个形式比较固定的复音节颜色词,共得到颜色词语料12368条。

在清诗颜色范畴与原型的确立方面,我们借鉴前人对清代基本颜色词的研究成果,将清诗颜色词归入黑、白、红、黄、绿、青—蓝、紫七大范畴,还提出了原型颜色词应当具备的五项特征,并据此确定了各范畴的原型颜色词,它们分别是:黑、白、红、黄、绿、青(蓝)、紫。其中黑色范畴的颜色词成员数量最多,共有25个,包括19个语义颜色词和6个语用颜色词。含有颜色词"白"的语料数最多,共有1868条。

在清诗颜色词内部结构形式方面,偏正式频率较高,此外还存在附加式、并列式、重叠式和补充式。单音节颜色词组合后产生了大量双音节和三音节颜色词,体现出近代汉语双音化和多音化的发展趋势,增强了诗歌语言的准确性和生动性。

13.1.2 清诗颜色词语义分析

在颜色词语义描写分析方面,我们对七大颜色范畴中的所有颜色词进行了详细分析,归纳概括出颜色词的义项。我们发现,语用颜色词在本书中的义项都只有一个,大多数语义颜色词的义项也是一个,但是每个颜色范畴中原型颜色词的义项数量都比较多,颜色词的义项数量与其语料总数之间具有一定的关系。要想准确描写出颜色词的语义,我们必须立足于诗歌语境,同时需要参考词典、诗歌集注以及色彩方面的专书等。

我们发现,很多语用颜色词(如墨、黛等)都有类似语义颜色词的用法,它们既可以直接修饰名物,也可以被程度性成分"浓""浅"等修饰,这说明语义颜色词和语用颜色词并非截然分开的,二者之间存在一定的过渡性和模糊性。从历时角度来看,语义颜色词和语用颜色词可能处于一个连续统(continuum)中,语用颜色词是语义颜色词成员扩大的一种重要来源,某些语用颜色词(如碧、翠等)因为使用频率高等原因,会逐渐发展成语义颜色词。颜色词连续统的两端比较清晰,分别是典型的语用颜色词(如雪、霜等)和语义颜色词(如红、黑等),二者之间则存在中间状态,对处于中间状态的颜色词,我们必须结合其在清诗中的实际使用情况来进行归类。

在颜色词语义对比分析方面,本书从语义显著度、语义广义度和色彩属性三个方面,对同一范畴中的不同颜色词成员进行了对比研究。我们发现,所有颜色词显著度最高的义项都表示颜色义，不同颜色词显著度最高的义项所占的百分比并不相同，最低的(如"素")只占不到50%。同一范畴颜色词成员在表示颜色义时，其所指向的语义类的数量和比例也不同，每个范畴的原型颜色词(如红、白)大多能指向全部八种语义类。本书还设置了浓度值、亮度值和辅色等参数，对同一颜色范畴颜色词成员的色彩属性进行对比研究，在此基础上进一步论证了七大颜色范畴原型颜色词确立的合理性。

本书还认为，清诗中颜色词的语义包括原型义和非原型义，颜色词的非原型义是在原型义的基础上产生的，其产生途径主要有隐喻、转喻和社会文化赋予三种机制，三者同样也是非字面意义简单相加的含彩词语新意义产生的主要途径。

13.1.3 清诗颜色词语用探讨

诗歌是语言的艺术，颜色词在清诗中具有重要语用价值，清诗语义颜色词和语用颜色词都具有描摹性和表情性。除此之外，语义颜色词的语用价值还有构象性和音乐性，语用颜色词在此方面不明显。

从颜色词在诗句中的使用位置来看，句首和句尾位置上的颜色词都能较好地突出事物的色彩特征；句中位置上的颜色词则常常临时用作动词，成为"诗眼"，从而使诗句具有独特的色彩动态感。清诗颜色词的对仗形式主要有色彩对、字面对、借音对和借物对四种，色彩对是主要形式。

汉族和满族诗人共同构成清代诗坛的创作主体，二者在颜色词使用数量方面总体差异不大，但在具体颜色范畴成员的使用上具有一定的倾向性，满族诗人更倾向于使用色彩亮丽的颜色词，如绿、蓝、紫等，汉族诗人则更倾向于使用素净淡雅的颜色词，如黄、白等，这可能与诗人的生活环境和民族审美心理等有一定关系。此外，在满族诗人的作品中，颜色词的使用形式较之汉族诗人的更加灵活多样。

通过将《红楼梦》中颜色词与清诗语料库中的对比，我们发现二者都使用了大量颜色词，但是不管在七大颜色范畴成员数量上还是颜色词总语料数量上，清诗都领先于《红楼梦》。由于文体不同，《红楼梦》含有颜色词的语句更加口语化，所以在颜色词使用形式上二者有很多差异。

13.2 进一步研究的思考

我们对清诗颜色词的语义和语用问题进行了探讨,受研究精力和篇幅等所限,本书还存在许多未尽之处,需要以后在以下几个方面进一步思考和完善。

一、本书整理和归纳出清诗颜色词,这在一定程度上反映了清代颜色词的使用面貌。然而清诗毕竟具有仿古性,要全面了解清代颜色词总体使用情况,我们还需对清代小说等非韵文文学作品中的颜色词进行研究。虽然我们以《红楼梦》为例进行了对比研究,但是主要借鉴的是其他学者的研究成果,分类标准不统一,调查范围也有点小,应该扩展到更多的白话小说上去,这样才能更全面地掌握清代颜色词整体使用情况。

二、清诗存在大量双音节和多音节颜色词,本书对其结构形式、语义和使用特点等作了简单探讨。在双音节和多音节颜色词的界定、语义和分布等方面,我们需要借鉴近代汉语词汇研究成果作出更深入的研究。

三、清诗颜色词语用现象非常复杂,我们还需要进一步结合文体性和时代性进行探讨。例如,颜色词在不同诗歌主题中的使用情况、颜色词使用与满族文化之间的关系等问题,这些都有必要进一步加强研究。

四、含彩词语在诗词作品中常常构成色彩鲜明的意象,这些意象对于诗人传情达意具有重要的作用。色彩意象是汉语古典诗歌典型特征之一,具有很强的传承性,因此要全面掌握色彩意象的涵义和使用特点,仅仅依靠清诗语料是不够的,我们需要从历时角度对各时期的韵文语料进行梳理分析。

五、在颜色词语义分析方面,我们需要进一步探索研究的理论和方法。此外,如何将西方的语义学理论与汉语词汇语义学理论结合,探讨文学语言中颜色词的语义特征,这也是值得我们思考的重要问题。

参考文献

专著

[1](德)马克思著,中共中央马克思、恩格斯、列宁、斯大林著作编译局译.政治经济学批判[M].北京:人民出版社,1962.

[2]邓伟总主编,马清福主编.满族文学史(第三卷)[M].沈阳:辽宁大学出版社,2012.

[3]邓伟总主编,赵志辉主编.满族文学史(第二卷)[M].沈阳:辽宁大学出版社,2012.

[4]董文成.清代满族文学史论[M].北京:中国文联出版社,2000.

[5]符准青.词义的分析和描写[M].北京:外语教学与研究出版社,1996.

[6]葛兆光.汉字的魔方——中国古典诗歌语言学札记[M].上海:复旦大学出版社,2008.

[7]郭锡良,李玲璞.古代汉语[M].北京:语文出版社,2000.

[8]郭在贻.训诂学[M].长沙:湖南人民出版社,1986.

[9]何国兴.颜色科学[M].上海:东华大学出版社.2004.

[10]鸿洋.中国传统色彩图鉴[M].北京:东方出版社,2010.

[11]侯立睿.古汉语黑系颜色词疏解[M].北京:中国社会科学出版社.2016.

[12]黄仁达.中国颜色[M].北京:东方出版社,2013.

[13]黄仁达.中国颜色[M].南京:江苏凤凰美术出版社,2020.

[14]胡明扬等.词典学概论[M].北京:中国人民大学出版社,1982.

[15]胡壮麟.语言学教程(修订版中译本)[M].北京:北京大学出版社,1999.

[16]加晓昕.现代汉语色彩词立体研究[M].成都:四川科学技术出版社.2014.

[17] 贾彦德. 汉语语义学[M]. 北京:北京大学出版社,1992.

[18] 姜澄清. 中国色彩论[M]. 兰州:读者出版集团,2008.

[19] 蒋伯潜,蒋祖怡. 论诗[M]. 北京:首都经济贸易大学出版社,2012.

[20] 蒋冀骋. 近代汉语词汇研究[M]. 长沙:湖南教育出版社,1991.

[21] 蒋绍愚. 古汉语词汇纲要[M]. 北京:北京大学出版社,1989.

[22] 蒋绍愚. 近代汉语研究概要[M]. 北京:北京大学出版社,2004.

[23] 蒋绍愚. 唐诗语言研究[M]. 北京:语文出版社,2008.

[24] 蒋寅. 古典诗学的现代诠释[M]. 北京:中华书局,2009.

[25] 李劲荣. 现代汉语形容词生动形式的语用价值[M]. 北京:中国社会科学出版社,2014.

[26] 李红印. 现代汉语颜色词语义分析[M]. 北京:商务印书馆,2007.

[27] 刘剑,王业宏. 乾隆色谱——17—19世纪纺织品染料研究与颜色复原[M]. 杭州:浙江大学出版社.2020.

[28] 刘云泉. 语言的色彩美[M]. 合肥:安徽教育出版社,1988.

[29] 李葆瑞. 诗词语言的艺术[M]. 长春:吉林人民出版社,1981.

[30] 林茂海等. 颜色科学与技术[M]. 北京:中国轻工业出版社.2019.

[31] 林仲贤. 颜色视觉心理学[M]. 北京:中国人民大学出版社,2011.

[32] 骆寒超. 汉语诗体论·语言篇[M]. 北京:人民文学出版社,2009.

[33] 潘峰. 现代汉语颜色词语义研究[M]. 武汉:武汉出版社,2008.

[34] 乔治·莱科夫著,梁玉玲等译. 女人、火与危险事物:范畴所揭示之心智的奥秘[M]. 台北:桂冠图书股份有限公司,1994.

[35] 任引哲,王玉湘. 物质的颜色与结构[M]. 北京:北京师范大学出版社.1991.

[36] 石锓. 汉语形容词重叠形式的历史发展[M]. 北京:商务印书馆,2010.

[37] 束定芳. 认知语义学[M]. 上海:上海外语教育出版社,2008.

[38] 孙毅. 认知隐喻学多维跨域研究[M]. 北京:北京大学出版社,2013.

[39] 田昆玉,董光璧. 颜色——光的科学与艺术[M]. 上海:上海科学技术出版社,2002.

[40] 王力. 汉语史稿[M]. 北京:中华书局,1980.

[41] 王力.诗词格律[M].北京:中华书局,2013.

[42] 王宁.文言字词知识[M].北京:北京教育出版社,1987.

[43] 王寅.语义理论与语言教学(第二版)[M].上海:上海外语教育出版社,2014.

[44] 解海江,章黎平.汉英语颜色词对比研究[M].上海:上海辞书出版社,2004.

[45] 严云受.诗词意象的魅力[M].合肥:安徽教育出版社,2003.

[46] 杨爱姣.近代汉语三音词研究[M].武汉:武汉大学出版社,2005.

[47] 叶军.现代汉语色彩词研究[M].呼和浩特:内蒙古人民出版社,2001.

[48] 尹泳龙,蔡卫东.中国颜色名称[M].北京:地质出版社,1997.

[49] (英)霍克斯著,瞿铁鹏译.结构主义和符号学[M].上海:上海译文出版社,1987.

[50] 游国恩等主编.中国文学史(修订本)(四)[M].北京:人民文学出版社,2002.

[51] 余松.语言的狂欢[M].昆明:云南人民出版社,2000.

[52] 袁行霈.中国诗歌艺术研究(增订本)[M].北京:北京大学出版社,1996.

[53] 袁行云.清人诗集叙录[M].北京:文化艺术出版社,1994.

[54] 张辉,卢卫中.认知转喻[M].上海:上海外语教育出版社,2010.

[55] 张佳生.满族文化史[M].沈阳:辽宁民族出版社,1999.

[56] 张佳生.清代满族诗词十论[M].沈阳:辽宁民族出版社,1993.

[57] 张佳生.清代满族文学论[M].沈阳:辽宁民族出版社,2009.

[58] 张明玲.色彩文化[M].北京:中国经济出版社,2013.

[59] 章培恒,骆玉明.中国文学史新著(下册)[M].上海:复旦大学出版社,2011.

[60] 张亭亭.文学与色彩[M].郑州:河南人民出版社,1994.

[61] 张志毅,张庆云.词汇语义学[M].北京:商务印书馆,2001.

[62] 赵晓驰.近代汉语颜色词研究[M].北京:中国社会科学出版社.2019.

[63] 赵晓驰.上古——中古汉语颜色词研究[M].北京:中国社会科学出版社.2016.

[64] 赵艳芳. 认知语言学概论[M]. 上海：上海外语教育出版社, 2001.

[65] 周婷. 色彩构成与现代设计[M]. 福州：福建美术出版社. 2007.

[66] 朱则杰. 清诗史[M]. 南京：江苏古籍出版社, 1992.

[67] Berlin B, Kay P. Basic color terms: Their universality and evolution[M]. Berkeley: Univ. of California Press, 1969.

[68] D.A.Cruse. Lexical Semantics[M]. 北京：世界图书出版公司, 2009.

[69] Eve Sweetser. 从语源学到语用学：语义结构的隐喻和文化内涵[M]. 北京：北京大学出版社, 2002.

[70] George Lakoff, Mark Johnson. Metaphors We Live by. University of Chicago Press, 2003.

[71] John R. Taylor. Linguistic Categorization[M]. Oxford: Oxford University Press, 2003.

[72] Taylor J R. linguistic categorization: prototypes in lingusistic theory[M]. New York: Oxford University Press, 1989.

工具书与古籍

[1] (汉)许慎撰. (清)段玉裁注. 说文解字注[M]. 南京：凤凰出版社, 2007.

[2] 汉语大字典编辑委员会. 汉语大字典(第二版)[Z]. 武汉：湖北长江出版集团, 2010.

[3] 李澍田. 顾太清诗词天游阁集[M]. 长春：吉林文史出版社, 1989.

[4] 李学勤. 尚书正义[M]. 北京：北京大学出版社, 1999.

[5] (清)曹雪芹. 红楼梦[M]. 长春：吉林人民出版社, 2006.

[6] 《清代诗文集汇编》编纂委员会编. 清代诗文集汇编[M]. 上海：上海古籍出版社, 2011.

[7] (清)龚自珍著, 刘逸生, 周锡䪖校注. 龚自珍诗集编年校注[M]. 上海：上海古籍出版社, 2013.

[8] (清)顾太清撰, 金启孮, 金适校笺. 顾太清集校笺[M]. 北京：中华书局, 2012.

[9](清)铁保辑,赵志辉校点.熙朝雅颂集[M].沈阳:辽宁大学出版社,1992.

[10](清)王国维著,滕咸惠译评.人间词话[M].长春:吉林文史出版社,2004.

[11](清)王夫之.王船山诗文集[M].北京:中华书局,1962:41.

[12](清)吴伟业著,叶君远选注.吴梅村诗选[M].北京:人民文学出版社,2000.

[13](清)徐世昌辑.清诗汇[M].北京:北京出版社,1996.

[14](宋)叶梦得.石林诗话[M].北京:中华书局,1981.

[15](清)袁枚著,潘中心,韩建芬校点.诗学全书[M].贵阳:贵州人民出版社,1990.

[16](唐)孔颖达撰.影印南宋越刊八行本礼记正义[M].北京:北京大学出版社,2014.

[17]语言学名词审定委员会.语言学名词[Z].北京:商务印书馆,2011.

[18]章银泉.色彩描写词典[Z].银川:宁夏人民出版社,1988.

[19]宗福邦等主编.故训汇纂[Z].北京:商务印书馆,2003.

学位论文

[1]曹莉亚.《红楼梦》颜色词计量研究[D].苏州大学,2012.

[2]程江霞.唐诗颜色词语研究[D].北京师范大学,2015.

[3]戴新月.清末民初汉语古典诗歌颜色词研究[D].北京师范大学,2017.

[4]董佳.宋词基本颜色词研究[D].北京师范大学,2010.

[5]郝静芳.赋颜色词语研究[D].北京师范大学,2015.

[6]侯立睿.古汉语黑系词疏解[D].浙江大学,2007.

[7]金福年.现代汉语颜色词运用研究[D].复旦大学,2003.

[8]李亚彤.《红楼梦》前八十回颜色词研究[D].辽宁大学,2022.

[9]马苏彦.《醒世姻缘传》颜色词研究[D].辽宁师范大学,2020.

[10]潘晨婧.汉赋颜色词研究[D].北京师范大学,2011.

[11]孙钰.苏轼词的颜色词研究[D].北京师范大学,2009.

[12]汪琦.元散曲常用颜色词研究[D].北京师范大学,2014.

[13] 吴剑.明代戏剧唱词常用颜色词研究[D].北京师范大学,2014.

[14] 夏秀文.李白诗歌颜色词研究[D].北京师范大学,2010.

[15] 杨福亮.清诗颜色词研究[D].北京师范大学,2016.

[16] 俞红秀.汉语基本颜色词修辞义研究[D].福建师范大学,2008.

[17] 赵晓驰.隋前汉语颜色词研究[D].苏州大学,2010.

期刊文章

[1] 陈家旭,秦蕾.汉语基本颜色的范畴化及隐喻化认知[J].河南师范大学学报(哲学社会科学版),2003,(2).

[2] 陈建初.试论汉语颜色词(赤义类)的同源分化[J].古汉语研究,1998,(3).

[3] 陈晓云.张爱玲小说中"颜色词"的运用[J].作家,2008,(3).

[4] 程裕祯.中国文化中的颜色迷信[J].山西师大学报(社会科学版),1992,(2).

[5] 范军.中国诗歌美学的重要概念[J].华中师范大学学报(哲社版),1993,(5).

[6] 符淮青.汉语表"红"的颜色词群分析(上)[J].语文研究,1988,(8).

[7] 符淮青.汉语表"红"的颜色词群分析(下)[J].语文研究,1989,(1).

[8] 符淮青.基本颜色词,其普遍性和发展[J].国外语言学,1981,(1).

[9] 符淮青.义项的性质与分合[J].辞书研究,1981,(3).

[10] 桂永霞.语言的模糊性与颜色[J].经济研究导刊,2012,(24).

[11] 何忠礼.略论历史上的避讳[J].浙江大学学报(人文社会科学版),2002,(1).

[12] 胡朴安.从文字学上考见古代辨色本能与染色技术[J].学林,1941,(3).

[13] 蒋绍愚.近代汉语研究概述[J].古汉语研究,1990,(2).

[14] 姜向东.感知和运用:何其芳《画梦录》中的颜色词[J].华南师范大学学报(社会科学版),2003,(5).

[15] 金鉴梅等.清宫礼吉服中的黄色及槐子黄栌染色研究[J].丝绸,2021,(5).

[16] 金立鑫.句法结构的功能解释[J].外国语(上海外国语大学学报),1995,(1).

[17] 金文明.妓院为何称"青楼"[J].咬文嚼字,2011,(7).

[18] 阚洁,丁婷.《红楼梦》中表绿色调颜色词研究[J].伊犁师范学院学报(社会科学版),2009,(2).

[19] 李凤英.论元曲中ABC式状态形容词[J].语文学刊,2010,(18).

[20] 李国南.论"通感"的人类生理学共性[J].外国语(上海外国语大学学报),1996,(3).

[21] 李红印.汉语色彩范畴的表达方式[J].语言教学与研究,2004,(6).

[22] 李红印.颜色词的收词、释义和词性标注[J].语言文字应用,2003,(2).

[23] 李燕.汉语基本颜色词之认知研究[J].云南师范大学学报,2004,(2).

[24] 李尧.汉语颜色词的产生[J].西南民族大学学报(人文社科版),2007,(11).

[25] 黎珺.汉泰颜色词的模糊性分析[J].广西青年干部学院学报,2011,(1).

[26] 林秀君.汉民族色彩崇拜意识与色彩词的等级观念浅探[J].汕头大学学报,2006,(3).

[27] 刘钧杰.颜色词的构成[J].语言教学与研究,1985,(2).

[28] 陆宗达,王宁.古汉语词义研究——关于古代书面汉语词义引申的规律[J].辞书研究,1981,(5).

[29] 骆洋.浅析《鸳鸯湖的忧郁》中颜色词的感情色彩[J].新乡学院学报,2016,(4).

[30] 马红雪.戴望舒诗歌颜色词的文学语用学解读[J].安顺学院学报,2018,(4).

[31] 马燕华.论骈赋句法语义特征[J].民俗典籍文字研究,2013,(2).

[32] 孟慧君.认知视域下的颜色词探析——以莫言《透明的红萝卜》为例[J].名家名作,2021,(5).

[33] 莫艳.清代通俗小说中的服饰颜色概说[J].装饰,2009,(4).

[34] 潘峰.释"白"[J].汉字文化,2004,(4).

[35] 潘峰.释"黄"[J].汉字文化,2005,(3).

[36] 潘峰.释"青"[J].汉字文化,2006,(1).

[37] 启功.古代诗歌、骈文的语法问题[J].北京师范大学学报,1980,(1).

[38] 启功.有关文言文中的一些现象、困难和设想[J].北京师范大学学报,1985,(2).

[39] 钱仲联.清代诗词二十名家评述[J].苏州大学学报,2004,(1).

[40] 芮晓玮.从认知角度谈颜色词的模糊来源[J].现代语文(语言研究版),2007,(9).

[41] 王宁.训诂学理论建设在语言学中的普遍意义[J].中国社会科学,1993,(11).

[42] 王宁.谈训诂学在21世纪的发展趋势[J].苏州大学学报(哲学社会科学版),2012,(7).

[43] 王宁.论词的语言意义的特性[J].北京师范大学学报(社会科学版),2011,(2).

[44] 王宁.单语词典释义的性质与训诂释义方式的继承.中国语文[J],2002,(4).

[45] 王欣.九十年代语用学研究的新视野——历史语用学、历时语用学和文学语用学[J].外语教学与研究(外国语文双月刊),2002,(5).

[46] 王业宏,刘剑,金鉴梅.从舒妃服装遗物看乾隆中期色彩时尚及染色工艺[J].艺术设计研究,2018,(4).

[47] 王业宏,刘剑,童永纪."清"出于蓝——清代满族服饰的蓝色情结及染蓝方法[J].清史研究,2011,(4).

[48] 王业宏,刘剑,童永纪.清代织染局染色方法及色彩[J].历史档案,2011,(2).

[49] 王英志.《清诗三百首今注新译》导言[J].苏州大学学报(哲学社会科学版),2010,(1).

[50] 王佑夫.清代满族诗学的基本特征[J].民族文学研究,1994,(2).

[51] 王允丽,王春蕾.清代纺织品中明黄色色彩研究[J].故宫博物院院刊,2022,(5).

[52] 魏继昭.《红楼梦》的色彩意味初探[J].红楼梦学刊,1987,(3).

[53] 吴建设.汉语基本颜色词的进化阶段与颜色范畴[J].古汉语研究,2012,(1).

[54] 吴进.文学语言中的颜色词[J].修辞学习,1999,(3).

[55] 吴世雄,陈维振,苏毅林.颜色词语义模糊性的原型描述[J].福建师范大学学报(哲学社会科学版),2002,(3).

[56] 伍铁平.论颜色词及其模糊性质[J].语言教学与研究,1986,(2).

[57] 伍铁平.模糊语言初探[J].外国语(上海外国语学院学报),1979,(4).

[58] 吴玉璋.从历时和共时对比的角度看颜色词的模糊性[J].外国语,1988,(5).

[59] 解海江.汉语基本颜色词比较研究[J].鲁东大学学报(哲学社会科学版),2008,(3).

[60] 许嘉璐.说"正色"——《说文》颜色词考察[J].古汉语研究,1994,(S1).

[61] 杨端志.中国尚黄文化及"黄"词族的历史考察[J].民俗研究,2003,(2).

[62] 杨健吾.清代色彩民俗的流变及特点[J].盐城师范学院学报,2006,(5).

[63] 杨素瑞.清代宫廷服饰色彩考析[J].丝绸,2014,(5).

[64] 姚小平.古代汉民族的色彩观念[J].百科知识,1985,(6).

[65] 姚小平.基本颜色词理论述评——兼论汉语基本颜色词的演变史[J].外语教学与研究,1988,(1).

[66] 叶军.含彩词语与色彩词[J].山东大学学报(哲学社会科学版),1999,(3).

[67] 张和生.汉语义类研究及其应用评析[J].北京师范大学学报(社会科学版),2008,(5).

[68] 张宁志.鲁迅小说中颜色词的运用[J].语文教学通讯,1986,(9).

[69] 张清常.汉语的颜色词(大纲).语言教学与研究[J].1991,(3).

[70] 赵晓驰.跨语言视角下的汉语"青"类词[J].古汉语研究,2012,(3).

[71] 周瑞丹,季铁,郭寅曼.清代满汉服饰设色规律及可视化研究[J].丝绸,2022,(11).

[72] 朱泳燚.鲁迅作品中色彩词的运用[J].中国语文,1959,(10).

[73] 朱则杰.论机读《全清诗》的编纂——兼谈编纂古典诗歌电子读物的有关问题[J].艺术科技,1996,(3).

[74] Giora, R. Understanding figurative and literal language: The graded salience hypothesis [J]. Cognitive Linguistics, 1997, 8/3.

[75] Giora, R. Literal vs. figurative language: Different or equal[J]. Journal of Pragmatics, 2002, (34).

[76] Istvan Kecskes. Contextual Meaning and Word Meaning[J].外国语,2006,(5).

[77] Kay, Paul and McDaniel. The Linguistic Significance of the Meanings of Basic Color Terms[J]. Language, 1978 (54).

其他类型

[1]《红楼梦》的字数与人数有多少？[EB/OL].[2019-1-15].https://zhuanlan.zhihu.com/p/54877025

[2]刘叔新.同义词和近义词的划分[A].南开大学中文系《语言研究论丛》编辑部编[C].语言研究论丛.天津：天津出版社,1980.

[3]罗时进.清诗整理研究工作亟待推进[N].中国社会科学报,2013-8-16(B01).

[4]马燕华.论颜色词的分类及其特征[Z].昆明：中国语言学第16届年会论文,2012.

[5]赵晓驰.汉语颜色词研究源流[A].龙庄伟等主编.汉语的历史探讨——庆祝杨耐思先生八十寿诞学术论文集[C].北京：中华书局,2011.

[6]J.L. Austin,J.O. Urmson,G.J. Warnock. The Meaning of a Word [A]. Philosophical Papers[C]. Oxford：Oxford University Press,1979.

附 录

清诗颜色词语料来源

来源于单行集校本：

[1](清)吴伟业著,李学颖集评标校.吴梅村全集[M].上海:上海古籍出版社,1990.

[2](清)袁枚著,周本淳标校.小仓山房诗文集[M].上海:上海古籍出版社,1988.

[3](清)龚自珍著,刘逸生,周锡䪖校注.龚自珍诗集编年校注[M].上海:上海古籍出版社,2013.

[4](清)纳兰性德撰,黄曙辉,印晓峰点校.通志堂集[M].上海:华东师范大学出版社,2008.

[5](清)英和著,雷大受点校.恩福堂笔记诗钞年谱[M].北京:北京古籍出版社,1991.

[6](清)顾太清撰,金启孮,金适校笺.顾太清集校笺[M].北京:中华书局,2012.

[7](清)岳端著,陈桂英点校.玉池生稿[M].天津:天津古籍出版社,1990.

来源于《清代诗文集汇编》：

序号	作者	作品名称	所在册数
1	文昭	紫幢轩诗	246
2	纳兰常安	受宜堂集	255
3	尹继善	尹文端公诗集	279
4	敦诚	四松堂集	383
5	多隆阿	慧珠阁诗	585
6	奕绘	观古斋妙莲集	600

后 记

本书是在我的博士学位论文的基础上修订完成的。自2016年论文完成后,我也一直有将其出版成书的念头。然而论文待完善之处尚存不少,需要提升学识方能实现,这让我总有畏难情绪。生活并不都是诗和远方,更多的是眼前的苟且。日常工作繁杂,个人学术兴趣转移,这些也都是本书迟迟未能面世的主要原因。

虽然这几年未发表与颜色词相关的文章,但是由于一直参与导师主持的国家社科基金项目——汉语古典韵文体文学语言颜色词历时演变研究,所以我对颜色词研究的思索并未停止。这几年总有一些同行联系我,想要借阅我的学位论文。我也偶然间在某旧书网上看到自己的纸质学位论文被高价卖出,尽管内心有些不快,但是我也意识到该论文还是存在学术价值的。2021年8月开始,我在波黑萨拉热窝大学孔子学院工作,疫情期间我不能回国探亲,在难过烦闷之余,我便利用这难得的宝贵时间修订博士学位论文,除了调整论文框架,增加近年来的相关研究成果外,我还增加了一些原论文中没有的新内容,如清诗复音节颜色词语义分析、清代诗歌与小说中的颜色词使用对比分析等。

书稿修改完成的一瞬间,我心中长久以来悬着的一块石头终于落地,几年前在北京师范大学的求学生活逐渐浮现在眼前,论文从选题、写作、修改、匿审到最终答辩的过程也历历在目,挥之不去。在此,我要特别感谢恩师马燕华教授。马老师既是我的博士生导师,也是我的硕士生导师。自2007年投入马老师门下,聆听恩师教诲已有十余年时光。马老师严谨的治学态度、勤恳务实的研究精神、丰富渊博的理论知识和睿智精辟的学术见解,都是学生终生学习的榜样。论文写作期间,马老师对我严格要求,悉心指导,初稿完成后,马老师又不辞辛苦,多次审阅论文,最终使论文得以完善。师恩如山，学生永生难忘。

同样非常感谢参加我博士论文开题、预答辩和答辩的王宁教授、张博教授、李红印教授、崔立斌教授、刁晏斌教授、程荣研究员、孙银新教授。各位专家学者每次都认真评阅我的论文，为我解疑答惑，老师们提出的很多中肯意见也使我获益良多。祝愿各位老师身体健康，学术之路长青。

感谢我的诸位同门，读博期间我们一起阅读中外文献，交流颜色词研究心得。在参与导师的国家社科基金项目期间，也多次进行学术探讨，这都为本书的修改完善拓展了思路。

2010年从北京师范大学硕士毕业后，我便进入西北师范大学工作。感谢国际文化交流学院的领导和同事们，正是有了大家的支持和鼓励，我才能心无旁骛地脱产完成学业。本书的最终面世得益于国际文化交流学院学科建设经费的支持，同时感谢西北师范大学科学研究院对本人研究项目的资助，本书为"清代汉语颜色词研究"（项目编号：NWNU-SKQN2019-33）的阶段性研究成果。

在本书的出版过程中，我也得到了责任编辑落馥香老师的宝贵支持和指导。她以专业的眼光和独特的见解，对书稿进行了精心编校。在书稿多次修改过程中，落老师也始终保持耐心，从而使本书得以不断完善。没有落老师和三晋出版社其他老师们的努力和付出，本书无法如期面世。

当然，最应该感谢的还是我的家人。不管是在博士论文写作期间，还是在书稿修订期间，我都是一个人在异国他乡，未能很好地尽到家庭责任，愿本书出版能够为我的家人带来一丝欣慰。

词汇语义研究被认为是语言研究的难点，古典韵文文体中的颜色词研究更是前人很少涉及的方向。限于本人学识，本书还存在一些浅陋之处，敬请学界专家学者批评指正。

杨福亮

2023年7月于萨拉热窝